*Coleção* MELHORES CRÔNICAS

# Cecília Meireles

*Direçã*o Edla van Steen

*Coleção* Melhores Crônicas

# Cecília Meireles

*Seleção e Prefácio*
Leodegário A. de Azevedo Filho

© Condomínio dos proprietários dos direitos de Cecília Meireles,
direitos cedidos por Solombra Books
(solombrabooks@solombrabooks.com)

1ª EDIÇÃO, GLOBAL EDITORA, SÃO PAULO 2003
4ª REIMPRESSÃO, 2012

*Diretor Editorial*
JEFFERSON L. ALVES

*Gerente de Produção*
FLÁVIO SAMUEL

*Coordenação de Revisão*
ANA CRISTINA TEIXEIRA

*Revisão*
MÔNICA CAVALCANTI DI GIACOMO
SANDRA MARTHA DOLINSKY

*Projeto de Capa*
VICTOR BURTON

*Editoração Eletrônica*
LÚCIA HELENA S. LIMA

---

**Dados Internacionais de Catalogação na Publicação (CIP)**
**(Câmara Brasileira do Livro, SP, Brasil)**

Meireles, Cecília, 1901-1964.
    Melhores crônicas Cecília Meireles / seleção e prefácio Leodegário A. de Azevedo Filho. – São Paulo : Global, 2003.
    – (Coleção Melhores Crônicas / direção Edla van Steen)

ISBN 978-85-260-0857-1

1. Crônicas brasileiras. I. Azevedo Filho, Leodegário A. de. II. Steen, Edla van. III. Título. IV. Série.

03-5104                                    CDD–869.93

Índice para catálogo sistemático:
1. Crônicas : Literatura brasileira 869.93

---

*Direitos Reservados*

 **GLOBAL EDITORA E**
**DISTRIBUIDORA LTDA.**
Rua Pirapitingui, 111 – Liberdade
CEP 01508-020 – São Paulo – SP
Tel.: (11) 3277-7999 – Fax: (11) 3277-8141
e-mail: global@globaleditora.com.br

Obra atualizada conforme o
**Novo Acordo Ortográfico da Língua Portuguesa**

 Colabore com a produção científica e cultural.
Proibida a reprodução total ou parcial desta obra
sem a autorização do editor.

Nº DE CATÁLOGO: **2349**

MELHORES CRÔNICAS

# Cecília Meireles

# PREFÁCIO

Diante da consagração universal da poesia de Cecília Meireles, é natural que se procurem em sua vasta obra em prosa, em particular em suas admiráveis crônicas, pontos de contato entre os dois gêneros: poesia e prosa. Na verdade, estamos diante de crônicas que são pura poesia, perfeitamente dignas de ombrear com sua obra poética.

Ao longo de três décadas, mais ou menos dos anos 1930 aos 1960, ela publicou textos em prosa em jornais e revistas de grande circulação. Daí o planejamento editorial que apresentamos à Editora Nova Fronteira, envolvendo os seguintes volumes: *Crônicas em geral* (três volumes, com apenas um publicado); *Crônicas de viagem* (três volumes publicados); *Tipos humanos e personalidades* (dois volumes ainda inéditos); *Crônicas de educação* (cinco volumes já publicados); *Folclore* (um volume inédito); Conferências e ensaios (três volumes ainda inéditos); *Entrevistas e curso de teoria literária* (1 volume ainda inédito); e *Varia* (quatro volumes ainda inéditos).

Os textos, em cada grupo temático, sempre que possível datados, seguem uma sequência cronológica normal, permitindo ao leitor apreciar a evolução da prosa e do próprio pensamento de Cecília Meireles.

No que se refere às crônicas em geral, bem sabemos hoje da autonomia de tal gênero literário, que se caracteriza pela leveza de estilo, pelo comentário ligeiro, pelo tom poético, pela graça na análise de pessoas e fatos, pela atualidade e pela variedade temática. A princípio, folhetim, crônica e ensaio informal se confundiam, este último em oposição ao ensaio formal erudito ou universitário. Com o tempo, a crônica, não em sentido histórico, mas em sentido brasileiro atual, adquiriu plena autonomia como um texto compósito, integrando, além dos seus elementos específicos já acima indicados, a poesia, o drama e a ficção. O próprio romance urbano na linha do costumismo psicológico nada mais foi, nas suas origens, do que um desenvolvimento natural da crônica, ou mesmo o seu prolongamento em forma mais complexa e ampla, a exemplo do que se vê nas *Memórias de um sargento de milícias*, de Manuel Antônio de Almeida. Cronistas foram, a seu tempo, José de Alencar e Machado de Assis, o mesmo ocorrendo com João do Rio, pseudônimo de Paulo Barreto, iniciador de nossa crônica social ao sabor da *Belle Époque*.

Após a Semana de Arte Moderna (1922), a crônica se desenvolveu grandemente e se consolidou, adaptando-se ao espírito moderno, como se pode ver em Antônio de Alcântara Machado, Mário de Andrade, Manuel Bandeira, Carlos Drummond de Andrade, Aníbal Machado, Genolino Amado, Álvaro Moreyra, Ribeiro Couto, Marques Rebelo, Rubem Braga, Rachel de Queiroz, Fernando Sabino, Paulo Mendes Campos, entre muitos outros. E aqui se insere, evidentemente, o glorioso nome de Cecília Meireles.

Neste pequeno volume de *Melhores Crônicas*, em boa hora lançado pela Global Editora, sob a atenta direção de Edla van Steen, procuramos exemplificar o gênero da crônica em sentido literário amplo, abrangendo também, ao lado das crônicas em geral, as crônicas de viagem, as crônicas de educação e o folclore. Todo o material foi encontrado nos acervos de Cecília Meireles, que a família da escritora, pelas mãos de uma de suas filhas, Maria Fernanda Meireles Correia, pôs à nossa disposição, para organizarmos a obra completa em prosa.

Diga-se ainda que a linguagem poética de Cecília Meireles invade o campo da crônica, com enternecedora suavidade, não apenas em textos com sentido narrativo, que se aproximam do conto, mas também em textos do tipo poema-em-prosa ou, então, de cunho folclórico ou mesmo educacional. Também invade o campo das crônicas de viagem, e o gênero se amolda bem à literatura viageira, indo além dos comentários poéticos da realidade. Em tudo isso, a expressão literária de Cecília é inconfundível, tanto pela leveza de estilo, como pelo poético sentimento do mundo, nela não havendo nada que faça lembrar folhinhas ou calendários. Com tais elementos, rompendo com a cronologia, afasta-se do espírito de simples reportagem, conferindo aos textos alto valor literário, sempre perplexa diante do espetáculo da vida, dos seres e das coisas, mas também por vezes indignada com os desmandos e desconcertos do mundo. Com perfeita consciência da fugacidade do tempo, revelando isso diante da precariedade das coisas do mundo, surge a sua tendência para o recolhimento espiritual, com leve toque de melancolia ou desencanto, para não dizer de renúncia e adeus, como já acentuamos em estudos anteriores. Mas a vida, que ela quis reinventar, para ser possível, tanto em verso como em prosa, é sempre encarada como sonho. Vida em que se depreendem conflitos entre o material e o espiritual, não raro expressos em símbolos que buscam e atingem um efeito de essência profunda. Tudo o que escreve nos transmite, quase sempre, uma impressão de ritmo de confidência ou meio-tom, numa espécie de reação íntima que se deslumbra com as belezas do mundo, mas que se desencanta com as desigualdades sociais e com a transitoriedade de tudo. As suas imagens fogem do lugar--comum, revelando originalidade criadora pela musicalidade fugidia de sua própria linguagem, essencialmente poética. Espírito de análise, una e múltipla no tempo, vê o mundo com olhos virginais e busca penetrar na essência profunda das coisas, para surpreender-lhes a beleza efêmera. Na humildade de seu espírito, sem perder nunca a altivez, em tudo o que escreveu sempre demonstrou certo desapego à matéria, buscando aquele diálogo entre o finito e o infinito, que esbarra na sombra e no silêncio. Sim, o silêncio e a fugacidade do tempo, a nostalgia da eternidade, a irrealização da felicidade plena na vida terrena, o amor à infância, o respeito à educação, a procura desesperada do eu profundo, o enternecimento com seres e coisas, o gosto pelo folclore, eis algumas linhas temáticas que perpassam por sua vastíssima e variada obra. Há sempre noite no puro tempo, "com ramos de silêncio unindo os mundos", porque só o silêncio pode ser a plenitude da palavra. O silêncio e a solidão, de mãos dadas dentro do seu drama existencial, fazem dela aquela "serena desesperada" pela angústia provocada e pela consciência de que tudo é transitório...

Neste livro, encontram-se crônicas devidamente selecionadas em função da variedade de temas por ela desenvolvidos. Alguns assuntos, aparentemente sem importância, ganham profundidade existencial em textos que sempre buscam, e conseguem, surpreender o humano por detrás de tudo.

Nas *Crônicas de viagem*, Cecília Meireles distingue sempre o turista do verdadeiro viajante, induzindo o leitor a acompanhá-la, numa forma altamente privilegiada de viagem, já que ela sabe reunir, em fórmula mágica ou encantatória, cultura, inteligência e sensibilidade.

Nas *Crônicas de educação*, também dispostas em ordem cronológica, isso nos cinco volumes editados pela

Nova Fronteira, o mesmo ocorrendo com os três volumes das crônicas em geral e com os três volumes das crônicas de viagem, seja aqui lembrado que Cecília ocupou a "Página de educação" do *Diário de Notícias*, do Rio de Janeiro, de 1930 a 1933; e que, um pouco mais tarde, manteve a coluna "Professores e estudantes", no jornal *A Manhã*, também do Rio de Janeiro, de 1941 a 1943. Em ambos os casos, empenhada em defender os princípios da Escola Nova, propostos pelo famoso "Manifesto dos Pioneiros da Educação Nova" (1932), por ela também assinado, ao lado de grandes educadores daquela época, como Fernando de Azevedo, Anísio Teixeira, Lourenço Filho, Almeida Jr., Delgado de Carvalho, Francisco Venancio Filho, citando-se apenas alguns nomes. Em ambos os casos, pode-se depreender a sua crença na educação, procurando estabelecer as grandes diretrizes de uma política escolar centrada em novos ideais pedagógicos e sociais. E os textos, que então escreveu, são de impressionante atualidade, como o leitor verá.

Em suma, esta *Antologia* procura ser uma amostra representativa da obra em prosa de Cecília Meireles, no que se refere às suas crônicas em várias dimensões. Mas, será bom advertir, a sua obra em prosa não se limita ao gênero multifacetado da crônica, pois envolve ainda a sua preocupação em fixar tipos humanos e personalidades, além de extraordinárias conferências que proferiu, no Brasil e no exterior, sobre numerosos temas da cultura brasileira, por ela também desenvolvidos em vários ensaios e entrevistas. Ao folclore também se dedicou a "pastora das nuvens", penetrando os seus estudos na cultura popular com encantamento e graça ao tratar do folclore infantil das cantigas de ninar e de roda. Por fim, há ainda contos literários, peças de teatro, teses de concurso, apostilas de cursos sobre teoria literária, em particular os que ministrou na antiga Universidade do Distrito Federal, entre outras produções em prosa, como cartas a amigos brasileiros e estrangeiros, em que transparece claramente o seu amor à literatura brasileira, que ela honrou e dignificou ao longo da vida.

Nas crônicas voltadas para a cultura oriental, que a fascinava, será bom lembrar aqui, para melhor entendimento dos textos, alguns princípios filosófico-religiosos do Hinduísmo; a) Cada ser ou coisa é uma forma específica de o *Uno* (a energia divina) se manifestar; b) desse sentimento panteísta nasce o respeito que os hinduístas têm pela natureza; c) a noção de *Atman* (*eu superior*, para a psicologia profunda), ou seja, a ideia de que todos os seres são animados por uma energia imperecível, transforma o *Atman* numa partícula manifesta do *Uno*, portanto, divina; d) na existência real, o *Atman* se contrapõe ao *Ser* que deseja desfrutar dos prazeres mundanos (*carpe diem*), enquanto o *Atman* deseja retornar à sua origem divina. Assim, o *Ser* será tanto mais evoluído quanto mais possa aproximar-se do *Atman*. Daí a consciência da transitoriedade de tudo e da brevidade da vida, além da crença na eternidade.

Em que espelho, Cecília, ficou perdida a tua face?

*Leodegário A. de Azevedo Filho*

CRÔNICAS

# CRÔNICAS EM GERAL

# IMAGEM

O gato apareceu de repente na montanha. Era um pobre bichinho débil, que miava silêncio. Preto, parecia cinzento – de tão sujo. E, além de sujo, maltratado, com um olho desfazendo-se em gelatina, e uma orelha empapada de sangue. Olhou para mim tristemente, como nós às vezes olhamos para Deus. E eu, certamente, queria ajudá-lo. Mas então vi como aquele caminho deserto se fazia subitamente povoado; o espírito das superstições dizia-me: "Olha que é um gato preto!" E o espírito da ciência murmurava-me: "Está cheio de parasitas, que te infestarão!" E esse vil espírito prático da era contemporânea aparteava: "Ademais, como podes ajudar, se estás num caminho deserto e sem recursos, onde não se avista nem um teto nem um veículo?" E só o espírito do amor segredava tímido: "Toma-o nas mãos e leva-o contigo! Verás que, no teu colo, seus olhinhos lacrimosos se fecharão, adormecidos; sua fome se esquecerá, suas feridas fecharão…" Mas o espírito do amor segreda com tanta timidez!
    Pela montanha deserta, descíamos os dois, e subia o vento. Pobre gatinho preto, de cauda arrepiada como uma escova de lavar frascos! Manquejava também de um pé. Tão ralo tinha o pelo que se lhe viam luzir as pulgas sobre os arcos das costelas. Na orelha machucada, o sangue secara-lhe como uma florzinha vermelha, muito escura.

Tão grande era a sua urgência de socorro, que, embora trôpego, pequenino, doente, às vezes caminhava mais depressa do que eu. Ia esperar-me adiante, e levantava para os meus os seus olhos sofredores e o vazio miado, que era, a cada instante, como o seu último sopro. Mas, quando me via chegar, punha de lado a sua fadiga e o seu descanso, e recomeçava o caminho, com uma espécie de fé sempre renovada de peregrino que se dirige ao lugar da salvação.

Na montanha, porém, não havia salvação nenhuma para quem padecesse de fome ou sede. A assembleia dos espíritos que me rodeavam buscava pôr-se de acordo, sem satisfação: as pulgas eram inegáveis – dizia o espírito científico; o da superstição contradizia-se, de tão rico: às vezes, os gatos pretos dão sorte...; o espírito prático, o vil espírito do tempo, mostrava-me com uma clareza de relatório oficial que gasolina não existia, e a primeira venda devia estar, tanto para um lado, como para o outro, a um bom quilômetro, pelo menos. Só o espiríto do amor segredava que tudo isso eram conjecturas idiotas, e que devia tomar nas mãos o pobre bichinho abandonado e levá-lo sobre o calor do meu peito até um lugar qualquer onde o sentisse, afinal, protegido e consolado.

E o gatinho trotava, ora atrás de mim, ora na minha frente. Parecia impossível que pudesse pular assim, tão magrinho, tão seco, tão lastimoso. Mas pulava. Se não fosse o aspecto que tinha, dir-se-ia que brincava, que brincava como um cavalinho caprichoso num circo de elfos. Umas duas vezes prendeu a perna no ralo da sarjeta. Daí em diante, fez-se mais cauteloso, evitando-as, quando as encontrava. E tudo isso dava graça à companhia, como quando se descobrem as novidades de uma criança. Mal, porém, se reparava no seu esqueleto no ofego de seu tórax, e naquela umidade de seus olhinhos nublados, vinha um aperto ao coração – e o grande céu, a verde floresta, o ouro do Sol derramando-se pela estrada, o mundo e as criaturas tornavam-se enigmáticos, ferozes e inúteis.

O espírito do amor segredava-me, cada vez mais tímido: "Vê como te acompanha. Como poderás dormir tranquila sem teres socorrido o miserável que pediu o teu auxílio?" E o espírito da superstição murmurava: "Isto é para que não te esqueças que deixaste de ser caridosa, um dia. Aqui anda um aviso do ultramundo, sob a forma de um gato preto!" E o espírito científico replicava com uma insolência de dezoito anos: "Qual ultramundo! Isto é apenas um gato sem casa, maltratado pelos vadios, e que vai atrás de ti por instinto, procurando alimento e sossego". E o tal espírito prático se arreliava: "Onde estão os hospitais, para os bichanos que ninguém quer? Que há de fazer uma pessoa num caso destes? As pulgas estão ali, evidentes; a gasolina positivamente não está em lugar nenhum. Ninguém pode andar sempre com um sanduíche no bolso e uma garrafa de leite embaixo do braço... E ainda esta carga de preconceitos morais!..." O espírito do amor segredava entristecido: "Não deixes teu coração endurecer com o que estás ouvindo... Faze alguma coisa por este pobre animal que te segue arquejante. Lembra-te se algum dia foste atrás de alguma coisa que fugisse, fugisse... Reflete que algum dia poderás ir..." E volvia o espírito científico: "Mas um gato, afinal de contas, não é gente. E o sofrimento de um gato não é o sofrimento humano..." E o espírito do amor suavemente insistia: "Tudo é um sofrimento só, de alto a baixo, na criação. Compadece-te desse que te acompanha, pequena coisa que o destino pôs no teu caminho, problema que o mundo inteiro está vendo como resolverás..."

Então, no meio dos espíritos sentei-me. E o gato parou diante de mim, com a hirta cauda para o lado, uma orelhinha murcha, e outra em pé. Seus olhos chorosos não tinham cor humana: puro choro. E sua boca pálida arreganhou-se num miado sem som: puro bocejo. Aquietou-

-se, mirando-me. E agora um velhinho muito velho, emalhado em lã cinzenta, lacrimejando de velhice e de experiência. Observava-me, sem dizer mais nada, sem pedir nada. Sua sombra não media um palmo; minha sombra não media um metro. A sombra das árvores era imensa e balançava-se no chão, misturando estrelinhas de ouro. Trinavam pássaros, alto e longe. A montanha subia, subia. Quanto caminho andado! E aquele pobre bichinho descera-o todo atrás de mim, tão magrinho, tão infeliz, alternando as perninhas trôpegas, e chamando-me com sua voz desaparecida.

Por que não nascem entre as pedras arroios de leite para os gatinhos abandonados? Ah! Irmão Francisco, os lírios andam vestidos de seda, e os passarinhos por toda a parte encontram grão que os sustente, mas os gatinhos, bem vês, não têm rato com que se distraiam e o transeunte humano nem o pode socorrer nem explicar...

Passará talvez um leiteiro, com algum carrinho. Virá batendo uma sineta melodiosa como um anúncio de festa. E eu lhe direi: vende-me meio litro de leite para este bichinho abandonado... E o leiteiro será como um pastor antigo, que sobe para a sua serra onde tem ovelhas peludas e mansas, e me dará leite e queijinhos brancos e tenros, que todos comeremos à sombra das árvores, numa intimidade casta de écloga. O gatinho se lamberá todo com uma língua novinha, rósea que nem coral, e sorrirá agradecendo, e terá forças para trincar aquelas pulgas que passam como miçangas pelas suas costelas, e depois, limpo e refeito, brincará, para vermos, de pegar a sua sombra, de saltar ao tronco das árvores ou de morder a ponta da sua própria cauda.

E o leiteiro dirá: "Ide, senhora, que o levo comigo, para entreter os meninos da minha granja." E as árvores se inclinarão, cheias de pássaros e flores, e o gatinho irá pulando serra acima, enquanto o leiteiro, para o divertir, cantará uma cantiga engraçada sobre a vida das ratazanas...

Mas o leiteiro não aparecia. Pensei que ele acabasse por adormecer ali sentado, pois seus olhos ficavam cada vez mais pegajosos e seu focinho de anção frequentador de arquivos tomava um ar cada vez mais resignado e desistido. E eu lhe dizia: "Meu amigo, não sei qual é a venda mais longe: se a lá de cima, se a lá de baixo... Como vais resistir a caminhar mais do dobro do que até aqui andaste?"

E o espírito do amor implorava: "Toma-o no teu colo!" E lembrei-me da amiga que apanhou um gatinho assim à porta do cinema e levou-o para a casa de chá, escandalizando todas as senhoras enchapeladas que comiam sem fome, carregadas de balangandãs. E os espelhos em redor viram descer para o gatinho um doce das mil e uma noites, pura nata e massa folhada, onde a fome do desgraçado se perdia num delírio de suavidades brancas, num êxtase de manteiga e baunilha.

Mas nenhum pássaro trouxe no bico o milagre necessário ao gatinho preto. De nenhuma árvore caiu esse milagre suspirado. Pedras, Sol, troncos, formigas. Nem água! – nem água brilhava em nenhuma rocha, nem se deixava ao menos ouvir no segredo das folhas ou das areias.

Então, o gatinho veio tocar-me os pés com humildade. Isto é o que mais me custa lembrar: a meiguice com que inclinava a cabecinha doente nos meus sapatos, como a perguntar-lhes: "Por que pararam? Levem-me a algum lugar! Não veem que estou tão precisado, tão mortinho de sede e fome?"

E levantei-me e recomecei a andar – triste pelo gatinho como pela infelicidade de um povo ou de um parente. E sem esperança de nada. E fui andando. E ele atrás de mim. E fazia cabriolas. E queria andar tão depressa, que até atrapalhava as quatro perninhas. E ia de olhos no chão, disciplinado, com um ar de funcionário submisso, mas de repente virava menino travesso, e dava pulinhos, logo perdia as forças e levantava a cabeça com boca suplicante e olhos dissolvidos.

Nessa altura é que nos aconteceu uma coisa extraordinária: vinha subindo a montanha uma pessoa. E o pobre bichinho, que devia estar zonzo de canseira, confundiu os pés que subiam com os que desciam, e passou a acompanhar o transeunte inesperado.

Veio-me então a saudade de perdê-lo. E a melancolia de lhe não ter dado nenhuma ajuda. Perguntei aos espíritos que me cercavam o que devia fazer. E um deles – não sei qual – me respondeu que talvez fosse melhor deixá-lo com o seu destino. (Devia ser o espírito prático, que é o mais covarde...) E arrazoava: o passante podia levar consigo o sanduíche que me faltava... (Mas o espírito do amor, esse eu bem sei que ia chorando, dentro de mim, desconvencido e inconsolável.)

E agora tenho a lembrança da montanha, poderosa, bela, virente, e, em seu flanco, a imagem do gatinho triste, como coisa para toda a vida.

Primeiro, pensei que aquilo era apenas uma aventura curiosa, que esqueceria ao chegar à cidade. E parecia estar esquecido. Mas esta noite sonhei com ele. Sonhei com o gatinho que já deve ter morrido, que morreu certamente àquela tarde mesma. E disse para a sua imagem: "Mas eu te amei antes de morreres..." Depois, achei a frase idiota. Nem ao menos original. Parecia a última fala de Otelo.

# CONVERSA TALVEZ FIADA

Andei uns vinte dias sem ler jornais – o que não deixa de me causar certo espanto, embora os jornais não sejam a minha leitura predileta. Produto da velocidade da máquina pela inconstância dos homens, os jornais às vezes me seduzem (debilmente), mas nunca me convencem completamente.
Se a impossibilidade de me convecerem é longa e difícil de explicar e de entender, a de me seduzirem é facílima.
Em primeiro lugar, temos as gralhas tipográficas. Algumas já banais, que o leitor inteligente logo corrige. Outros nem dão por elas. Pensam que é o estilo. Mas há gralhas mais inteligentes que os leitores, e essas escapam à sua sagacidade, constituindo casos inesquecíveis na história do jornalismo e em muitas outras histórias.
Delas, a mais admirável parece que continua a ser a do tipógrafo que se enganou num verso de Malherbe. Como se sabe, na ode a Dupérier, o poeta, celebrando uma menina morta, escrevera:

*Et Rosette a vécu ce que vivent*
*les roses,*
*L'espace d'un matin.*

O erro foi no nome da menina, e o verso saiu:

*Et Rose, elle a vécu ce que vivent
les roses,*

alteração que o poeta aceitou e conservou. Malherbe, além de ser Malherbe, teve a sorte de um acaso poético num erro de tipografia. Mas isso foi aí pelo século dezessete, quando as linotipos ainda existiam apenas na previsão dos anjos.

É muito difícil, na verdade, encontrar-se uma linotipo capaz de colaborar com um autor, como o tipógrafo de Malherbe, isto é, melhorando os seus escritos. As linotipos são irônicas, perversas. Sempre me pareceu que as linotipos se riam, depois de cada gralha.

Um dia, um literato francês referiu-se, num artigo, aos *charmes infinis* de uma senhora. Veja-se o que fez a linotipo: escreveu *infimes*, em lugar de *infinis*. O escritor voltou com o artigo, para se reabilitar. E a linotipo escreveu-lhe *intimes* – o que não seria suficiente não apenas para pôr abaixo qualquer tentativa de reabilitação, mas para engendrar um processo razóavel contra calúnias e injúrias.

Também um musicólogo português, tratando certo dia de Mozart, serviu-se do adjetivo "salsburguês", referindo-se à cidade natal do artista. Vai à máquina e escreve "sub--burguês" – o que é rebaixar qualquer pessoa que não fosse Mozart a um nível fora de todas as retificações.

Mas as gralhas me distraem. (E quantas já terão saído até aqui?) Apenas, dão algum trabalho, como outro dia, quando escrevi que alguém havia "registado" certa versão folclórica, e ela disse por sua conta que a referida pessoa havia "rejeitado". Logo me escreveram perguntando: "Mas então, d. Fulana, como é que a senhora diz que eu 'rejeitei' essa versão etc., etc." Isso complica um pouco; mas o destino do escritor é esse mesmo: escrever, emendar, tornar a escrever, tornar a emendar, e assim por diante, enquanto tiver paciência para querer fazer alguma coisa.

Além das gralhas, há uma coisa muito atraente nos jornais: os pequenos anúncios. Os das pitonisas eram os mais prodigiosos, quando essas entidades tinham permissão de existir. Vinham todas do Oriente, da Babilônia, da Assíria e de outros lugares recônditos, de onde veio também o meu amigo Gilgamesh. Traziam bolas de cristal, filtros mágicos, anéis de invisibilidade, pedras zodiacais, nardo, cinamomo, tapetes voadores etc. Eu sou um pobre ser imaginativo, e no meu pensamento as pitonisas se desenhavam sob dóceis franjados, numa penumbra furta-cor, entre espelhos desorientadores, com seu perfil de pássaro persa, e as pálpebras pintadas de azul e prata. Se eu aparecesse na sua presença, não precisava estender a mão nem dizer uma palavra: suas pupilas se espetariam na minha alma como dois saca-rolhas de diamante (acho que isso não existe), e arrancariam o meu passado, o meu presente e o meu futuro como pedacinhos de cortiça esfarelada.

Tanta impressão me faziam seus anúncios que até hoje não vi uma pitonisa – porque podem ser senhoras corpulentas, com brincos de safira (dizem que é a pedra que dá dinheiro), e um pouco de barba no queixo, falando português misturado com espanhol. Não, eu sou fiel até às minhas ilusões. Morrerei, meus amigos, sem ver as pitonisas! Mas levarei a impressão de que todas elas eram iguais à rainha de Sabá que, afinal de contas, também não tive o prazer de conhecer.

A abolição das pitonisas deve ter deixado tristes muitos leitores de anúncios, imaginativos como eu. Ai de nós! até desses pequenos prazeres inocentes vamos sendo privados nesta hora catastrófica do mundo!

Mas sempre resta alguma coisa. Há trechos de jornal que mereciam ser recortados para uma antologia. Não me refiro, naturalmente, a poesias, contos, polêmicas, mas à matéria avulsa, despretensiosa, que dá, no entanto, o retrato psicológico e social de cada época.

Por exemplo: em 1938, um pobre homem foi morto em Nova York com vinte tiros na cabeça. Na verdade não era tão pobre assim, pois a causa de seu assassinato foi ter aparecido armado de duas carabinas, fazendo fogo contra pessoas que se encontravam numa tribuna de honra, em certa cerimônia no Central Park. A notícia telegráfica dizia:

NOVA YORK, 15 (H.) O indivíduo que hoje disparou alguns tiros contra a tribuna de honra do Central Park, na ocasião em que ali se realizava uma cerimônia em memória dos policiais mortos, foi abatido por vinte balas na cabeça quando tentava fugir.

Chamava-se Natalesan Felipps e parece que sofria da mania de perseguição da polícia, porque, ao expirar, murmurou: "O meu desejo era matar o maior número possível de policiais".

No mesmo ano, na Califórnia, uma senhora levou tão a sério as palavras da Bíblia que não hesitou em furar um olho e cortar uma das mãos, que certamente haviam pecado. Não é invenção, não é fantasia, é o telegrama textual:

MERCEDES, Califórnia, 25 – (U. P.) – A sra. Ola Harwell, que anteontem à noite vazou o olho direito com uma tesoura e decepou com três golpes de machadinha a mão esquerda, alegando que tinham "pecado", disse hoje que desejava deixar o hospital para cuidar de sua casa, mas os médicos que a assistem declaram que o tratamento deverá prolongar-se por mais alguns dias.

A propósito, é oportuno recordar que a sra. Ola privou-se da mão e do olho depois de ter ouvido em uma sessão de preces bíblicas o versículo 89 do Capítulo XVIII do livro de S. Mateus, que diz: "Se a tua mão ou o teu pé te desgostarem, corta-os e afasta-os de ti. É melhor a vida coxo e mutilado do que ter duas mãos e dois pés para lançar no fogo do inferno. Se eles te desgostam... etc".

Os nossos amigos americanos sempre foram considerados um pouco extravagantes; mas que diremos deste anúncio brasileiríssimo:

Mães carnavalescas – Senhora educada, limpa, morando em casa confortável, prontifica-se a tomar conta de crianças nos três dias de Carnaval, como pensionistas. A quem interessar, queira dirigir cartas para a portaria deste jornal.

Durante muito tempo andei preocupada com um pequeno anúncio que me provocava profundas meditações. Dizia assim:

Profeta da Igreja de Jerusalém. Hebraica, aceita candidatos para o ensino da perfeição religiosa, às segundas-feiras, das 19 às 22 horas, à rua tal, número tal...

Mas o anúncio que mais me enterneceu, até hoje, foi este:

Ganhe todos os dias a quantia fixa que quiser – Matemático, novato no Rio, ensina um método aplicado aos grupos, para ganhar na certa, diariamente, quanto queira. Cartas para a portaria deste jornal, indicando endereço, fone e encontro.

Entre as possibilidade de conhecer o futuro, de aprender a perfeição e ganhar dinheiro na certa, fiquei como sou, sem crer nem descrer de nenhuma, porém, sem a ambição de nenhuma das três.

Lembrei-me disto nestes vinte dias sem jornal. Não li os jornais mas encontrei-me com muita gente. E uns me diziam: "V. não aparece", e mostravam-se aborrecidos. Outros me diziam: "V. anda muito dispersa" – e estavam aborrecidos, também. Uns me censuravam: "Por que não escreve mais sobre educação?" Nem me animava a dizer-lhes que a educação é a única das coisas deste mundo em que acredito de maneira inabalável. Das do outro mundo eu acredito em tudo, é claro, desde os lobisomens até os serafins, sem falar na Entidade suprema, que nem ouso citar, por medo de profanação. E é fácil de entender: as coisas do outro mundo eu nunca vi, e pode ser que sejam como cada um diz. Mas as deste mundo eu estou vendo todos os dias, e me convencem tanto como a leitura dos jornais...

E os outros me diziam: "V. vive muito na solidão." E os outros: "V. precisa escrever coisas mais práticas." E ainda outros: "Que pena! V. não devia escrever senão poesia!..."

De modo que eu, dias seguidos, fui obrigada a pensar em La Fontaine, na história do menino que viajava com seu pai e um burro.

Tudo, afinal, talvez porque eu não levei a sério os meus anúncios. Se eu tivesse tomado aulas de perfeição, seria como desejam os meus amigos e inimigos. Se eu tivesse mandado chamar o "matemático novato no Rio", estaria a esta hora ganhando na certa todos os dias, e por onde andaria eu, com tanto dinheiro? – Na China, positivamente, que é um lugar onde ninguém se rala com as tolices do mundo. E se eu conhecesse o futuro... Ah! se nós conhecêssemos o futuro... Mas o futuro a Deus pertence. Coisa boa! O passado acabou-se, o presente vai-se acabando, o futuro se acabará... Em inglês e em alemão é que o futuro dos verbos é sempre um pouco mais difícil. (Isso nas gramáticas que conheço vagamente...)

# UNS ÓCULOS

Os que ainda não o sabiam, ficarão agora sabendo (e com o júbilo com que se sabem essas coisas!) que sou uma mulher de olhos tortos. Muito tortos. Aparentemente, não se nota muito, o que é, sem dúvida, uma grande tristeza. Mas na verdade, na verdade! e as consequências!...
 As consequências são muito vantajosas para a humanidade. Pois, graças ao entortamento dos meus olhos, todos os lugares do mundo me pareciam suficientemente belos e confortáveis; as exposições de pintura, deliciosas; e as criaturas, de um modo geral, enternecedoras. Só um pequeno número de pessoas e de coisas não resiste nem aos meus olhos tortos.
 Vai daí padeço constantemente crises longas e suaves de otimismo, vendo os mares sem avistar jamais os náufragos; os olhos sem penetrar jamais as intenções; as vitrines sem perceber jamais os preços.
 Esta última fatalidade seria quase a mais grave, se não existesse a das pessoas conhecidas e dos confrades com que cruzo pelas ruas, sem os poder cumprimentar não porque me falte boa vontade, paciência, memória, e até estima: simplesmente porque me falta essa coisa preciosa, tão celebrada pelos oculistas, e que se chama a visão normal.

Não, eu nem me lembro se algum dia já tive visão normal. Quando todos estão vendo, é comum que não veja nada. (Talvez também por julgar desnecessário ver uma coisa que já está sendo tão vista.) Quando ninguém vê coisa alguma, é certo que estou num êxtase de antecipação, compungida e encantada. (Mania de ver primeiro? Egoísmo? Exotismo? Nada disso: vista defeituosa, meus senhores, nada mais.)

Esses despropósitos visuais deram-me um grande tédio de olhar, à força de me causarem tanto otimismo em ver. Principalmente, a paisagem humana passou a desinteressar-me, pois é muito fatigante ver diferente dos outros, e é muito melhor esperar que a nossa vista se corrija, ou a dos outros fique semelhante à nossa. E eu sou muito paciente. De nascença.

Em compensação, a paisagem inumana é muito grata, contemplada por olhos tortos como os meus. Quem sabe mesmo se errei o caminho, e vim parar entre os homens, quando devia, mais primitivamente, vagar apenas entre as coisas? Pelo menos, errei de olhos.

A paisagem inumana oferece-me espetáculos que, devidamente narrados, enchem de disciplicente inveja os que me escutam. Duvidam, acham graça etc., mas em seguida começam a experimentar, cerrando as pálpebras e inclinando a cabeça a ver se são capazes de enxergar à minha moda... Mas não é fácil, porque isto é o prêmio de ter os olhos tortos...

Quando eu digo que vejo cinco luas crescentes, em lugar de uma, como os vulgares mortais, há uma certa hostilidade contra mim, que eu percebo mesmo com olhos tão generosos como os que tenho... E quando vejo a lua cheia, dilatando-se, respirando com o papo de um grande pássaro amarelo, e mostrando por dentro pulmões verdes e azuis – ah! todos pensam que são imagens de poesia que ando querendo misturar com a realidade. E é apenas o mecanismo do meu cristalino, agindo sob o rigor das leis que os físicos ensinam... Mas não há dúvida de que é mesmo muito bonito.

Há inúmeras coisas que eu não vejo, certamente; mas as que vejo compensam todas as desaparecidas.

E eu sempre fui muito feliz com os meus olhos, porque sempre obedeci ao meu inexato com a fidelidade com que nem todos obedecem aos seus, considerados exatos não sei por quê.

Mas, como frequentemente acontece, muitas pessoas lamentavam, desditosas, essa grande calamidade que o céu fizera desabar sobre a minha inocência: nascer com uns olhos diferentes dos dos outros.

E toda a vida fui mais ou menos perseguida por fantasmas de oculistas, desejosos de contribuírem filantropicamente para um bem-estar imaginado por eles, e baseado nas leis da Física acima levemente mencionadas na sua experiência humana e no acordo geral das nações, que nós – com qualquer espécie de olhos – bem vemos no que dá.

E, de todas essas mais ou menos sinistras conjurações, resultava sempre um par de óculos, com os quais me distraía uns momentos, vendo as coisas como as pessoas normais querem que elas sejam vistas. (O que não me encantava nada.) Assim, depois de me encontrar com muitas sardas, muitas barbas crescidas, muitos cabelos brancos, muitos quadros mal pintados, muitas mesas cobertas de pó, acontecia-me, graças ao entortamento dos olhos, pôr o pé em cima das lentes, e crac! – acabava-se outra vez o pseudoverídico mundo cuja integridade tanto defendem os de vista normal.

Depois de muitas experiências e desenganos, cheguei à conclusão nada sobre-humana de que os óculos tinham alguma importância para se verificarem os preços nas vitrines, pois, embora o natural é que fossem as vitrines grandes, e os preços menores do que elas, para caberem lá dentro, o que se passa é o contrário: as vitrines são pequenas, os artigos, insignificantes, e os preços, uma coisa fabulosa, em que os nossos netos, coitadinhos, não acreditarão.

À vista disso, e para não fazer disparates, muni-me de um apetrecho visual, cujas virtudes muito me celebraram, com a propriedade miraculosa de mostrar as coisas como dizem por aí que as coisas são.

E saí pela cidade, sem prática nenhuma, tropeçando nos conhecidos, nos postes, atropelando-me a mim mesma, atropelando os meus descobrimentos: buracos no asfalto, peninhas nos chapéus, e notas de um cruzeiro que, observadas com lentes, são uma lepra como Jó não conheceu.

É claro que, de vez em quando, aliviava tão tétricas visões, guardando discretamente os óculos.

Num momento em que me acautelava de ver a humanidade como os físicos e doutores se obstinam em querer que a vejamos, sucedeu-me uma coisa que eu devia prever, se andasse sempre de óculos.

Eu estava num lugar encantador, rodeada de senhoras que me pareciam atraentes e amáveis. Elas sorriam como as mulheres do festim de Rilke, e tinham graças adolescentes do *Grand Meaulnes* misturado com *Dusty Answer*. A luz do Sol se enredava em seus cabelos, e os meus tortos olhos viam formar-se e desmanchar-se um jogo múltiplo de arco-íris, em redor de suas frontes luminosas. Seus olhos – belos e direitíssimos os seus olhos! – passavam distraídos das vulgaridades deste mundo, e viam só os aspectos certeiros das coisas e os alvos corretos, do possível alcance.

Não era uma casa de chá, não era um instituto de beleza o lugar em que me achava; não era um cassino, mas era um lugar que eu tinha achado maravilhoso, porque todos os artigos das vitrines estavam sendo vendidos pela metade do preço, embora por dez vezes o seu justo valor.

Não havia cavalheiros de espécie alguma: eram apenas senhoras, lindas senhoras matinais, perfumosas e sussurantes, deslizantes e vaporosas.

Sentindo-as assim tão belas, percebi que estava sem óculos; e quando quis verificar sua realidade, não pude – porque os meus óculos tinham desaparecido.

Embora eu nunca tenha posto uns óculos para ver os meus óculos, sei que também eram muito bonitos. Tinham o aro cor de ametistas muito diluídas; e as lentes correspondiam exatamente ao plúmbeo arrulho dos pombos, num crepúsculo vaporoso e ao tom das areias, quando a neblina da noite ainda não se evaporou.

Não dou estas indicações para que ninguém os encontre, recordo-os como os amigos mortos, cuja formosura tentamos descrever.

O que não posso explicar é o dom de fazerem de meus olhos tortos uns olhos aproximadamente certos, no consenso dos cidadãos tranquilos, o que custara ao oculista uma série de operações de matemática muito sutis, e ao óptico, que os preparou com um desvelo e uma sabedoria, que eu já não o podia ver sem pensar que me achava diante do próprio Spinoza.

Pois tudo isso acabou-se, meus senhores. Por um golpe de prestidigitação, suponho.

O meu querido poeta Afonso Duarte, no seu tempo de estudante, foi roubado, em Coimbra, em toda a sua roupa branca. Contou-me Thomaz de Alvim que, no dia seguinte, falando do roubo aos amigos, perguntaram-lhe que medidas havia tomado. E ele disse-lhes: "Fiz um soneto..." – que é o seguinte:

*A quem foram roubar os pobres trapos,*
*a mim que sou humilde e pobrezinho?*
*Olhem bem que o valor desses farrapos*
*está em ter minha avó fiado o linho.*

*Ó rocas a fiar, contos de fadas!*
*Eu tinha-lhes amor e a simpatia*
*que vêm das saudades de algum dia,*
*longe, das velhas noites seroadas.*

*Bragais de minha casa, e as roupas feitas*
*por mãos de minha mãe muito me assusta*
*que os tomassem perversas mãos suspeitas.*

*Ah! mãos do furto, olhai, trazei-me à justa*
*os meus linhos, – suor dumas colheitas –*
*e amor dos meus, que a mim muito me custa.*

"Ah! mãos do furto..." – dentro dessas lentes que eram mágicas vão os meus olhos tortos, mirando-vos, admirados de que me houvessem parecido tão belas. E em lugar de soneto vem esta crônica – o que nem é compensação dada a [...] e a barateza assustadora das letras.

# HISTÓRIA DE UMA LETRA

Muita gente me pergunta se deixei de escrever o meu sobrenome com letra dobrada devido à reforma ortográfica; e quando estou com preguiça de explicar, digo que sim. Mas hoje tomo coragem, abalanço-me a confessar a verdade, que talvez não interesse senão aos meus possíveis herdeiros.

A verdade nunca é simples, como se imagina. E em primeiro lugar, devo dizer que o meu sobrenome simplificado só vale na literatura. Nos documentos oficiais prevalece a forma antiga, e eu por mim gosto tanto da tradição que não me importava nada carregar um ípsolon, um th, todas as atrapalhações possíveis que enrugam e encarquilham um idioma.

Por outro lado, as reformas ortográficas são sempre tão arrevesadas que já perdi as esperanças de estar algum dia completamente em condições de escrever sem erros, descansando assim no tipógrafo e no revisor, que são os grandes responsáveis pelas nossas faltas e pelas nossas glórias. Não foi, portanto, por afeição às reformas que sacrifiquei uma letra do meu nome. A história é mais inverossímil.

Todos na vida atravessamos certas crises. Dever-se-ia mesmo escrever sobre a gênese, desenvolvimento, apogeu e fim das crises. Se uma pessoa está sem emprego, o natural é que se empregue. Se está doente, o natural é que morra ou se cure. Mas o fenômeno da crise é importante precisamente por ser o contrário do natural. De modo que se a pessoa está desempregada, não há maneira de arranjar emprego, e se está doente não há maneira de se curar etc...

As crises são muito variadas. Há crises sentimentais, econômicas, de inspiração, de talento, de prestígio – e o povo classifica essa situação, que ele, em sua sabedoria, já observou, com o fácil nome de azar.

O azar não é lógico. Isso é que o torna desesperador. A pessoa sai de casa, bem com a sua consciência, com as faculdades mentais em perfeita ordem, os músculos, os nervos, tudo bem governado, atravessa a rua como um cidadão correto, observando o sinal, e quando chega do outro lado, apanha na cabeça um tijolo que um operário, inocente, deixou cair do sétimo andar de uma construção.

Naturalmente, todo o mundo tem refletido sobre as razões secretas dessas coisas inexplicáveis. E foi assim que, com o correr do tempo, se chegou à caracterização de um certo número de fatos e objetos que servem de prenúncio ao azar: espelhos quebrados, relógios parados, sal entornado na mesa, sapato emborcado, tesoura aberta, gato preto, mariposas, sexta-feira dia treze, mês de agosto, gente canhota e estrábica, vestido marrom – para só falar dos principais.

Penetrando mais no estudo de todas as superstições, pessoas entendidas têm procurado explicá-la pelas correlações existentes com as crenças do paganismo, estas por sua vez baseadas no empirismo e na ignorância dos nossos antepassados, e assim por diante – o que não impede que as pessoas ainda hoje se benzam, quando bocejam, para que o Demônio não lhes entre pela boca; e não cruzem as mãos, quando se cumprimentam, para não atrapalharem algum matrimônio, e não se deitem com os pés para a rua, e não façam muitas outras coisas, só pelo medo das consequências ocultas.

Outras pessoas, igualmente entendidas, dão rumo diverso aos seus estudos, descobrem o entrelaçamento das causas e efeitos universais, chegam até a afirmar que tudo quanto nos acontece nesta encarnação é fruto remoto de encarnações anteriores, e respeitam o que diz um provérbio oriental – que o simples roçar da roupa de um passante na nossa roupa é indício de alguma proximidade de vidas, em tempos imemoriais.

E há os que seguem o caminho dos astros, e com uma circunferência, umas retas, uns planetas, uns cálculos, dizem e predizem os nossos destinos, com todas as suas inesperadas trajetórias.

E há os que leem nas linhas das mãos, e contam as nossas viagens, os nossos padecimentos de fígado, o que vamos fazer daqui a vinte anos, e o minuto em que empalidece a nossa estrela...

Está claro que creio em tudo isso. Eu justamente creio em tudo. Creio até no contrário disso. A minha faculdade de crer é ilimitada. Não compreendo por que as pessoas creem numas coisas e noutras não. Tudo é crível. Principalmente o incrível. Não estou fazendo paradoxo. A vida é que já é por si mesma paradoxal, desde que seja vista não apenas pela superfície.

Ora, uma vez, todas as coisas começaram a correr contra mim. Fazendo a mais profunda e leal introspecção, estou bem certa de que não merecia tanto. Se punha roupa branca, chovia; se precisava ver a hora, o relógio estava parado; muitas coisas pequenas, assim – e outras maiores, já com intervenção humana, e que, por isso, não é necessário contar.

Então, considerando que tal concordância de acontecimentos desagradáveis devia ter uma razão secreta, pus-me a procurá-la.

Ao contrário do que geralmente se faz, comecei por atribuir a mim mesma a razão dos meus males. É certo que todos temos muitos defeitos. Mas nunca me dei ao luxo de ter tantos que justificassem a conspiração que se fazia contra mim.

Admitida a minha inocência, passei ao exame das circunstâncias que por acaso estivessem sob a minha responsabilidade. Nem espelho partido nem vestido marrom nem gato preto nem número fatídico na porta.

E assim descendo de observação em observação, e consultando algum conhecido – e os nossos conhecidos sempre sabem essas coisas ocultas e se não nos ajudam com as suas luzes é pela timidez em não acreditarem o momento propício –, passei a analisar o meu nome.

Esqueci-me de dizer que estava disposta a todos os despojamentos. Se a culpa fosse de algum mau sentimento, de alguma ação malvada, eu me castigaria energicamente. E até para me estimular recordava o exemplo daquela senhora americana que arrancou um olho e cortou a mão, convencida de que esses dois fragmentos do seu corpo estavam estragando a sua alma.

Foi nessa ocasião que me explicaram o valor cabalístico das letras, e a razão por que muitas pessoas mudam de nome, trocando aquele que lhes foi dado por outro em que haja uma combinação de valores mais favorável aos seus destinos.

Todos os conhecimentos têm uma profunda sedução. Quem conseguisse saber tudo ficava igual a Deus. Por isso é que muitos são de opinião que se saiba o menos possível, para não ter a mesma sorte de Eva, que logo no princípio do mundo estragou o Paraíso com o pecado do saber.

Digo isto porque um tratado de Biologia me atrai com a mesma força que um volume de ciências ocultas, e os números e as letras me parecem tão sensíveis, tão vivos, tão poderosos, enfim, como um animal, uma planta, um átomo.

Naturalmente, desmontei o meu nome, peça por peça, calculei, pesei, refleti, devo ter chegado a alguma conclusão de que já não me lembro, e não tenho a impressão de que os meus cálculos fossem assim desfavoráveis. Mas pelo sim, pelo não, como havia uma letra disponível, achei melhor sacrificar essa letra.

Há os que sacrificam os filhos, os carneiros, as aves, e há os que sacrificam o seu coração. Sacrifiquei o meu. Porque eu gostava de todas as minhas letras, fervorosamente. Ter de cortar uma, não foi assim coisa tão fácil como as reformas ortográficas ordenam. Uma letra é um signo, é uma coisa misteriosa que as gerações vêm carregando consigo, modificando de longe em longe, por mão inexperiente, por súbito esquecimento, por ignorância de algum escriba emprestado.

Deu-me um trabalho muito grande ficar sem essa letra. Quando olhava para o meu nome sem ela, sentia como se me faltasse um pedaço, como se estivesse realmente mutilada, sem a mão ou sem o olho. Consolava a letra perdida. Escrevia-a sozinha, do lado, sorria-lhe, contava-lhe coisas, para distraí-la. Tudo era muito infantil e muito triste. A pobrezinha ficava atrás, e dava-me saudade. Recapitulando estas coisas, sinto-me entristecer, e preciso recobrar a minha força de vontade para não alterar outra vez o sobrenome.

Afinal, como último trabalho convincente, estabelecemos este acordo. A letra não ficaria perdida: seria usada nos documentos oficiais, nesses lugares respeitáveis em que a firma é a garantia da nossa pessoa recebendo e pagando – os lugares que nós vemos que merecem a consagração e a estima unânimes dos nossos colegas humanos.

Quanto às coisas literárias, essas efêmeras coisas pelas quais vamos morrendo dia a dia, não são assim de tal modo graves que precisem da firma autêntica, daquela firma por que os juízes nos podem perguntar um dia, brandindo um papel pavoroso e fulminante: "Dize, bandido, foste tu que assinaste este documento?" Não, as coisas literárias não chegam a esse ponto. O mais que pode acontecer é tirarem o nome que escrevemos no fim e substituírem-no por outro, sem juiz, sem fulminação, sem defesa...

Isto posto, a letra abandonada e eu nos abraçamos ternamente, e nos separamos. Como era uma letra suave, terá querido dizer com o seu romantismo: "Quero apenas que sejas menos infeliz. Acompanhei-te durante tanto tempo! Tiveste tanta dificuldade em aprender a escrever-me... Pensavas com inocência no mistério das letras dobradas... Sentias orgulho, na escola, por essa letra dobrada no nome... Mas talvez eu esteja pesando demais na tua vida. Não fiques triste. Adeus".

Fiquei muito triste. Faltava-me a letra. Já não era como se me faltasse um pedaço de mim, mas, um parente, um amigo extraordinário.

A minha vida, porém, mudou tanto que, por mais saudade que me venha dessa letra perdida, não me animo a fazê-la voltar.

E está feita a confissão. Como se vê, uma história longa, que não se pode repetir a cada instante. Principalmente porque é uma história íntima, e ninguém deve cortar as letras do seu nome só por ter visto outras pessoas fazê-lo.

E fica explicado para sempre que assino deste modo por motivos sobrenaturais, fantásticos, como quiserem – mas não pela reforma ortográfica, aliás muito cautelosa com os nomes próprios, respeitando-os tanto quanto me parece deverem ser respeitados, principalmente pelos mistérios que dentro deles vão navegando.

# IMAGENS DO NATAL MELANCÓLICO

– Que presentes daremos aos nossos filhos? Assim perguntam as mães, na véspera do Natal. E caminham pelas ruas, horas e horas, distraídas de todas as outras ocupações, obrigadas por um sonho repentino e urgente. Resmungam, pensativas e tristes; discutem consigo mesmas suas próprias incoerências: "Tudo é sem utilidade... Mas que vem a ser o útil e o inútil no mundo das crianças? Tudo é tão pobre... Por que estragaram as lindas coisas que já existiram, e de que restam só estas réplicas imprestáveis?... Tudo é tão violento... Por que apareceram outra vez espingardas, homens de chumbo, navios de guerra, tambores, canhões para brinquedos dos nossos filhos? Tudo é tão caro... Como podemos alegrar as crianças, no dia de Natal?

As mães estão todas inconsoláveis, paradas diante das vitrinas, hesitantes, assustadas. Se entram nas lojas, tomam nas mãos as bonecas malfeitas, os bichos caricaturais, as armas de inocente crueldade e deixam-se estar mirando, sem decisões, derrotadas e sonâmbulas.

Elas vieram movidas por sonho – os séculos estão repetindo que por estes dias nasceu um menino extraordinário. Elas estão festejando um aniversário de lenda. Saem da sua humildade, andam até muito longe, gastam o que têm – por sonho, puro sonho. Vêm arrastadas por noções vagas de bondade, de perdão, de entendimento mútuo, de justiça, de amor universal. Atravessam a multidão das outras mães que vão no mesmo ritmo, e assim deslizam caladas, perdidas no seu destino maternal, fiéis à onda misteriosa da vida, passivas como peixes entregues a um imenso aquário... – mas aqui, diante das lojas, não pode fluir livremente o seu sonho. Todas elas tropeçam no instante da realidade – alto muro contra a passagem da sua transcendência.

– Que presentes daremos aos nossos filhos?

Essa pergunta das mães diante das vitrinas ressoa em contraponto num outro mundo, com outro sentido que nem elas entendem.

As crianças armaram a árvore de Natal, e agora se entretêm cobrindo-a de pasta de algodão como flocos de neve. Fios transparentes de celofane estão escorrendo de alto a baixo, entre bolas de vidro policromas. Inutilmente o Sol fica batendo na vidraça; as crianças estão vivendo em campos gelados de uma Europa que nunca viram. Assim se condensou a tradição, assim aparecendo enraizada e tenaz no coração clarividente e obstinado das crianças.

Uma delas está sentada no tapete fabricando conscienciosamente o boneco de neve, patinador absoluto de pistas impossíveis.

E o rádio está contando histórias tristes, em lugares gelados, com soldados caídos por frios campos brancos.

Mas as crianças não ouvem nunca as histórias lamentáveis. Continuam a fabricar neve, flocos de neve, bolas de neve, bonecos de neve. Os homens para elas não têm significação nenhuma. Elas não são humanas. Elas não sabem o que é nascer nem morrer. Estão dentro da bruma universal, ausentes e secretas, participando ainda deste contraste de sono e vidência da condição cósmica...

O filhinho do porteiro disse-me que certamente não ganhará nada, este Natal, porque agora o Papai Noel só visita as crianças ricas. Tinha um *rictus* desiludido, sua carinha ambígua de menino e velho.

Isso me fez pensar que, antigamente, Papai Noel era personagem mais venerável. Dizia-se que só não visitava as crianças muito más, incorrigíveis – e afinal a essas mesmas aparecia, deixando-lhes algum livro edificante, ou procurando comovê-las com a sua tolerância, o seu conselho, a sua esperançosa ternura.

Papai Noel mudou muito. Como pode acontecer que até o filhinho do porteiro me venha falar nessa seleção de crianças ricas e pobres?

Ele deve ter visto as longas filas de mães paupérrimas, descendo dos morros e, por Sol e chuva, rastejando com crianças pela mão e pelo peito, à espera de roupa, alimento, brinquedos...

É certo que todos os vizinhos foram generosos, e, ao contrário do que imaginava, o menino ganhou excessivos presentes. Mas isso não modificou seus pontos de vista em relação ao Papai Noel. Procurou explicar-me, na sua linguagem ainda sem muitos recursos, que os presentes foram dados pelos conhecidos: para ele, evidentemente, o Papai Noel era outra coisa – uma força metafísica, um sobre-humano princípio dirigente, o sentido do mundo...

(Como vivem de puro sonho, as crianças sabem coisas que nós, infelizes adultos, já não podemos saber...)

Quando as crianças saem do sonho são verdadeiramente terríveis. Uma esteve discutindo comigo acerca de um broche de libélula que o Papai Noel me ofereceu. Depois de examiná-lo cuidadosamente, fez as seguintes observações: em relação às asas, bem se vê que foram desenhadas por um poeta, pois um cientista não pode admitir que as asas das libélulas sejam bordadas de flores; quanto ao número de patas, a não ser que um par esteja transformado em alfinete, isto é um erro clamoroso, que bastaria para reprovar um estudante de história natural; pelas duas pedrinhas dos olhos, vê-se a ignorância do autor, que imaginou libélulas com olhos simples; e ainda se pode observar que o aparelho excretor deste exemplar está entupido.

– À vista disso – perguntei-lhe –, que devemos fazer?

E ficamos numa grande perplexidade contemplando o meu broche de libélula.

Porque essa conversa, por muito banal que pareça, contém, afinal, o germe de muitas discussões: deve a arte copiar ou imitar a Natureza? Que liberdades devem e podem ser concedidas ao artista? Como estabelecer boas relações entre a ciência e a arte?...

Tudo isso, meu Deus, já é tão velho e tão respondido que não se permitem mais dúvidas sobre o assunto: devia ser matéria incorporada à instrução primária, como aquisição já feita para a formação humana.

Mas todas as gerações começam no mesmo ponto, perguntando as mesmas coisas, discutindo as mesmas respostas, cegas diante de tão grandes evidências. É preciso voltar-se a recapitular tudo, dizer o que já foi repetido mil vezes... Fica-se um pouco descrente da continuidade da evolução.

Assim, debaixo do Sol se levantam os pinheiros nervosos.

Assim, no mesmo dia em que se celebra uma festa universal de amor e fraternidade, os homens se matam com terríveis engenhos.

Assim, brincam as crianças com as imagens das armas funestas, desses mesmos engenhos que ao longe estão fabricando a carnificina.

Assim é este Natal. Todos tão tristes, tão infelizes, mas ainda com um resto de coragem para mandar aos amigos palavras de boas-festas, que nos custam duas horas de paciência numa fila vagarosa diante do guichê do correio...

Assim, os pobres perus se deixam decapitar... – ah, melancolia!

*Debajo de las multiplicaciones*
*hay una gota de sangre de pato;*
*debajo de las divisiones*
*hay una gota de sangre de marinero;*
*debajo de las sumas, un río de sangre tierna...*

(Debaixo de nossa festa, uma gota de sangue de peru...)

# PELO TELEFONE

Uma das nossas revistas organiza um inquérito pelo telefone, para saber qual a figura brasileira, neste momento, mais impopular na política. Os inquéritos por telefone são fáceis, práticos para quem os realiza e, naturalmente, de grande vantagem, do ponto de vista sensacional: deflagram as paixões, porque são instantâneos, e colhem, de repente, o que irrompe de uma súbita emoção. A desvantagem não é só a dificuldade da revisão do raciocínio, posteriormente: é que nem todos dispõem de um inconsciente admirável, para essa experiência quase surrealista. Uma das consequências imediatas do surrealismo, segundo os seus próceres, era a de se descer para a rua, dando tiros a torto e a direito. Não é uma atitude, evidentemente, muito recomendável...

O repórter desconhecido lembra-se de chamar por mim. E apresenta-me a sua pergunta. É sempre agradável colaborar. Mas nem sempre é possível. Há muitas coisas que se ignoram, Horácio. E agora sou eu que pergunto a mim mesma, depois de confessada ao colega a minha falta de preparo no assunto: Quem é? Quem é a figura mais impopular?

Como eu gostaria de sabê-lo! E, por outro lado, qual é a mais popular, e quem merece ser o mais impopular, e o mais popular – e o que vem a ser popularidade e impopularidade... Pois – imagino – se soubéssemos essas coisas com absoluta exatidão, o mundo certamente seria diferente; teríamos todos alcançado aquela maioridade mental capaz de assegurar um comportamento perfeito. Ou, pelo menos razoável, suportável...

A pergunta do colega obriga-me a pensar em coisas que – suponho – não podem ser pensadas senão com muito vagar, pelos especialistas. Os outros, com tempo curto para dedicar às suas obrigações, quando se voltam para o desfile dos acontecimentos atuais, o primeiro que avistam é um mar de contradições. Só para entendê-las seria preciso um curso completo.

É certo que todos nós conhecemos casos, fatos; alguns temos tido oportunidade de tratar de perto ou de longe com estas ou aquelas figuras; fomos amigos de uns, vítimas de outros; "vivemos", portanto, às vezes a contragosto, certos episódios; estamos informados de um certo número de coisas; e vemos a paisagem de um certa maneira.

Aqui começam as minhas dúvidas: serão as paisagens como cada um as vê? Se ao menos reuníssemos todas essas visões, teríamos, estatisticamente, uma opinião sobre a paisagem. Uma opinião principal, e inúmeras outras. E serão os números sempre definitivamente verdadeiros?

Mas a história se complica muito, porque esta paisagem de que tratamos é essencialmente móvel. E os observadores também. Haverá razões, causas, necessidades, imperativos – quem sabe! E assim nos encontramos como um espectador instável, diante de um espetáculo igualmente instável. Cada espectador é diferente de si mesmo e diferente dos seus companheiros a cada instante. E está num lugar diferente, vendo uma sucessão imprevista de fatos, dos quais participam os seus companheiros e de que ele também participa, conforme o lado de onde se olha.

Se os jornais fossem sempre, como dizem, a manifestação da opinião pública, poderíamos saber alguma coisa do que o povo está vendo ou julga ver. Mas os jornais muitas vezes são os formadores da opinião, são os que impõem pontos de vista, que podem ser mais gerais ou mais particulares. E como tudo é tão vário e inconstante, essa opinião que se vai formando tem de sofrer os transtornos naturais decorrentes da sua formação.

O inquérito me fez pensar em problemas mais ou menos familiares a quem possui alguma experiência humana. Ó deuses, até quando se repetirão esses problemas eternos? A pergunta a que não pude responder vem, ao contrário, despertar-me outras perguntas. Tem alguma realidade o "popular" e o "impopular"? Por derivação, parece que isso devia significar "o conceito do povo". Mas, pode-se falar nesse conceito? Estará o povo sempre educado para raciocinar e agir com absoluta ou mesmo relativa segurança interior? E, não sendo assim, haverá uma opinião valiosa? Ou só propagandas? Propagandas que se impõem, nem sempre por pertencerem à maioria, nem à justiça, nem à lógica...

O povo "sente" o mundo. Por intuição. Quase por adivinhação. Chega a parecer-me abuso empregar-se a palavra "popular", às vezes.

Estamos a ponto de deitar a perder essa palavra, quando devíamos nobilitá-la, aperfeiçoá-la, dar-lhe dignidade. Pois não somos "povo" – todos nós? O seu mau emprego tende a confundi-la com "plebeu". E isso é lamentavelmente uma outra história.

## DIA A DIA

No fim do terceiro quadro, como estourassem foguetes na rua, os espectadores começaram a mover-se nas cadeiras e a murmurar.

O príncipe Alberto, que entrara em cena falando em alemão, estava agora vivendo uma declaração de amor. Mas das galerias alguém gritara: "Fora, Alberto!" Não era início de vaia, não: era explosão de hostilidade política e racial. Grito de aliado contra nazista. Os espectadores são assim, às vezes: confundem o teatro com a vida real.

Creio que convidaram o manifestante a retirar-se, pois houve zum-zum lá em cima, e as senhoras que estavam na minha frente, com modos muito galantes, levantaram a cabeça, pensando que, no escuro, e da plateia, poderiam avistar o que se passava tão longe...

Mas a assistência não sossegou mais. Os atores juravam amor, e o público cochichava. Fora, rebentavam mais foguetes. Por fim, do alto e no escuro, uma voz solene anunciou: "Brasileiros, acabou-se a guerra!" Então, o público bateu palmas, e os atores, que não podiam saber do que se passava, pararam interditos, sem entender aquelas aclamações inopinadas.

Naturalmente, a notícia correu até o palco. Os atores aplaudiam também. E, com muita elegância, depois dessa manifestação, tentaram continuar o espetáculo. Foram até o fim do quadro. E, para os de gênio sereno, era sem dúvida maravilhoso poder assistir a uma peça em que os atores representavam para um público que não os ouvia e o público olhava para uma peça que não estava entendendo.

Quando se acabou o quadro, muita gente correu para ver o que se passava na rua. Os que tinham ficado no salão beijavam-se, abraçavam-se, enxugavam lágrimas, deliravam felizes. E agora já se sentia a multidão estremecendo a rua com salvas, gritos, vivas, morras, cantos e foguetes.

Antes de começar o novo quadro, os atores vieram à cena perguntar ao público – dada a agitação geral – se deviam continuar o espetáculo. O teatro todo gritou: "Não!" Os atores levantaram os braços; os espectadores bateram palmas; na caixa do teatro o piano tocou o hino nacional; o público, de pé, se concentrou num pensamento fraternal; aclamaram o Brasil, os aliados, e o presidente Roosevelt – em homenagem a quem se pediu um minuto de silêncio. Esvaziou-se o teatro.

Da janela de um camarim viam-se coisas fantásticas: a avenida repleta, rolando tumultuosa. Os populares trepados nos veículos. Um marinheiro americano carregado em triunfo, como símbolo da paz. O dr. Jacarandá capturado não se sabe como, e carregado também. Aleijados dançando. Moças semiloucas. Um grupo enorme – vindo de onde? – cantando: "Ôba, ôba, Berlim caiu!" E já um carnaval anacrônico recordando, aos berros: "Só cumprimenta levantando o braço!" – Ê, ê, ê, ê! – Palhaço!"

• • •

Como se sabe, a festa durou até tarde da noite. Ônibus, bondes, automóveis, tudo descia transbordando de gente, para festejar na avenida o grande acontecimento. Como os bares fecharam logo, o povo entusiasmado rumou para as farmácias, e fez suas libações de vinhos reconstituintes e xaropes vagamente alcoólicos.

Quando chegaram desmentidos à notícia, todos já tinham mergulhado no oceano da festa. Era impossível sair do ritmo. A engrenagem da alegria rodava vertiginosamente. Havia grupos, cordões, rapazes sem paletó, de calças curtas, com lenços pelo pescoço – gente que reclamava bandeiras e estandartes.

Os verdadeiramente emocionados estariam em casa, pensando nos acontecimentos, esperando, inquietos, o último aviso das estações de rádio. Mas os que estavam pelas ruas eram a força instintiva do povo, sua expressão desencadeada, a explosão de muitos sentimentos sufocados anos e anos seguidos. Mas, para uns e outros, foi uma noite violenta.

Muito tarde, as praias, abandonadas à noite, ouviram os gritos e as canções dos que regressavam, nas capotas dos automóveis, já desiludidos, mas ainda felizes. Tinham vivido o boato como uma realidade venturosa. Palpitavam contentes. Não sentiam ainda a sua desilusão.

• • •

No dia seguinte, porém – e esta é a única novidade da minha história – ouvi um diálogo, pela rua. (Vinte e quatro horas mudam tanto o aspecto das coisas!...) E dizia o espectador da véspera, recordando o espetáculo teatral interrompido: "Não vi a peça até o fim, e não me restituíram o dinheiro!" (Fiquei ouvindo o imenso "não" da véspera, com que todos tinham concordado na interrupção do espetáculo.) Mas o interlocutor respondeu, com grande profundeza: "É... é assim que eles enriquecem!"

Nunca vi um boato exemplar como este: veio não se sabe de onde, produziu um efeito formidável, e deixou atrás de si uma conclusão absolutamente idiota. Guardo-o como um modelo. Quanto mais se vive, mais se aprende.

# UMA HISTÓRIA ÀS AVESSAS

Os senhores conhecem a história do Bei de Tunis? Pois é a história com que Eça de Queirós ilustra o desespero do jornalista sem assunto. Promete-se o artigo, esquece-se a promessa, e no dia exato vem (vinha, naquele tempo!) o moço da tipografia, implacável, buscar o prometido. Senta-se o escritor à mesa, olha para as tiras de papel em branco; as botas do moço que espera, lá fora, começam a ranger para cá e para lá, e não aparece uma ideia salvadora por cima daquela mesa, naquele papel em branco, no bico daquela pena! Que fazer? Dar uma tunda no Bei de Tunis. Não importa que ele a mereça, nem importa que a sua pessoa exista, sequer, explicava o grande irônico – o essencial é encher as tiras de papel. (Não se pode dizer que seja uma história fora da moda.)

Mas a minha, de hoje, é às avessas. Porque vim com grandes ambições de escrever sobre o soneto. E não para espancá-lo como no Bei de Tunis. Para mostrar sua ressurreição, com formas preciosas, por estes caminhos da América. Lembrava-me de Sara Ibañez, essa pálida mulher tão triste, com seus olhos esverdeados cheios de paisagens enigmáticas, e sentia-a na sua grande solidão por aqueles versos que dizem:

*Al norte el frío y su jazmín quebrado.*
*Al este un ruiseñor lleno de espinas.*
*Al sur la rosa en sus aéreas minas,*
*y al oeste un camino ensimismado.*

*Al norte un ángel yace amordazado.*
*Al este el llanto ordena sus neblinas.*
*Al sur mi tierno haz de palmas finas,*
*y al oeste mi puerta y mi cuidado...*

E quando ia recordando todo o soneto, eis que interfere Sor Juana Inés de la Cruz, e com uma voz tão antiga, um voz de três séculos, começa a traçar-me o seu retrato, tão atual:

*Este que ves, engaño colorido,*
*que del arte ostentando los primores,*
*con falsos silogismos de colores*
*es cauteloso engaño del sentido;*

*este en quien la lisonja ha pretendido*
*excusar de los años los horrores,*
*y venciendo del tiempo los rigores*
*triunfa de la vejez y del olvido,*

*es un vano artificio del cuidado;*
*es una flor al viento dedicada...*

Principalmente interessava-me o último verso:

*es cadáver, es polvo, es sombra, es nada.*

E por aí começou a minha perturbação. Pois se tivesse ido direta ao soneto, daria conta do recado, dentro de certos limites; mas o verso desviou-me do caminho. Começaram a ressoar-me na memória outros da mesma estirpe:

*É lodo, é terra, é pó, terra africana...*

Saltava séculos, e ouvia:

*Que resta após? Papel queimado... Cinzas... Nada...*

A decadência geral das coisas gritava por várias vozes. E uma das mais próximas dizia:

*É ódio, furor, tropel, fastígio, glória, pompas, chamas, o Olimpo – tudo esbate-se, sepulto em cinza, em crepe, em fumo, em sonho, em noite, em nada.*

Resolvi deixar o soneto para outro dia. Muito mais interessante, ou pelo menos oportuno – nesta decadência em que vão continentes e homens, nesta derrocada tremenda a que assistimos – seria acompanhar, pelo itinerário dos poetas, a sua visão desesperada do mundo, prova suficiente de que o mundo tem andado certo. Porque a poesia, como diz qualquer mortal sem privilégios especiais, é uma grande, uma poderosa, uma finíssima antena. De uma perspicuidade – para usar uma palavra que aprendi hoje, e que me parece delicada, penetrante, e vagamente sensacional.

Esse foi, portanto, o meu segundo plano; e daria matéria para um artigo capaz de entreter o leitor que viaja de bonde.

Mas no caminho encontrei-me com um poeta que dizia assim:

*Prosaica la luna. No luce la luna.*
*Restaurant barato, bien oliente a fiambre...*

É um poema sobre cegos mexicanos que cantam para gente distraída:

México! México! Veio-me de repente uma saudade esmagadora. Vi Monterrey ao luar, aconchegada, adormecendo tão cedo, como as crianças e os velhinhos. Vi uma rua antiga, por onde tremia, à sombra de um pórtico, a música de uma guitarra. Vi-me caminhando por esse lugar tão longe, tão deserto, aproximando-me da música, e ouvindo a voz que falava de amor e melancolia. Falava dos olhos luminosos e claros da mulher amada. E quando o cantor moveu a cabeça, a luz da noite bateu de certo modo no seu rosto, e estou vendo a cega prata da sua vista rebrilhar com um frio esplendor de lua. E ali estivemos conversando como irmãos. Por isso me fez parar o poema de Mimenza Castillo:

*No más los poetas son ciegos que cantam!*

E pensei longamente no México, e desejei falar de suas ruas, de seus museus, de suas igrejas, de suas índias de voz tão leve *"ahorita, ahorita, señora"*, entre montões de laranjas e tabuleiros de *tortillas*. Das suas índias que vendem blusas bordadas de miçangas e palhetas pelas esquinas, na confusão do tráfego apressado e do cheiro penetrante de comidas com pimentão.

Mas voltei-me para o lado, e avistei Rainer Maria Rilke; e as duas rugas da sua testa pareciam de um desgosto causado por mim. Pois não era a respeito dele que antes de tudo, antes de todos, eu tinha pensado escrever? Ah! mas nós somos tão volúveis! (Não acordes, Montaigne! na prateleira onde estás...) Movediços como as ondas...

Escreverei a teu respeito longamente, quando minhas mãos estiverem mansas como pássaros, suaves como flores. Não se pode falar de ti, Rilke, nesta pressa, nesta vertigem, mesmo quando toda a tua poesia esteja imperativamente erguida diante dos nossos olhos como um jardim sem noite, sem morte, sem esquecimento. Não se pode. Já me viste falar de Yeats? De Antônio Machado? De alguns outros? E bem sabes, bem sabes em que lugares nos encontramos e que compromissos temos uns com os outros, mais além da poesia, por outros sítios em que ela mesma se faz incomunicável...

Em todo caso, diante das pálpebras sofredoras de Rilke, uma grande melancolia se apoderou de meu coração. Nunca se sabe nada! Está-se no meio do mundo como as árvores nos grandes campos, quando anoitece. Passa o vento, passam as estrelas. Nossos pensamentos caminham, caminham como as raízes das árvores. Mergulham ceguinhos em distâncias profundas, que nos vão nutrindo de silêncio, mistério, solidão.

E por isso a minha história de hoje é a do Bei de Tunis ao contrário. Tantas coisas se precipitam sobre mim que não havia jornal capaz de conter tantos assuntos. E que assuntos, meu Deus! Quem pudesse debruçar-se lentamente para cada um, e com a maior ternura contemplá-los, estudá-los, apresentá-los, de modo a despertar no leitor a emoção que cada um deles merece. Uma vida não dá para tanto!

Em todo caso, se não pude fazer nada do que queria, não maltratei ninguém. Moralidade: sempre se pode ser mais generoso quando se padece de excesso de assunto. É uma pequena felicidade, que não se deve desprezar.

# SE FOSSE POSSÍVEL...

Os tristes anos de guerra que passamos (e terão eles passado?) geraram, entre outros males, o da desconfiança, – que separa os homens. Negros tempos, em que o inimigo pode estar em toda parte; não se olha: espreita-se; não se fala; sussurra-se; não se vai direto a nenhum assunto, como um coração em liberdade: rodeia-se. Rodeia-se e encontra-se o Curvo de Ibsen. "Nem morto nem vivo. Nevoeiro. Lama. Sem forma... o Curvo não ataca. Triunfa sem lutar." A imagem da hipocrisia postou-se nos mais belos caminhos. Oh, o cansaço imenso da guerra não está somente nos ombros dos soldados que batalharam: está em todos que queriam viver sinceramente; está nos que não puderam fazer nada, que foram detidos e paralisados, transferidos para um dia que talvez não alcancem – e, de qualquer modo, postos fora de ação, pelas circunstâncias condenados à inércia no justo momento de construir, momento que nem sempre volta, e quando volta já não é o mesmo.

O fim da guerra, com seus desenlaces pavorosos, abriu uma válvula aos compromissos e desesperos do mundo; e assistimos a espetáculos de brutalidade que quase excedem os da própria guerra. Por eles vemos já não a atrocidade dos combates, nem os recursos demoníacos alcançados pelo homem em atacar ou defender-se – mas a perversão a que esses anos conduziram, o estado de deformação que a criatura humana atingiu, depois de tantos exercícios macabros; a facilidade com que se resvala até a mais negra baixeza, até o súbito esquecimento de toda a aprendizagem de domesticação conquistada em longos séculos pelo animal humano.

Há uma alucinação coletiva, um desequilíbrio total, explicáveis por esses anos de turbulência, de ameaça constante dirigida contra os nervos, com a sábia perversidade dos que conhecem bem o seu alvo. E depois desse arrasamento brutal da terra, não ficaram apenas campos e cidades destruídos, cadáveres e famintos: ficou uma turba transtornada, pelo que viu, pelo que sofreu e até pelo que esperou sem ter acontecido.

Como esta, na verdade, foi – segundo o seu próprio objetivo – uma guerra total, aos mais longínquos pontos do mundo propagou seus efeitos. Estamos numa era em que as notícias correm com velocidade quase absoluta, e na verdade todos estivemos presentes, todos fomos testemunhas e participantes do cataclisma. Devemos ter [...] ainda nos sobra alguma responsabilidade, depois de tão amarga existência, devemos convencer-nos de que o bom caminho para a vida é o da compreensão e o da paz. Mas que essa compreensão e essa paz não se alcançam com a assinatura de alguns tratados, porque o homem é igual ao homem, mas é diferente do homem: em sua natureza, idêntico, em sua evolução, desigual. Se, desde que se compreendeu isso, se tivesse posto em prática uma disciplina que fosse permitindo evitar os nossos naturais desacordos, e estimular as nossas coincidências, de modo a promover um bom entendimento geral, – certamente esta grande guerra já não teria ocorrido. E se continuarmos a não pôr em prática uma disciplina dessas, talvez nossos netos, talvez mesmo nossos filhos, tenham de repetir, em proporções ainda maiores, o mesmo drama que hoje arrepia os simples espectadores dos confortáveis salões de cinema...

Isto parece um pesadelo, mas não foi um pesadelo; parece uma história para aterrorizar, mas foi uma história vivida. Não é possível que alguém a deseje repetir. E isso não impede que a repitam, porque não é só pelo platônico desejo de bem-estar e felicidade que se constrói nem um nem outro.

Os homens nem sempre têm os mesmos recursos, nem sempre falam a mesma linguagem, mas os seus objetivos são singularmente parecidos. Devíamos compreender nos outros o que compreendemos em nós. Mas de tanto pensarmos em nós, esquecemos frequentemente os outros.

Se aplicássemos o que resta de simpatia, de caridade, de altruísmo, pensando um pouco além dos nossos próprios limites, desejando verdadeiramente contribuir para melhorar o mundo, encontraríamos algum caminho, porque todos nós, sob pena de sermos verdadeiramente imprestáveis, sempre somos capazes de realizar aqui ou ali alguma coisa de utilidade geral.

A paz humana, como a felicidade de cada um, não é uma vantagem repentina, que se conquista de assalto e se mantém para sempre: é um vagaroso dever, cultivado com clarividência. Ganha-se a paz do mundo com a paz de cada indivíduo assegurada. Não adianta destruir uma fábrica de munições deixando na Terra um coração inquieto e feroz: as armas não nascem por si, elas representam materialmente o desejo e o sonho dos homens.

Mas ainda há muita loucura nos ares. E não a querem ver. E dentro dela não se pode trabalhar nem pensar!

# PÁGINA DA INFÂNCIA

Solidão, solidão... Acumulam os dias de solidão.
No entanto, as pessoas passam, param, entram, falam... Mas há valas, grades, muros...
As próprias crianças desencantam: ou porque têm sardas, ou andam de olhos sujos, ou metem os dedos no nariz, ou esfregam as mãos pela roupa, melosas de calda de balas, pegajosas de visgo de frutas...
As crianças chamam por ela: "Coisinha! Vem cá, coisinha!"
Ela, porém, não pode ir. Não a deixam ir. Não tem mesmo muita vontade. "Coisinha, me apanha aquela flor?" "Coisinha, qué me dá a tua boneca?" – Falam de longe, de longe, e nem adianta responder. Custam tanto a ouvir! "Coisinha, qué trocá tua boneca por uma bala?"
Não a deixam ir, porque há sarampos, coqueluches, perebas... "É a morte certa! – diz a criada. – Esticas a canela que nem se tem tempo de chamar o doutor de mala russa!"
"Coisinha, sabe? – eu vou a Niterói!"

• • •

E há ruas! Há ruas, sim, por onde passam cavalinhos, puxando tílburis... Há ruas, e os doceiros se sentam à sombra das árvores... Há ruas com grandes casas de escadarias de mármore, em que, de cada lado, pajens de pedra levantam lampiões de vidro em forma de archote. Há jardins com grutas onde uma água esverdeada esfria, silenciosa, sob estalactites de cimento... Há cascatas com muitas conchinhas frisadas... Há canteiros cheios de flores, por perto dos quais parece mesmo irem passando anões de carapuça, gordos e corcundinhas com uma risonha cara vermelha e barbada... No alto dos portões os leões de pedra meditam. Pelos telhados das casas, fileiras de moças, brilhantes e brancas, soerguem seus mantos de louça, de pregas imóveis, no vento...

Em certos domingos, pode-se passear por algumas dessas ruas. Veem-se os quadros com molduras de veludo, e os bronzes e as jarras, por entre as cortinas das janelas. Veem-se as famílias pelas varandas, conversando com as visitas. E as crianças, com cara de quem está de castigo, ouvem, ouvem sem dizer nada, hirtas nos seus laçarotes e bengalinhas, como plantas presas em estacas.

Tudo isso – e as palmeiras enegrecendo contra as cores violentas do crepúsculo. E então, de uma sala distanciada, no fundo de um jardim, algum piano derramando uma chuva de ouro sobre um telhado de cristal, e um secreto vento levando-a e trazendo-a, ora leve, ora intensa, ora copiosa, ora tão lenta que se esperava cada gota, que se podia contar uma... E depois, nada mais. Silêncio. Nada mais? Não: uma espécie de melancolia que modifica todas as coisas que se vão encontrando...

Solidão, solidão...

O homem de bigodes retorcidos pega os peixinhos de chocolate carinhosamente: "Quer o azul? Quer o dourado?" E depois de receber o tostão faz uma festinha no queixo da menina.

Mas tarde, estende-se a toalha com alguns furinhos sobre a mesa, e pousa-se a travessa dos pastéis, a da carne assada, a do arroz-doce. "Ainda temos doce de goiaba?" A compoteira chega, com uma formiguinha no pé. "Precisamos dar cabo destas formigas." – "Já fiz três cruzes de carvão: não adiantou nada."

E como ainda não escureceu, e não é hora de ter sono, abre-se o álbum de retratos em cuja pesada capa de couro voam anjinhos de bronze com asas de borboleta.

Dias e dias sobre o pano de crochê, aquela casa encantada não deixa entrar dentro de si um raio de sol, um sopro de ar, para os seus silenciosos habitantes. Não há um protesto, não há uma lágrima: cada figura continuava no seu lugar, olhando para coisas invisíveis, indiferente ao que tinha sido antes, e ao que viesse também a ser depois.

Uma traça corre entre os cartões dourados; anda sobre as imagens um brilho pálido de marfim.

Passa a moça de caracóis e broche redondo. Passa o jovem de plastrão e roupa debruada de seda. "Já não me lembro quem eram estes. E tu, te lembras?" "Não é a dona Estefânia?" "Não, a Estefânia é a do leque." "Então, não sei."

Aparece a imensa parenta, de complicadíssima saia, com gravata de franjas no corpete justo, leque de borla e relógio na cintura. A montanha encaracolada de seus cabelos resvala em massas densas para a nuca. "Estes penteados! Estes penteados! Que modas!"

Vinham os senhores de casaca, sentados ao lado da mesa, com o cotovelo apoiado a um livro. Moças de topete pensavam, com a face na mão, junto a colunas com grinaldas de madeira. Os babados de suas saias tocavam o chão. Não se enxergava nem a pontinha dos seus sapatos. "Tudo isto já morreu! Tudo isto já morreu!"

E no entanto ali estavam! Havia um pedaço de papel com aquela imagem. E a dona da imagem não se encontrava em parte alguma!

"E estes, também?" "Também já morreu a viúva do conselheiro?" "Oh, há quanto tempo! há quanto tempo!"

Meninas de roupas esquisitas paravam perto de cestinhas de flores, com brincos longos, botinas com bordas nas pontas dos cadarços. Abaixo do babado pragueado da saia, apareciam umas largas calças da cor do vestido, e em forma de canudo! "Estas calças! Estas calças! Que modas!" "E as meninas morreram também?" (Oh, nem as meninas teriam escapado???) "Esta parece que foi com a febre amarela! Tão bonitinha que era! Uma bonequinha tão pequena, tão benfeita que era mesmo uma flor!"

Casais pensativos esperavam que a criança voltasse a folha do álbum: os senhores, sentados em cômodas e cadeiras estofadas e franjadas – as senhoras de pé, espraiando pelo chão a copiosa cauda dos vestidos, em que se adivinhavam laços, vidrilhos, rendas...

Dona Estefânia tinha um leque de plumas e um relógio de berloques. "Esta, esta é que era a Estefânia!" "E também já morreu?" "Pois então! Tísica também... – era um bocadinho vesga, mas aqui não se vê..."

Meninos magros, de botinhas e meias compridas, cruzavam a perna encostados a troncos e pontes artificiais, com calças de fivelinha no joelho e paletós abotoados no primeiro botão. As irmãzinhas com colares de três voltas, e laçarotes no cabelo, usavam botinhas de salto alto com as pontas do cano dobradas para baixo...

"Este era o Maneco ou o Chiquinho?" "Já não me lembro... Foi há tanto, tanto tempo... Por onde andarão eles, coitadinhos?"

Então, a menina levantava os olhos, para ver se conseguia adivinhar o sítio por onde se imaginava que andassem o Maneco, o Chiquinho e os outros... Mas os olhos tornavam a descer na mesma ignorância.

Apareciam gordas senhoras com camafeus e corais. Velhos magros, de pincenê. Criancinhas sentadas em poltronas de veludo. Ah, as criancinhas! Uma delas era ela mesma, a menina que ali estava contemplando...

Era ela! – e não se lembrava. Ainda não tinha cachos. A bem-dizer, não tinha mesmo cabelo. E, em toda a coleção de retratos, dos senhores de casaca e das senhoras de vestido de cauda aos meninos de bengalinha, e às meninas de laçarote, era a única a aparecer assim despida, com um trapinho branco que nem lhe tapava o umbigo.

Não virava depressa essa página. Ficava pensando muito tempo sobre muitas coisas, e comparando-se aos retratos dos irmãozinhos, deixados para trás e tão bem sentados com suas amplas camisolas, entre esplêndidas almofadas.

E, como quanto mais se olhava mais se encontrava perdida, esquecida, diferente, não podia quase acreditar que se encontrasse diante de si mesma. "Eras assim. Não te lembras?" Não. Não se lembrava. Então, talvez também tivesse morrido em parte. Talvez fosse uma criança já morta, como as outras... E continuava a olhar com certa aflição para essa que tinha sido – procurando sentir onde estavam agora seus pés encolhidos, sua boquinha tão mole, seu corpo que ainda nem se podia sentar.

E, como a do retrato estava morta, e no entanto sobrevivia, quem sabe andaria, por algum lugar, alguma coisa de todos os outros mortos, que, por isso, continuavam ali, tão tranquilos, naquelas antigas posições?

"Por onde andarão eles, coitadinhos?" "Destes, eu não me lembro nada, nada..."

Era triste ouvir aquilo.

Mas do outro lado da mesa respondiam: "Pois eu, é como se os estivesse ouvindo falar..."

# EVASÃO

Você gosta da cólera, amigo? Eu não gosto, porque é uma loucura passageira e feia. Há loucuras belas: quando alguém nos pergunta: "A senhora se lembra de d'Artgnan? Pois era eu..." – e quando uma pessoa nos apresenta os originais de um tratado sobre as granulações concomitantes do éter, ou estudos congêneres. Nisso há poesia, transcendência, um desprendimento da realidade, um gratuito abandono às possibilidades do sonho.

Por que o meu vizinho não escapa a este bate-boca, não abranda a voz que parece o bafo endurecido de um touro, não afrouxa o punho, amarrado em ódio, e diz, por exemplo: "Ondas, ervinhas, estrelas, dançai em redor de mim, que sou o próprio Pã!"? Até eu iria participar da dança; o mundo que tanto o precisa – seria uma grande festa, e o vizinho vociferante abriria o préstito radiosamente convertido em figura mitológica.

Mas não é possível: o homem ruge, investe, atordoa o próximo. Por que tanta agressividade? Porque entrou pela sua casa um busca-pé. Já não se pode mais festejar Santo Antônio. Um santo tão agradável, tão profano, tão simples que qualquer camponês se sente um irmão...

Explode uma bomba. E o vizinho – que já não se lembra da Europa arrasada – salta nos calcanhares, eletrizado e fulminante. Ele não quer que ninguém se divirta, porque não está disposto a divertir-se. Se é certo que não se lembrou de dizer que é o próprio Pã, intuitivamente sabe que é muito mais que toda a mitologia. Seus aborrecimentos, portanto, devem ser estrondosos, e é de espantar que a Via Láctea não estremeça com eles. Será que a Via Láctea não sabe que deveria estremecer? Por acaso não o conhece? Grande idiota!

Viremo-nos para o outro lado. O lado do sonho, que é a montanha, que são os jardins escurecidos, e o súdito jorro dos fogos de artifício.

Insensivelmente nos vai a memória levando para outros lugares. E não paramos na infância, delicado paraíso que cada um, sem querer e sem saber, resguarda. Não; paramos em sítio muito mais próximo: um amanhecer de verão no Texas. Data nacional. Andam meninos pela rua, e atiram bombas violentas que parecem rebentar, exatas e metálicas, mesmo dentro do quarto. Entre uma bomba e outra, um passarinho pelas árvores desfere um grito tão certeiro, tão do mesmo tamanho, tão idêntico, que há dias andamos apostando se é um grito de pássaro ou um silvo de máquina.

Os meninos dão a volta ao quarteirão empenhados no exercício de estalar seu estoque de bombas. Desses garotos esgrouvinhados que nunca ficam totalmente enxutos do banho matinal e cujos cabelos sempre se dirigem para o lado contrário. E lá vão eles. E levam latas grandes, para as bombas rebentarem dentro. E é possível que haja alguma postura contra tanto estrondo, porque de repente correm, desaparecem por uns matagais e quando voltam é como se regressassem de enormes conspirações.

Foi o único festejo a que assistimos, da grande data. O bairro descansava, com suas casas fechadas, graciosas casas, entre jardins verdadeiramente encantadores. Como íamos visitar umas plantações de algodão – aproveitava-se o feriado –, fomos atravessando toda uma parte da cidade, e a preguiça da manhã excessivamente cálida conservava tudo protegido num silêncio deserto.

Em verdade, procuro, procuro alguma imagem, e só encontro, no bairro negro, um velhinho sentado sob uma árvore branca de flor, única no jardinzinho, na frente da casa de falso tijolo. Tão quietinho, com a cabeça branca, como a árvore, o ar um pouco esquecido, de quem apenas sonha.

E o resto se dilui no casario acinzentado e muito pobre. Só nos acompanha, gloriosa e pulcra e toda aberta na manhã tranquila, a grande bandeira azul do céu, até o campo nos oferecer a sua, que é verde uniforme, e às vezes ondula com um pequeno vento.

O passeio pelo campo estava a ponto de converter-se em poema, a cada instante. Tínhamos carroças, cocheiros negros, burros – e de vez em quando uma roda ficava presa, e quase caíamos lá de cima, uns atrás dos outros, como anjos expulsos do céu. Nem faltou um amigo, desses que são a encarnação da alegria campestre, para colher em algum esconderijo um cacho de uvas intragáveis, que ninguém podia morder, mas todos olhavam com admiração. Porque eram belas e ácidas. E pendiam dos seus dedos como o próprio símbolo da esperança perdida…

E o campo era verde como um chão de jade. E os carneirinhos que servem para enfeitar os campos tinham sido puxados pelos maquinistas celestes e boiavam nos ares, em flocos de nuvens infantis, aproximando-se e separando-se.

E as vozes tomavam essa transparência, alada e fragmentária, que lhes sobrevêm quando encontram muita distância, e havia palavras, pedaços de frases tão nitidamente recortados e soltos entre o verde e o azul como losangos e quadrados de outras cores, como lenços fugitivos enviados com mensagens.

E por isso sabíamos que do outro lado era a região dos amendoins, e mais além havia uma grande casa dessas que ninguém habita, e só se abrem para que possam continuar as histórias de assombração. Assim, quando nos aproximamos da casa, olhamo-la pelo lado de fora, com muito respeito, esperando que alguma janela se abrisse, e algum fantasma – já que por ali se plantava algodão – cantasse, com olhos brancos:

*Lemme tell you, white man,*
*Lemme tell you, honey,*
*Nigger makes de cotton,*
*White folks gets de money!*

Mas ninguém aparecia. As janelas continuavam fechadas, com esse jeito de sono das casas vazias. E os moradores antigos sorriam para ela, e reconheciam coisas familiares: um degrau, uma porta – e paravam como nós diante dos amigos que não vemos há muito tempo, e para quem sorrimos com certa pena: "Como o tempo passa!" (*Passons, passons, puisque tout passe – Je me retournerai souvent...*)

E todos queríamos entrar na casa, cuja porta se abriu, de repente, como a casca de um fruta. E por dentro era úmido e o ar parecia ter essa penugem das maçãs mofadas. Mas era sonora, a casa, e o estrépido das vozes ameaçava quebrar as louças guardadas no armário de 1900. Tão sonora como o interior de um violoncelo. E os proprietários sorriam com ternuras filiais para o relógio parado, para os copinhos cor-de-rosa, para a fruteira. O que me penalizava era um sofá de pernas para o ar, que se avistava num recanto. Porque ninguém o socorreria. Tinha um golpe no forro, por onde saíam, ruivas, mechas tristes do seu recheio.

Não estou bem certa se havia um manequim encarnado perto de uma janela, mas num quarto estava uma cama desfeita, com uma colcha de franjas, e é impossível que todas as noites uma alma não se deitasse ali, e revirasse as cobertas. Ou o manequim.

E os donos da casa passeavam entre aquelas coisas, e falavam delas – mas via-se que não eram as mesmas, as que nós contemplávamos e as que eles conheciam. Por isso, o encantamento era maior. Quando eles apontavam para uma cadeira, nós, miseravelmente, só víamos um móvel, mais ou menos melancólico, sentado em si mesmo anos a fio. Eles, porém, tinham uma história relacionada com aquele lugar, e horas e posições antigas, e muitas coisas invisíveis os cercavam; e isso ao mesmo tempo me dava ciúme por não poder entender, e delícia, por ser capaz de inventar.

Se me tivessem deixado ficar ali muito tempo, a casa teria conversado comigo, em sua linguagem velha, inocente mas complicada. Como os seus pratinhos de doce, que eu via no armário, com beirinhas torcidas. Era lindo estar naquela frescura úmida – a mesma dos porões da infância, cheirando a rato e livros roídos.

Mas os amigos não têm todos os mesmos gostos, e viva a amizade! O prazer do bolor parece que é herança europeia. O sonho tem de ser mesmo um fungo, uma coisa esquisita como a penicilina.

Foi por esse louvável amor à assepsia, e um desejo louco de Coca-Cola, que não se sabe de onde surgiu a determinação de fechar a porta, de deixar para longe as carroças e os campos, de tomar pela avenida lisa, de parar no primeiro posto de refrescos como um carro num posto de gasolina.

E os licoreiros ficaram entregues às nuvens, e as uvas ácidas se recostaram na sua confortável folhagem, e o ventinho se multiplicou em borboletas de ar pelos algodoeiros pequeninos...

E tudo era calmo como de manhã, e o negro de cabeça branca estava sentado do mesmo modo, embaixo da sua árvore, no jardinzinho da frente da sua casa de tijolo falso.

E na nossa rua os mesmos garotos se entretinham com as suas bombas, e era um feriado maravilhoso.

Este meu vizinho teria morrido de ódio com o estrondo festivo daquela rua, naquele dia. Teria mandado fritar os meninos, porque este homem é um ogro, um canibal, e faz mais barulho que todo o foguetório de junho num arraial. Sem foguetes de lágrimas. Sem o fofo projétil colorido das pistolas. Sem o delírio das rodinhas. Nem uma pobre imagem retórica. Nada. O desaforo nu e cru, como aqueles bichos repelentes que saíam da boca da menina má, na história das fadas.

Então, para não o ouvirmos, temos de dar outra volta para o sonho, e relembrar outra coisa...

## OH! A BOMBA...

Oh, a bomba!... até os rapazes que em geral só se ocupam de pingue-pongue saíram de suas nobres ocupações favoritas arriscando um palpite sobre o formidável engenho. E as damas que, para invernos imaginários se envolvem em peles da Sibéria, e não contemplam as fotografias dos campos de concentração para não terem pesadelos, até essas sensíveis senhoras se detiveram um momento – embora levemente incrédulas – divagando sobre as consequências da formidável explosão.

Essas consequências serão inúmeras. Aparecerão chapéus fatais, inspirados na preciosa bomba; os fabricantes de brinquedos irão perturbar a infância com miniaturas da novidade; as vitrinas se encherão de berloques extravagantes, da mesma inspiração; no fim do ano teremos um samba com variações sobre o tema; e então a bomba estará verdadeiramente divulgada e popularizada, e até a menina que vende lápis de noite, e os mendigos das imediações dos cassinos, e o cego mais cego perdido aí por essas moitas, saberá da existência dessa máquina espetacular.

O maravilhoso é que a bomba aparece como um símbolo, além de aparecer como uma fragorosa realidade. Vem ameaçar da destruição total a estrutura de um mundo que uma parte da humanidade tem lentamente solapado com forças imateriais. O que a bomba encontra para arrasar é o que foi ficando construído pela própria natureza, ou o que, das gerações, o tempo ainda respeita. São as casas, as ruas, as criaturas, e os pobres animais, alheios à aventura humana, e ao mesmo tempo a ela tristemente escravizados.

Mas somente isso. Porque o resto tem sido violentado, quebrado, esquecido propositadamente, disperso em todas as direções, e propagando sem limites seu tremendo poder sutil de desagregação. E o resto era muito mais importante que as casas e os arsenais. Era o nosso sentido de amor humano. Era a compreensão das criaturas – o esforço, ao menos, dessa compreensão. Era a disciplina de viver em comum na Terra, suportando-nos e melhorando-nos pacientemente. Era esse estado de benevolência total, de uso silencioso e íntimo, cujos efeitos não diminuem com seu segredo. Era o desejo de ser justo, exemplo que já nem figura nas antologias... Era a convicção no valor das forças morais. Era o pudor de ser ou parecer, sequer, maior que o seu semelhante. Era o respeito pela condição humana. A alegria de ser fraternal. A impossibilidade de se sentir feliz, só pela ideia de que algum sofrimento estivesse palpitando escondido no mundo.

Tudo isso também é humano, pois certamente algumas vezes é sentido. Mas há o lado feroz, que é o oposto de tudo isso. E este é o que separa, o que desagrega, o que dispersa para um caos melancólico tudo quanto o outro consegue aproximar, reunir, harmonizar, integrar.

A bomba atômica não deve causar tanta admiração nem tanto susto. Ela é apenas a representação plástica do que uma parte da humanidade tem surdamente realizado nesses invisíveis laboratórios que também somos.

Como há criminosos distraídos, irresponsáveis, com os sentidos extraviados, talvez agora contemplem essa imagem como um fantasma em ponto grande, e o reconheçam, e lhe deem o verdadeiro nome.

    E oxalá possam as forças do amor, tão fatigadas, realizar ainda uma vez esse milagre obscuro de arrancar da tão prodigiosa ameaça os poderes benéficos que a nossa miséria talvez já nem mereça – mas de que ainda necessita.

# [AINDA SOBRE
A BOMBA ATÔMICA]

Após a notícia dos arrasamentos, os comentaristas da bomba atômica enumeraram os longos benefícios que a humanidade recebera da utilização dos princípios em que se baseia aquele engenho. A imaginação transpõe todas as fronteiras: esquece-se o aviso prudente de que é preciso deixar passar o tempo, para que se façam possíveis tais prodígios, e começa-se a viver num mundo que já não tem mais nada a ver com o de agora, embora este seja mesmo o quinhão mesquinho que nos toque, a nós, tristes habitantes de fronteira um pouco atrasados para alcançarmos o horizonte.

Nestes últimos dias, o mundo envelheceu de uma decrepitude rápida. Compreendeu-se de repente a razão destas fadigas, destas melancolias, deste mal-estar dos mais sensíveis: assim como está, não é mais suportável o mundo. Não se trata de algum caso pessoal nem será mesmo a desordem social – é esta falta de sentido de existência humana: é o problema total, cujos fundamentos as filosofias e religiões têm explorado e entretido com uma certa piedade pelo desespero dos mais fracos, e cautela contra as agressões dos violentos. A ciência, que trabalha com modéstia e precaução, coloca de repente, na mesa em que se joga o destino humano, a carta com que talvez se ganhe o destino universal.

O sonho da pedra filosofal ficará desta vez excedido, como realidade; e os homens, que nunca pensaram nisso, terão de aprender a respeitar a imaginação, o trabalho livre do pensamento, essa operação criadora peculiar ao artista, ao sábio, ao filósofo, tão longamente desdenhados e maltratados. Em ocasiões como estas, compreende-se que não é uma vadiação o jogo construtivo do pensamento; que o laboratório ou o gabinete de trabalho não são as fáceis torres de marfim a que com tanto desprezo se alude; que viver retirado dos homens pode ser um modo nobre de estar a seu serviço.

Chega-se, então, a compreender a necessidade do respeito pelo estudo – num tempo em que a façanha de tomar posições de assalto se vem exercendo com esportiva felicidade fora dos campos de batalha... É um chamado de regresso à dignidade do trabalho intelectual, e ao mais difícil de todos, e ao que tem sobrevivido às maiores crises, entre os maiores equívocos: a pesquisa desinteressada, que o próprio Pasteur teve de defender certo dia – e era Pasteur! E era na França!

Mas o trabalho intelectual e a pesquisa desinteressada são funções normais das universidades. Sem elas, os Estados Unidos não seriam o que são; não fariam o que fazem; não teriam reunido os seus investigadores e os europeus nessa obra de conjunto cujos primeiros resultados agitam o mundo.

O mundo agora parece velhíssimo e agonizante, porque os seus problemas estavam todos divididos, e agora poderão ser resolvidos com uma solução talvez radical: pelo menos esses pequenos problemas diários, que são aqueles por que as pessoas gritam, clamam, se revoltam, odeiam, matam. Os grandes problemas são silenciosos. Mas, resolvidos aqueles, ter-se-á tempo de pensar nestes. E talvez se gaste muito cérebro ainda para elucidar o sentido da condição humana.

Será preciso muito cérebro, muito tempo, e algumas universidades. Universidades! Ah, como se está velho o mundo, visto daqui! – como está velho! Triste, caduco e indigente...

# CONVERSA COM
# AS CRIANÇAS MORTAS

1

*E* eis que me dizem: "Este é o jazigo". E vejo por uma fresta negras formigas passearem distraídas sobre os ressequidos ossos.

No entanto, éreis meus irmãos, e podíamos ter sido quatro crianças de mãos dadas brincando sob as laranjeiras. E fui só eu. Podíamos ter sido quatro adolescentes, deslizando, enlaçados, pela franja dos mares. E fui só eu. Podíamos ter sido dois homens e duas mulheres, pensativos, conversando sobre a vida. E fui só eu. Podíamos ser quatro velhinhos, um dia, relembrando-nos um a um. E sou eu que vos recordo.

E nem vos recordo com vossos olhos móveis e tenros, com vossos frouxos pés, e esse riso ainda alucinado de mistério que tem a boca infantil. Recordo apenas três pedaços de papel amarelado, com as vossas três sombras delidas. Único vestígio de que pousastes um momento na terra dos homens, e vistes a cor do céu, o desenho das árvores, e prestastes talvez atenção ao rumor transparente d'água, ao longe canto de algum pássaro.

Quem diria, Carlos, Carlos sentado no cavalinho de crinas, Carlos de chicotinho mal firme no pulso inocente, quem diria que não chegavas ao fim da carreira, com teus caracóis de anjo e tua gola de príncipe? Ó cavaleiro, cavaleiro! Um vento soprava duro sobre o nosso mundo, outrora. Tão duro que as crianças caíam do colo das mães, e da sela da montaria.

E vinham as avós, as de olhos cinzentos como poças, as avós que palpitavam em regiões de misericórdia, e recebiam nas mãos os meninos inteiriçados, já frios, com as recurvas pestanas hirtas nos nacarados olhos de magnólia. E as avós olhavam para os meninos frios como se segurrassem um ramo de flores. E muito depois ainda contavam como eram feitos de leite e coral, tênues como nuvens, tão formosos, tão perfeitos que era uma dor saber como todo aquele trabalho secreto de beleza já se estava arruinando, já era ruína, e que a rosa num jarro seria mais longa que aquele corpo na terra.

Por ti chorávamos, Carlos, pela tua febre grande, pelos teus dentinhos apenas aparecidos, pelas flores de fogo debruçadas em teu rosto, pela tua carne ardente entre os serenos cortinados.

Tu não soubeste o que nós sabíamos; e nós ainda não sabíamos o que tu soubeste. E era tão sem sentido, para nós, a tua sorte, como o olhar do teu cavalinho, pintado para não ver nada.

2

E então, Vítor, olhávamos para os teus pezinhos encolhidos como os passarinhos fartos que os chineses pintam. E cada dedo da tua mão era tão lindo que até no papel eu os afagava, encantada. E queria tocar o babado do teu largo vestido, e apalpar a estofada poltrona que te aconchegava.

Quem deixou o belo menino entretido com seus pezinhos, no meio do mundo, no alto do mundo – e fez desabar sua arquitetura, e o prostrou para sempre chorando, até morrer da sua dor inexplicada, da sua aflição de objeto partido na solidão dos homens displicentes?
Nem cavanhaques nem pincenês nem lancetas nem seringas – ai! –, o menino ainda vivo já é um menino morto. Seu choro na noite é um choro inconsolável. Milhares de crianças chorarão assim, desentendidas, desentendidas, na sua indigência de palavras! Seu choro passará pelas rendas dos cortinados ou pela palha dos berços, e atravessará um mundo enorme com homens que dançam, que rumam, que roubam, que matam... Só as mães, talvez, estarão ainda acordadas, e elas mesmas se fatigarão e talvez perguntem: "Mas que quer esta criança?" – Não quer nada, não quer nada mais. Está vivendo sua solidão, seu extravio. Está desaparecendo como apareceu. E seu grito de despedida é um pouco mais alto. A vida não a quebrou, como a nós, caridosamente, devagarinho. Quebra-a de repente, com uma pancada pelo meio. E não se entende para onde vai, nem o que era.
Teus pés nem chegaram a suportar o peso do teu corpo. Ainda estavam curvos, na timidez do plasma inicial. Teus dedos de seda ainda eram inumados, como pétalas, como água modelada.
Tuas roupas, tua poltrona, nada era teu. Nem o teu berço te pertencia. Tão sem nada, irmãozinho, nem disseste nem explicaste nem perguntaste. Olharam-te, belo e dolorido, e já não eras mais nada. Chamavam-te Vítor. Vítor de que vitória? Pequeno espectro de papel com grandes olhos melancólicos. Que tristeza trazias, para até agora estares olhando para mim com ela? Tua cabeça merecia ser talhada na pedra de uma fonte. Do teu lábio corrreria uma onda suave de inocente mistério.

# 3

Carmen, Carmen, ó poesia que ainda ninguém balbuciou! Ó instinto de servir amadurecido num corpo de boneca! Se te diziam: "Carmen, onde está o livro?", ias até o infinito das escadas e dos corredores, trôpega velhinha recém-nascida, para cumprires a ordem da pergunta.

Talvez fosse preciso fazeres o teu serviço depressa. Tua vida era um momento e teus olhos fitavam, examinavam, sorriam, afastavam-se, porque de repente já não haveria mais tempo: o relógio grande com todas as suas molas estava triturando o fio delicado dos teus movimentos.

Carlos se equilibrava no seu cavalinho, e Vítor ainda estava prostrado na sua poltrona. Só tua sombra pequenina se apressou pelas salas, menor que qualquer móvel, só ela foi solícita e diligente. E por ti chorávamos mais. Porque eras a que servia, a que dava antes de ter. Por instinto de dar. Antes de seres e saberes, já te desdobravas, e inventavas felicidade, sem teres pensado nisso.

Eras a poesia, Carmen. Porque a poesia é só dar, é só perder.

Mas é difícil compreender-se isso.

E eis que fomos quatro irmãos, e nunca nenhum soube do outro, a não ser eu, mas de muito longe, em plena solidão.

E sobre uns pequenos ossos ressequidos passeiam formigas pretas, desatentas.

## MESA DO PASSADO

Meu pai talvez tivesse amado a História e os poetas românticos; mas o que para sempre se celebrou de sua curta vida foram os seus conhecimentos acerca do pão de ló. Porque o pão de ló, com toda aquela simplicidade aparente, possui segredos de estilo: há do seco, há do úmido, há do pegajoso, e não é qualquer que consegue fazê-lo subir com essa branda arquitetura sem arrogância, que no alto adquire morenidão e ternura de rosto humano, não é qualquer que sabe concentrar nessa tranquila face tostada um ponto de mel, como o sorriso das flores.

Falava-se das receitas de meu pai como se fossem versos, novelas, romances para sempre inéditos. E como o pão de ló, na verdade, era apenas um ponto de partida, cada doce que desabrochava na mesa trazia, segura do oloroso cravo, como borboleta presa em alfinete, uma saudosa inscrição com o nome de meu pai.

Eu vi existir gente que amava; há muito tempo, é certo. Gente que possuía vastos calendários de comemorações. Vi existir um tempo em que cada dia era dedicado a uma pessoa: a um aniversário, a um casamento, a um batizado. Deus meu! até os dias de morte eram como de festa de flores, luzes, mortalhas de seda, coroas prateadas; e as crianças brincavam com os mortos com muita doçura, e examinavam sem medo algum seus dedos pálidos como o marfim de mudos pianos.

Pois esses dias estavam todos entrelaçados de grinaldas de papel, de rendas de papel, de colares de confeitos, de constelações de amêndoas, e desses pequenos lagos luminosos das geleias, calmos como os olhos dos animais, faustosos como anéis de prelado.

Lembro-me de senhoras redondas, roliças, que existiram só para armar esses dias antigos entre a terra que pisamos e o céu que nos envolve. Eram como escafandristas de misteriosos mares: de suas mãos transbordavam as crespas conchas de papel onde se aninham os doces de ovos; e o eriçado coral rolava de seus dedos, palidamente azul, amarelo, róseo, com um morno aroma de baunilha, que adormentava. Desde o princípio dos tempos estavam elas sentadas em redor de mesas imensas, e trocavam apenas vagas palavras quase sacramentais, enquanto pelo pátio se ouvia o salto e o riso de mulatinhas como um bailado de quebrar coco.

Oh! – amáveis casas derrubadas, cujas paredes estavam todas impregnadas do quente bafo aromático da cozinha! Quando alguém perguntava naquele silêncio de vastas mangueiras, de melancólicas sabiás, de frescas varandas sossegadas: "Será preciso bater mais?", as senhoras respondiam como em sonho: "Até fazer bolhas". E o trabalho prosseguia, como em sonho, também.

Às vezes, penso se tudo isto serão invenções minhas. Mas não: lembro-me bem de ver rolar pela mesa os confeitos prateados, como o orvalho que escorrega pelas folhas de tinhorão; lembro-me de estar longo tempo imaginando que suaves pássaros de alfenim, em que aéreos ramos de cristal depositariam esses pequenos ovos de amêndoa, lisos como o céu, e matizados só com um crepúsculo de cores.

Sei bem que vi, como num cortejo clássico, bacias carregadas de frutas amarelas, que inundavam a noite com seu copioso perfume. E de pensativas alturas perguntava à minha solidão que misteriosas mourinhas surgiriam dos tanques, romperiam dos muros, para virem espremer às laranjas o seu amargo sumo, noites e noites, à vaga luz das estrelas, ao paciente escorrer das verdes torneiras, quando até os galos dormem, e os grilos se cansam de serrar suas árvores de vidro.

A transparência das carambolas está como um vitral na minha frente: vejo o Sol atravessar-lhes as paredes de topázio. Mãos negras, de unhas brancas, estão arrancando com uma concha de beiras purpurinas a nítida pele amarela dos cajus.

Se correr um pouco, alcançarei os moleques com seus bambus colhendo a fruta, ou mascando uma ponta de capim, com um samburá de ovos em cada mão.

E as senhoras estão sempre na sala, para sempre na sala, entre pratos de flores, compoteiras altas como catedrais, nuvens de canela, cascatas de açúcar em resvaladiças torrentes de diamante. De suas profundas incursões pelo abismo dos sonhos, trazem também pombos lunares, flores sem vida e sem morte, anjos e noivos plasmados em espuma, hirtos de brancura e de eternidade, que não se sabe como aparecem nem como desaparecem. São as imagens que coroam essa arquitetura vagarosa e tão precária, que se está pacientemente construindo apenas para se destruir logo que fique pronta.

Ah, quem responderá jamais às minhas secretas perguntas em torno desse trabalho de amor? Estou vendo os fios de ovos enrolarem suas melosas madeixas: metros e metros de horas... O chocolate funde como um metal fácil e deixa o seu hálito sufocante voar como um pássaro de plumas negras pela casa toda... O fogo, o próprio fogo é outro, como já não se vê: tem sabedoria de ara; e as mãos que andam em redor servem-se dele com a naturalidade com que as crianças fecham e abrem as pálpebras de um gato. É um fogo que não queima, que não destrói; é aquele fogo que transforma, que inventa, e sabe em que momento a calda que ofega nos tachos se torna fio de diamante ou alado raio de estrela; e quando a crosta dourada se firma estalejante. Fogo modelador a que os elementos se encostam confiantes, como se sonhassem suas futuras transfigurações.

Tudo isso para um breve momento de convidados felizes. Para aconchego e obséquio. O prazer de servir. A dignidade de amar de um modo que ninguém mais entende. Cada pequeno doce era uma joia, um broche cinzelado, uma filigrana com seu esmalte de compota; e como nos velhos copos dourados, sentia-se que cada um deles levava escrito com letras fantasiosas: "Simpatia", "Amizade", "Amor".

As mesas de doce acabavam com os suspiros, como por uma poética intenção. Os suspiros eram o resto de todos os ovos, o último calor do forno, o derradeiro vestígio da festa. Os suspiros eram já do território da infância: qualquer menina queria levantar esses castelos de espuma, sentir dentro deles o rumorejar da areia de açúcar, e nessa fragilidade plantar como um curvo barco a meia-lua aromática da casca do limão. Agora, a espuma se fazia uma porcelana líquida; o aroma deixava o traço da sua passagem; o tênue fogo amorável enchia de leveza aquela frágil cerâmica: dilatava-a em caprichosas grutas, cúpulas minúsculas, em que fixava gota de néctar, conta de resina, lágrima de âmbar; a última doçura da despedida, antes que a própria cinza fosse fria.

Oh! o recesso dos suspiros... Perguntai às formigas por suas viagens nesse recinto de inumeráveis espelhos que o simples giro da mais leve antena pode reduzir a escombros! Há escadarias, rampas subterrâneas e os pilares das estalactites são apenas fios de luz. Câmara perfumosa como se abrisse janelas para pomares de limoeiros – o ar que a toca a despedaça. E tal qual as nuvens no céu, os suspiros se dissolviam na boca... Dissolvem-se para sempre na boca todos os suspiros. Talvez por isso, as bondosas senhoras roliças recomendavam com seu lábio freirático: "Não esqueça a casquinha de limão". Era só o que perdurava um pouco, vago perfume, lembrança ainda de fruta, de terra, de raiz agarrada, flores, borboletas, a noite do mundo, o sonho da noite, o planeta solto numa profundidade sem margens, com as janelas acesas e os convivas sorrindo... sorrindo... – suspensos no insondável universo!

# SANCHO AMIGO

Sancho amigo, depois destes séculos, pode-se olhar para trás e conversar com tranquilidade. Não há mais correrias, nem fantasmas, nem esperanças de ilhas. Outros se precipitam – ai de nós, como o sabemos! –, mas não pelos mesmos motivos. E não me resta senão conversar contigo e fazer-te, afinal, a confissão que talvez, por simplicidade, nunca tivesses imaginado merecer.

Tenho a dizer-te, Sancho amigo, que o maior engenho de teu amo foi o de ter feito rir toda a humanidade com a história mais triste que já se escreveu no mundo. Companheiro de suas eternas derrotas, para sempre estarás lembrado de seus enganos grandiosos, de sua reta nobreza, de sua pródiga coragem: tudo em vão para os que o viram passar, tudo sem resultados convincentes. No caminho dos que se reduzem a homens, é um escândalo a passagem do herói. E até muito longe, Sancho amigo, avistaremos legiões que estarão apontando o louco, só porque a teu amo lhe ocorreu quebrar as grades do cotidiano e entregar-se àquela corrente de experiências com que as pessoas não realizam nada que seja de aprovar ou compreender, pois apenas se referem a si mesmas, e pertencem a um domínio em que a opinião alheia é tão incoerente e enxotada como os sapatos dos afogados em cima do mar. Sancho amigo, teu amo teve esse dom de suprema decência: conservar tão à margem da sua dor o transeunte vulgar, que apenas lhe deixou oportunidade de espanto ou riso, para o breve instante do encontro. Que mais tarde se dobre o pensamento sobre o caminhante alucinado, e então se procure entender a força que o animava e a direção que seguia. Mais tarde, quando se está longe, e as reparações se tornam impossíveis. Quando, também, a imprudente boca do riso tiver amadurecido, e perguntar para os rastros: "Ah, terei entendido bem o que dizia aquele que passou?" Mas haverá sempre séculos de permeio.

Sancho amigo, eu amo esse engenho de medida e discrição que governa a aparente fúria, e que permite à espada vibrar, ferir, partir-se: mas conserva seu segredo profundamente fechado no punho. Por fora, evidentemente, à face dos homens incrédulos e distraídos, deixaremos apenas moinhos rodando, cavalos caídos, dentes na lama. Por dentro, teremos prostrado realmente gigantes, e saltado para longe, por invisíveis dimensões, e virão princesas beijar a boca sangrenta dos cavaleiros, pelas belas palavras que alguma vez pensaram, ao menos, murmurar.

Para tão discreto senhor, Sancho amigo, que rosto poderia ter sequer a Amada? Que Amada pode existir, para tão especial amador? O mais belo rosto do mundo está construindo em cada minuto sua velhice miserável, seu irresistível, cada vez mais próximo fim. E quem vai cavalgando por vale e montanha, esmagando o perigo, cortando o vício, moendo entre o céu e a Terra sua vida lúcida, com voluntarioso poder, esse não se pode carregar de despojos, nem mesmo dos seus, que ficam mortos e esquecidos, porque é preciso salvar apenas o eterno, o que sobra da aventura, o que pode permanecer intacto como a semente depois do fruto – esse breve acontecimento, às vezes um pouco sedutor. Não, Sancho amigo, nesse mundo que conhecemos, não há razão para rostos. Tudo são máscaras. E se acaso um dia teu amo, vago e descuidadoso, te falou de olhos verdes, estaria pensando em prados, campinas, ondas do mar – esses convites para longe, essas imagens que aparecem em nós representando ausência, evasão, e, se algum dia for possível: liberdade.

Que a tristeza cause riso, que o desamor pareça amor, que a deslumbrada aventura do homem vivendo a hipótese do sonho se apresente como ridícula andança de um desprezível doido – eis o que para sempre me fez amar teu engenhoso senhor. Se, em lugar de viver suas cavalarias, lhe desse por escrever – o que também acontece a boa gente –, poderia contar a história de um tal Cervantes, sempre preso, sempre acusado, sempre com dívidas, sempre com pesos às costas, de gente, de negócios, de enredos, caluniado, plagiado, e afinal deitado na morte só para ver os séculos corroendo reis, exércitos, credores, escribas...

Mas Sancho amigo, de teu amo todo o mundo fala, com essa impulsiva admiração que provoca sua aparente loucura. Todo o mundo fala, embora quase ninguém o siga, porque ele é dos que escolheram os caminhos difíceis: e mesmo desse excesso de clarividência é que lhe veio a fama de louco.

Pois eu quero agora é falar de ti, que não sonhaste os mesmos caminhos, que nunca os escolheste, e no entanto foste quem seguiu de mais perto, e do princípio ao fim, a marcha da aventura, como sombra serviçal. Quatro séculos de gargalhadas caem por cima da tua figura coberta de lama, de sangue, de esterco, de lágrimas. Tu sabias bem o que eram estalagens, moinhos, leões e habitantes da Terra. Sabias o que é ter fome e sede, bolsa vazia, casa revolta: todas as coisas que fazem o homem reconhecer que é um miserável escravo. Mas que ninguém te viesse falar nos desatinos de teu amo: porque tu, pequeno ser despregado do chão, sentias o dever de seguir a teu alado senhor. E se foi ele que inventou a singular Amada, apenas para admitir que as façanhas se cumprem por alguma intenção, tu, Sancho amigo, a ti mesmo te açoitaste, para que a Amada aparecesse: por tuas mãos te feriste, e em ti foi verdadeira a intenção.

É pelo teu sofrimento, Sancho amigo, que me aproximo de ti. Sonhar é grande, mas nasce conosco, é uma lei que, em meio a todas as dificuldades, tem sua força natural. Mas ajudar a sonhar! Deixar-se levar, sem a alegria do destino, só com a dignidade do serviço, pelo caminho dos que vão sonhando, para levantar as quedas, pensar as feridas, amarrar os pés dos cavalos quando o sonho se fizer tão delirante que seja perigoso um passo mais!

Digo-te "Sancho amigo" como te dizia o irresistível cavaleiro. A marcha para tão longe não lhe tirou da língua o valor das palavras. Homem de solidão, ele sabia que títulos se inscrevem para sempre na testa dos viventes. Tu não o saberias escolher para amo, ó Sancho humilde, distraído com as pequenas exigências dos dias. Mas ele te soube escolher sem engano, e sempre te tomou pelo que realmente foste, e muitas vezes se admirou da tua sabedoria. Porque eras o amigo, e a amizade, despojada de tudo, é uma outra espécie de sonho, é um claro diamante refletindo distâncias e entendendo-as. Rústico, pobre, honrado, só por ti descobriste que vale mais ser santo do que imperador; que aos homens de sonho se serve só pelo sonho, sem mais preço nenhum; e que se acompanhar o herói é uma proeza tremenda, ficar longe dele um instante é um pavor sem igual.

Sancho amigo, a glória do cavaleiro andante está pronta num lugar certo: eles vão para lá, inevitavelmente, saltando rochedos, de serra em serra, de mar em mar. Mas é a tua glória de escudeiro que celebro: o esforço de seguir agarrado ao rastro do sobre-humano, tentando adivinhá-lo a cada passo, como o cão, nos calcanhares do dono, levanta a cabeça e procura entender o que seja o pensamento humano.

Tudo no mundo pode fazer chorar: basta que se demore o pensamento em qualquer coisa. Mas é doce chorar por ti. Pela tua humildade, tão santamente exposta em todas as tuas fraquezas; pela tua devoção de padecer a serviço de alguém. Não há prêmio que te alcance. Pela tua condição, só aceitarias cobrir-te de culpas. Toda a vida teremos necessidade de gritar: "Sancho amigo!" – e ai de nós! quem nos responderá?

# PEQUENO BAILADO DE AMOR

*1 –* Há um leve acordar de oboés, daqui, dali, como um oco palpitante. O bosque respira a cor ainda nevoenta da manhã. Os animais aquáticos se entretêm num jogo alegre. Sente-se que há fontes, que há flores abertas. A luz do Sol é também um feliz animal dançando. Assim o dizem as harpas com suas graves gotas de ouro. Ai, mas os oboés se aproximam, daqui, dali, numa cautelosa busca. Reúnem-se as gazelas, dispersam-se em pânico. Erguem a fronte e as pálpebras, antes de desaparecerem. E logo, em breve galope, foge por entre as árvores a curva airosa de seus flancos.

*2 –* Vedes chegar o dançarino? Parece calçado de borboletas, tão de leve pousa os pés, tão de leve os levanta. Ah! traz o arco e a seta; compreendemos que é caçador. Por que olha assim para o arco e para a seta? Eram de ouro, algum dia. São ferrugem, agora. Por que o alvo foge sempre, diante de seus olhos? Aproxima-se, recua, desvia-se. Que aconteceu às suas mãos? Vedes como examina as mãos, apreensivamente? E no entanto é tão belo! Que distensão de nuvens há nas suas espáduas! Como é alto o seu perfil, acima de todas as estaturas! Como em seus olhos está guardado um majestoso, opulento silêncio!

3 – De modo que o mundo parece comovido, e as gazelas e os outros animais vêm de seus esconderijos, e suavemente se movem, e quanto mais o contemplam mais o amam. E sabeis que o amam porque assim se expõem. Correm para onde se dirigem seus olhos. Escutais o tilintar da música? É o delicado, célere passo do inquieto amor. Pressuroso e frustrado. Ah! – suspiram as flautas –, longe ou perto demais, cai a seta de asas cegas! As mãos do caçador estão levantadas para o espelho do céu. Como ramos de perguntas. Sobem, sobem pela corda mais delgada dos violinos. Tão ardentes, tão aflitas, que as gazelas começam a chorar.

4 – Que céu responde às perguntas dos homens? A resposta do eco é a nossa própria pergunta. Olhai como corre o caçador pelas moitas, pelas grutas. Vede o lagarto assustado em seu sono de esmeraldas. Vede a coruja relembrando suas frondosas experiências. Tocam longe, os oboés. Tão longe, tão atravessados pelos ares do tempo, tão diluídos em distância que sentis as regiões do passado. Recordais o momento jovem da seta em seu rumo exato? Recordais o clarão do riso – não estais ouvindo a estridência da música delirante? Assim o está contando o lagarto alimentado de Sol. E o disco de ouro dos pratos chove esplendor.

5 – Mas, ai de nós! que sobre o rastro fulgurante do lagarto desliza a sabedoria densa e fosca da coruja. Compreendeis por que, sozinho, o violoncelo pontua seus graves ritmos pardacentos? Compreendeis por que treme esta corda solitária, tão viva, como dentro de nós? Mas o caçador não compreende ainda. Leve é o seu passo: poderia pousar nas flores, sem dobrá-las. Alto é seu voo: sobre as águas podia aventurar-se, e não morrer. E não morrer? Escutai o violoncelo carpindo. Oh! mal se atrevem os oboés antigos a uma frase mais.

6 – A coruja do bosque assistiu a muita vida. Enquanto as gazelas andam nos seus jogos e os lagartos dormem, repletos de luz, ela está de olhos abertos. Só ela sabe a

noite e o dia. O céu e a Terra. Está pousada como o fiel da balança, e vê subirem e descerem as duas conchas: o Sol e a lua, o que foi e o que vai ser. E agora está dançando sobre o clamor da orquestra. Sobre o grito do violino e a alegria dos oboés, o suspiro das flautas, o pranto largo dos violoncelos, a vaga palpitação das harpas: firme e grave, move o seu gesto didático sobre o estremecimento geral.

7 – As gazelas já viram desprendida a máscara do caçador. Como saiu de seu rosto facilmente! Um simples floreio de violinos. Mais alto que a sua cabeça anda a máscara revelada. Ó luas roxas das olheiras da velhice – Ó cruzes da fronte! Ó peso dos sorrisos escorrendo das faces! Como na ponta de um chuço anda a máscara velha. No cimo dos violinos aflitos. E atrás dela segue o caçador, acomodado àquela ruína, sem poder mais suportar o rosto da mocidade. Só as gazelas quereriam sua beleza perene. E cercam-no, palpitantes. Ele, não. Ele é homem, e recusa o passado.

8 – Só as gazelas quereriam também tirar máscaras. E não as encontram. Elas são sempre iguais, até o fim. Elas não têm idade. Serenas harpas fazem a narrativa de sua existência, de sua calada e pressurosa liberdade. Ai! – suspiram os oboés bucólicos. Sem o saber, estão querendo ser humanas. E agora o homem recebe a máscara restituída. Contempla-se. Entende-se. Em que momento vieram franzir-lhe as pálpebras, afrouxar-lhe em cinza o lábio, pintar-lhe de crepúsculo a testa, quando ainda é meio-dia? Porque é o meio-dia – não estais ouvindo no clangor dos metais? E os violinos e as violas farfalham fontes.

9 – Saltam as gazelas festivamente. Elas viram o rosto jovem do caçador: viram-lhe a face dourada e o rubro lábio. Era aquele o que caçava com o arco e a seta de ouro. Com o arco e a seta perguntam violinos risonhos. E as harpas descrevem os seus olhos, seus verdes olhos-d'água cheia de ramos dourados e azuis. Narram as flautas o seu sorriso como um episódio celeste. Mas agora o homem compreen-

de a ferrugem do arco e da seta. Compreende o alvo perdido. Chora o seu gosto antigo, mas é sua máscara que ama. Assim triste como é. Ajusta-a à face e para. Tudo mais é o violoncelo que diz, sem que as gazelas o entendam.

10 – Não sabem as gazelas por que o homem se despoja do arco e da seta. Não sabem por que passa por elas sem mais nenhuma tentação. Não sabem por que prefere, sobre o seu rosto brilhante, essa máscara de violetas, nem por que esconde seus olhos de onda, em que beberiam com doçura. Porque era belo. Porque o amavam. Saudosos murmuram os oboés como um pensamento perdido. A explicação dos violinos alonga-se, leve e trêmula. O homem espera a morte. De onde vem? Quando chega? Só por ela bailam agora seus leves pés, com pena da sua leveza. E à sombra dos violoncelos, vão as gazelas caminhando, entristecidas.

11 – E a morte tem um claro diadema, e sua face é de prata. De alto a baixo, parece uma arma, brilhante e límpida. Cai perpendicular, com a levitação dos arcanjos, e agora, que abre os braços – olhai! –, sentem-se lanças e espadas. É caçadora? É guerreira? – perguntam gravemente os violinos. Mas a narrativa das flautas é tão meiga que apenas entendeis água, luz, cascatas jorrando pelo firmamento, pontes de diamante de planeta a planeta. Soluçam as gazelas, quase imóveis, quase ocultas? Só porque a morte dança e o homem a segue? Só porque a morte o chama e ele vai? Dizei, violoncelos, dizei.

12 – Só por isso choram as gazelas. E levam-lhe o arco e a seta. Matai-nos! – pedem. E os oboés timidamente as secundam. Mas o convite da morte é irresistível. Oh, sim, as gazelas, os bosques, as grutas e as fontes sussurantes... Mas que outra linguagem maior ouve o homem no silêncio que a morte lhe mostra? Vai como um pássaro pousado em seus ombros de prata. Depois que o seu voo passa, fica noite somente. Noite súbita sobre as gazelas. Como os grandes

olhos da coruja assistindo. Duas imensas lágrimas. As harpas marcando o tempo. Os violoncelos pensando, graves.

13 – E assim, na noite, os oboés reconstroem a écloga antiga. Tão levemente que até as gazelas compreendem que estão apenas sonhando. E assim, na noite, as gazelas aceitam a saudade, e dançam docemente, na mentira do sonho, tão docemente que até as regiões da morte respondem ao seu amor. E assim, na noite, o homem reaparece, com sua face límpida, seus olhos sem sombra, alto e sério – barco navegando de volta pelo mundo mortal. É quase épico o seu movimento. Solenemente o anunciam violinos e violoncelos. Mas sua presença é diversa. Outros são seus vestidos. É o sobrenatural, a recordação, o impossível. Em redor dele, as gazelas amorosas choram aquela piedade do sonho. Pequeno choro sufocado dos oboés, das flautas em surdina, até o último som perceptível no fim dos violinos.

# CONFIDÊNCIA

*T*alvez intimamente suspirasse por algum encontro, alguma comunicação: mas tão cauteloso, o meu suspiro, que eu mesma não o queria escutar. Acostumei-me a crer que a paisagem me atraía: se aquilo se podia chamar paisagem – aquele burburinho humano, aquela aglomeração de veículos, aquele amontoado de cubos de cimento... Pois só muito longe o céu consentia, afinal, em ter nuvens, colorações, e, em certas horas de Sol ou de lua, sabia-se que o rio continuava no seu perpétuo exercício rítmico...

Ah, muito doce era ficar à janela, tão alta sobre a cidade, como esquecida, desnecessária, libertada. Pensava na vastidão do mundo. Não, ninguém me encontraria. Como um exílio voluntário. Aliás, quem procuraria por mim? Quem?

Às vezes, pois, não era tão doce ficar à janela. Mas distraía. Ali estão os rapazes do escritório, curvados sobre as suas pranchetas. O dia inteiro manejam esquadros, enrolam e desenrolam grossos papéis. Vejo-os dos pés à cabeça. Claros, louros, com suas camisas tão brancas. Devem ter olhos límpidos como porcelana. Pranchetas, mesas, bancos, tudo claro, tudo louro. Não parece uma sala, mas o interior de uma árvore. Conversa nenhuma. Entendem-se, decerto, por sinais, por algarismos, pela posição dos compassos? Entendem-se? A certa hora, correm as vidraças. Desaparecem. Quem são? Que fizeram? Constroem casas? Pontes? Navios? Os lápis esperam por eles até o dia seguinte, como esqueletos de pássaros, com esquemas de silêncio nos bicos pontudos.

Do outro lado, vejo a sala de espera do consultório. Obliquamente. A enfermeira entra e sai. Tem uma pequena coifa engomada. Desce a veneziana, por causa do Sol. Avisto apenas os sapatos dos clientes. Os sapatos, lado a lado. Entendem-se? Oh, não. Parecem tristes. Mas como podem ser tristes? Imaginação minha. Avisto as mãos no regaço, esperando. Falarão umas com as outras? Nada. Esperam. Cortinas brancas, vidro, metais. Radiografias. Que sabemos nós de nós mesmos? Conversamos por dentro. Às vezes. Apenas.

E ali a bela moça que de repente se despe, sem se lembrar da janela aberta. Oh, a descuidada! Parece uma cesta de rosas, com tantas rendas, tantas musselinas. Levanta os braços, para soltar os cabelos. Asas de marfim. Chafarizes de ouro. É sempre um pouco tarde, quando se lembra de apagar a luz ou girar as tabuinhas da persiana. Usa sandálias douradas, que vão e vêm pelo tapete como uns estranhos coleópteros. Para onde?

Muito de cima, vê-se o pequeno bar íntimo. Habitantes sem cara: só do peito para baixo. De modo que as gargalhadas não têm boca. Não têm boca as ruidosas conversas. E quando os copos se levantam é como brindando ausências, inexistências. E têm um ar macabro, essas reuniões de degolados.

Mais para cima, só a claridade nos tetos, ou a súbita sombra. Algum braço estendido, sem dono, apontando da sacada algum descobrimento longínquo, ou, de repente, algum fósforo caindo, alguma tampa de garrafa, raramente, algum pedaço de papel planando, adejando, cabeceando contra o cimento, resvalando, teimando em ficar nos ares, sozinho, sem socorro e sem vitória.

Essas eram as coisas diárias, casuais, de que os olhos espontaneamente se desviavam – discretos, fatigados, indiferentes. Mas, no labirinto das ruas, na confusão dos andares, no erro das perspectivas, ai de mim!, os olhos descobriram uma janela onde voluntariamente pousar. Como um retrato na sua moldura, ali estava o homem pensando. Na minha direção. Tão quieto! Tanto tempo! Olhei para baixo, para cima, para os quatro pontos cardeais! Mil vezes repeti comigo mesma que era impossível. No dia seguinte, àquele hora, vinha para o meu lugar e esperava. A cena reproduzia-se com a exatidão da lua ou do Sol.

Pela primeira vez, interessou-me a topografia da cidade. Imaginei o caminho lá embaixo, no entrecruzamento das ruas formigantes. De uma janela a outra, uma simples linha, como a que riscavam cuidadosamente os rapazes do escritório em suas pranchetas. Mas, pelo chão, muito diferente. Tudo se tornava desconforme, cada edifício esbelto, assim nos ares, parecia uma cidade, quando se passava perto. Misturavam-se as galerias. Em que casa ficava aquela janela? Se levantam os olhos, não viam nada senão o cimento subindo, escalonando em sacadas, sacadas...

Tristemente voltava para o meu posto. E logo ele aparecia. Que modo, o seu, de levantar a testa. Tão calma, a sua face! Passei a frequentar o espelho mais constantemente. Ocupei-me com penteados. Um fio de cabelo fora do lugar aborrecia-me. Escolhi os broches mais adequados a cada vestido. Comprei outros brincos. Imaginei aquela sala vista da outra janela. Pus flores na jarra. Mudei a poltrona de lugar. Acostumei-me a ler noutra posição.

Levantava os olhos sem esforço, e encontrava-o, sério, imóvel, sozinho. Talvez fosse apenas coincidência. Em terra estrangeira, os hábitos são outros. Quem pode saber o que está pensando um rosto de homem, às mesmas horas, em certa janela? Mas o resto do mundo deixou de existir para mim. Ia pelas ruas procurando encontrá-lo, cansada de tanta gente que não tinha importância nenhuma. Esses, sim, passavam próximos: os de óculos, os de charuto, os de embrulhos, os de guarda-chuva. Ele, nunca.

Ah, com certeza o reconheceria, se o encontrasse. Tinha o rosto de nácar, um perfil de recorte vigoroso, e, pela expressão da fronte, os olhos deviam ser de aço, de jade – deviam ser uns olhos firmes de pássaro, com muitos horizontes, águas, desertos, vendavais. Olhava-me. Que pensaria deste nosso encontro, tão alto, quase no último andar? Enfim, em terra estrangeira, em língua estrangeira, tudo é tão diferente!

Pensei, pensei. Compreendi que é assim que se fazem os poetas. Quantas coisas queria dizer, que me sufocavam. Mas, se o encontrasse, que diria? Certamente, nada. Talvez, enfim, tudo fosse obra da minha solidão. A solidão engendra tanto sonho. Mas a janela abria-se. Estou vendo seu rosto. Olha para mim. Por que não me acena? Eu lhe responderia. Por que não se encontra? Tão perto estamos. Eu não sei o caminho; mas ele deve saber. Preferirá talvez um amor em silêncio. Um amor. Foi amor, que eu disse? Ai de mim! As palavras querem dizer coisas tão diversas... É por isso que não lhe aceno. Um gesto, assim nos ares, um gesto apenas pode quebrar este longo sonho. Pode fechar esta janela, esconder para sempre esta imagem... Se fosse mais perto!... Mais perto, quase ao alcance da minha mão, os moços do escritório traçam perpendiculares, os doentes esperam o resultado de seus exames melancólicos; a vizinha loura passa com os tornozelos cor-de-rosa em sandálias cintilantes.

Isso durou muito tempo. Só mais tarde descobri que, alta noite, tocava violino, sem que a sua janela se acendesse, apenas com alguma claridade da rua, do céu, em diagonal pela sala. Muito estranho. Seria ele mesmo? Era. Uma ou outra vez, chegava a distinguir um leve som riscando o espaço, no zigue-zague do arco. Enterneci-me. Achei bela a insônia, como essas flores noturnas, alucinadas de escuridão. Acendi a minha janela. Para que soubesse que o escutava. Apenas para que soubesse que o escutava. Realmente, o meu amor – afinal, era amor? – tinha ficado tão humilde, na sua impossibilidade, na sua isenção que já me bastava a alegria de lhe poder mostrar.

Isso, porém, não sucedeu. Porque o meu vizinho era cego. Cego, sim. Não figuradamente, como somos quase todos, não: cego de ambas as vistas, cego dos olhos – e nunca soube da minha janela, de mim, dos meus broches, da minha alma. Bem sei que foi triste. E até agora sou capaz de chorar as mesmas lágrimas daquele dia. Mas não foram as mais duras, as mais ardentes... Há sempre novas lágrimas.

# FUGINDO AO CARNAVAL

"...Não nos deixeis cair em tentação e livrai-nos do mal. Amém." – Apanhai-me pois, as malas, que preparo para fugir; desta vez, é uma tentação forte demais, o Carnaval; o Pão de Açúcar vai ser convertido em vulcão de fogos de artifício; o próprio Cristo do Corcovado, com suas divinas mãos, vai soltar sobre os meus conterrâneos palmas de luz, grinaldas, jardins ardentes, de flores coloridas, em ramos tênues de fumaça. Apanhai-me as malas: não, não quero ficar. Não quero ficar porque já me parecem pouco os três dias de festa, para converter-me em tudo quanto deseja-va ser: dragão resplandecente, estrela-do-mar, príncipe Merlim... Pensar que pelas ruas da minha cidade se possam desenrolar de repente estandartes de cetim bordados a ouro e a prata, que ranchos maviosos voltarão a cantar melodias profundamente românticas; que a Noite aparecerá com seus véus ao vento, e a estrela-d'alva na testa; que os Velhos virão dançar com suas casacas floridas e suas carrancas cor-de--rosa; que os *Clowns* terão boleros de veludo com borboletas de lantejoulas nas costas; que os Palhaços serão de alvaiade e carmin, como Camélias pontiagudas, e as Colombinas farão piruetas no alto de seus saiotes estufados como esponjas de pó de arroz; que saltarão Diabinhos por todos os lados, e os

Morcegos estalarão asas secas e sombrias sob uma chuva de confete dourado... Não, eu não me quero perder nesse paraíso ilusório de princesas orientais, com seus pomposos cortejos; não quero cair em êxtase diante dos carros mitológicos, com Prosérpina reclinada em sofás de labaredas e Anfitrite esculpida em úmido coral, sorrindo em beijos no seu trono de nácar. Apanhai-me as malas, depressa! Correi, telefonai, comprai-me passagens! – quero fugir por esses Brasis, perder-me antes, nessas montanhas verdes onde o boi medita sem pensamentos, de corpo inteiro; onde a cabrinha do alto de alguma pedra chama com autoridade pela prole andarilha; onde os riachos vão cantando, de pedra em pedra, as velhas éclogas aprendidas com os vetustos árcades.

Por favor, não me faleis em Carnaval, naquele belo Carnaval de imaginação e poesia em que tudo é um transfigurar de metamorfose lírica. Deixa-me as passagens em cima da mesa, que estou fazendo as malas.

Sabeis se chove ou se faz Sol por esses Brasis imensos? – Ninguém sabe. Chove e faz Sol; é inverno e verão ao mesmo tempo; dai-me o impermeável e o capote, as galochas e os leques. Ponde-me numa garrafa chá bem quente; e, noutra, laranjada bem gelada. Blusas de linho e luvas de lã. Quem sabe o que me acontecerá? Ao chá e à laranjada, acrescentai quilos de sanduíches, latas de conservas, bolachas, abridores para as latas, antídotos contra as conservas, pílulas, gotas, drágeas – todo o equipamento de um escaler preparado para aventuras marítimas; e o de uma farmácia, pronta para reclamações urgentes.

Há inúmeros casos, e não quero ser surpreendida por nenhum. Trazei-me quilos de sabão, litros de águas-de--colônia, dúzias de escovas, pentes, tesouras, botões – todos os baús de mascate que encontrardes; um armarinho portátil, com canivetes de cinquenta folhas e um sortimento de agulhas – desde as de enfiar miçangas até as de coser solas de sapato. Quem sabe o que me pode acontecer?

É difícil viajar. Oh! como é difícil! Preciso de um fichário para cada mala, de um grande argolão para tantas chaves, de muitos bolsos tecnicamente dispostos na roupa, de muitas divisões na carteira, e, sobretudo, de muito espaço no trem. Mas estou partindo para alguma expedição? Vou pacificar índios? Descobrir nascentes de rios? fazer escavações arqueológicas nas entranhas desses sertões? Nada disso, vou apenas fugir ao Carnaval, pelo medo de nele mergulhar tão profundamente que ninguém mais me pesque, e fique o resto da vida transformada em anêmona, lanterna chinesa, rosa de Istambul ou ladrão de Bagdá. Quem sabe lá! mil outras coisas: escaravelho egípcio, pastorzinho grego, encantador de serpentes, lagartixa, cogumelo, orvalho, qualquer coisa.

Mas é uma confusão despachar malas, entupir de valises o corredor dos vagões, ameaçar a cabeça do próximo com tantos sacos, sacolas, redes, pastas – e com que mãos agarrar tudo isto e ainda acenar para os carregadores, e pagar, e dar gorjetas?

Ai de mim! que depois de meia hora de viagem conheço já todas as formas das casas, e começo a ter saudades de livros, enciclopédias, dicionários, coisas escritas, mesmo mal escritas como as revistas e os jornais...

Ai de mim! que depois de meia hora já não suporto mais as coisas mal escritas, e prefiro as montanhas verdes, com suas vacas nostálgicas, seus cavalos extraviados, suas árvores sem nenhuma noção de nada, à mercê do Sol e das nuvens, como todos nós, apenas afligidos por múltiplas torturantes noções...

Ai de mim! que, depois de meia hora, torno a cansar-me de tanta árvore inocente, de tanta vaca deslembrada – convenço-me outra vez, não sei como, de que ainda é possível o convívio humano, e olho em redor de mim, à procura de criaturas, seres chamados racionais, gente, irmãos, obra de Deus.

Uns estão comendo vastas rodelas de pão com carne, outros, roncando enormes sonos de noites maldormidas; e alguns – já de manhã tão cedo! – conversando sobre a guerra da Palestina, o preço da farinha, o custo dos automóveis, a construção dos arranha-céus. Nada disso. Queria encontrar gente. Gente, com seus assuntos humanos ou sobre--humanos; sem decretos, sem Câmara nem Senado, sem jornais e sem interesses terrenos. Certamente, não há. Volto--me, portanto, outra vez para as árvores, para as vacas, para os cavalos – que eles, sim, estão em plena filosofia arbórea, bovina e cavalar, sem mais nada entre a sua natureza e as ordens divinas.

Penso que isto sejam as contingências da máquina: quando o trem parar, todos seremos encantadores, e então, sim, nos entenderemos, feitos só de essências sublimes...

Ai de mim! que o trem para e os companheiros estão palitando os dentes, coçando a cabeça cheia só de poeira, encomendando almoços, assoando a fuligem da estrada em seus lenços assustadores.

Ai de mim! que todos já voltam do almoço, exalando o perfume de alho e dos bifes de porco, e os bigodes suavemente enfeitados de finos arabescos de farofa.

E agora nem há vacas nem cavalos nem árvores; não há mais nada senão montanhas arqueadas em lombadas verdes – e olho para os ponteiros inquieta, desejando já que o trem pare definitivamente, um sono cativante me faça esquecer mais esta tentativa de amar os homens, e sobretudo de preferi-los aos bichos e às plantas – como é, infelizmente, minha irresistível vocação.

Não; o trem não irá mais para diante. A linha está rebentada. Temos de ficar por ali ao frio da tarde, ao vento e à chuva – quem sabe, ao gelo, ao granizo! – até se encontrar uma solução para o caso. Todos os senhores ferroviários estão profundamente pensativos, com os cotovelos fincados nas mesas, a cabeça apertada nas mãos, buscando resolver o problema: como passar por cima das linhas rebentadas e unir, do outro lado, o pedaço de viagem interrompida?

Aparecem caminhões trepidantes, automóveis com rodas alucinadas, bicicletas, triciclos, planadores, aerostatos, paraquedas – tudo isso na mente fértil dos ferroviários, que não sabem se com tanta fantasia devem ou não escrever um soneto.

Mas como todas as malas se acumulam em pirâmides soberbas – e as minhas! as minhas –, o soneto fica adiado para tardes mais fagueiras, e vêm de longe carroças capengas recolher nossas fragmentadas excursões, como quem apanha do chão desprezíveis moedas caídas de bolsos imprudentes.

E lá vamos. Lá vai o meu armarinho, a minha farmácia, a minha loja de modas, os meus armazéns repletos de alimentos para meses de exílio.

Lá vou eu, também, sombra de mim mesma, com todos os dedos das mãos agarrados a barbantes, correias, argolas – cabides das minhas imensas complicações, no alto de um ônibus que ruge e se arrepende; promete correr e ameaça parar, dança como sapateador, em ritmo desesperado, e logo em cada curva sente inspirações contorcionistas de rumba e projeta atirar-se, desiludido e incompreendido, de cima daqueles abruptos desfiladeiros!

Ai de mim! Ai de nós! que o motorista sorri e canta, olha para trás e conversa, mostra a paisagem com as mãos para ambos os lados, enquanto as senhoras se assustam – retro Satanás –, as velhotas benzem-se e homens pedem cigarros emprestados e as criancinhas bebem em garrafas, sonolentas, o leite das vaquinhas que ficaram pastando lá longe.

Agora, informam-me, virão tribos de índios, que estão escondidas aí pelo mato, e jogarão flechadas certeiras contra as nossas descuidadas sombras. Virão bandoleiros, facínoras, todos os descendentes de Lampião com seus rifles, seus chapéus de medalhas, sua má catadura e seu sorriso de caveira. Já estou vendo dois ou três, ali, atrás do vidro, afiando a faca na palma da mão!

Virão também fantasmas frios, com mortalhas compridas, e sem bainha, estendendo mãos verdes pedindo nosso corpo emprestado e nosso bilhete de volta, porque desejam – exatamente ao contrário! – mergulhar neste Carnaval como jamais houve, e cujas canções estão estudando todas as noites, no órgão dos cemitérios.

Não é imaginação. É pura verdade. Estou vendo e ouvindo tudo isto. Não sei em que mala vêm os livros de reza contra malefícios satânicos, e não possuo arcabuz nem baionetas com que enfrentar tantos perigos iminentes.

Lá vai o ônibus roncando assustado com o que encontra e reconhece antes de nós. Quando o motor se assusta demais e perde os sentidos, todos olhamos, já persignados, em redor – e vemos covis de lobos, com olhos fosforescentes, antros de cobras sibilinas, que baixam as pálpebras e nos dirigem na ponta da língua palavras que não entendemos, mas que a todos nós parecem ser assírias ou caldeias.

As malas se desmoronam umas sobre as outras, e as fechaduras se abrem sozinhas, pela força de tantos sortilégios. Um suor glacial escorre das nossas frontes pálidas; das nossas marmóreas faces; um hálito sepulcral se levanta no alto das árvores como o vento numa bandeira.

É noite densa, e nenhuma luz se acende. Nem há pirilampos. Foram fuzilados um por um, segundo contam os passageiros, porque os neurastênicos da região sentiam-se perturbados em seu sono, por esse excesso de luz.

Acabou-se o mundo. Não há mais gente: apenas sombras, que falam coisas, perguntam horas. Não há mais casas: apenas máquinas que bufam, sopram, fabricam nuvens, nuvens que são a matéria plástica dos lençóis e dos bifes; grossas nuvens, para uma noite espessa num lugar sem nome, que pode ser embaixo da terra, e onde cheira horrendamente a podridão, decadência, fim.

Já não sei se estou sonhando ou acordada. Já não sei das minhas malas. Alguém leva pela sombra os nossos belos chapéus, os nossos amados queijos. Alguém leva nossas esperanças. É irremediável. Não há nada a fazer.

Haveria, sim. Voltar para trás, perder o medo do pecado, vestir as belbutinas estreladas de lantejoulas, caminhar pelas ruas transcendentes do Carnaval. Talvez.

# CONVERSA COM AS ÁGUAS

Na verdade, eu ia conversar com a estátua que fica no meio da praça, alta e solene, toda cercada de símbolos. Àquela hora da tarde as crianças voltavam das escolas próximas; crianças do curso primário e do secundário: cachos negros, tranças louras, uma grande festa de risos vermelhos e róseos, beirando os gramados e subindo musicalmente para as nuvens, entre as montanhas e o mar.

Certamente, a estátua teria coisas interessantes a dizer-me, sempre ali parada, vendo deslizar todos os dias à mesma hora tanta criatura engraçada cheia de ciência nos livros e de alegria no rosto – pois eu, só meia hora num banco, já sentia um tumulto imenso de ideias dentro de mim. E isto sem falar que os olhos das estátuas são olhos eternos, e veem, com seu olhar imóvel, todas as coisas que se agitam na nossa mobilidade triste de prisioneiros da vida misteriosa.

A minha dificuldade na conversa decorreu simplesmente da diferença de nível: a estátua se alcandorava num pedestal majestoso, e eu, bicho humilde e mortal, apenas avultava entre as folhas e as flores. Minha voz, esta que uso todos os dias sem alto-falante, não poderia chegar tão longe. E, além disso, as estátuas têm ouvidos de bronze.

Mas, quando se tem vontade de conversar, qualquer interlocutor pode servir. E, quando abaixei meus olhos melancólicos, encontrei as águas, que são o contrário das estátuas, por fluidas e transparentes, e cuja eternidade não é a do estacionamento, mas a da sucessão.

As águas são mais falantes que as estátuas: estão sempre murmurando, cantando, sorrindo, chorando. E, se não observam durante muito tempo – por sua natureza andarilha –, observam muitas coisas, porque atravessam o mundo das nuvens à terra e de um a outro oceano.

E com as águas comecei a falar das crianças que estudam e não estudam, e as águas sorriam e recordavam o rosto das meninas que se miravam à tarde no lago e a mão dos meninos que atiravam pedras à onda plácida. "Nós temos uma larga história – diziam-me as águas – porque vamos contando tudo o que nos acontece e, quando já estamos longe, nossas irmãs, que vêm atrás, sabem dos acontecimentos da família…"

Falaram as águas numa florida linguagem demasiadas coisas poéticas para serem lidas à pressa num bonde.

Mas, a certa altura, senti que se enterneciam e também me fui enternecendo pouco a pouco. Falavam das meninas dos internatos que, em certos dias do ano, vinham passear tristezinhas em redor do lago, com tenebrosas meias compridas, sapatos muito feios, vestidos maiores que as donas, sombrios chapéus e umas tranças de fantasma a cair pelas suas costas de anjos conduzidos a trabalhos forçados.

"Não sabemos de onde vêm" – diziam as águas, amarguradas –, "mas é a coisa mais triste da nossa lembrança. Chegam como passarinhos amarrados pelos pés, em longas filas americanas. São pálidas e sérias. Parece que vivem em túmulos, e ressuscitam de ano em ano, e vêm ver as cores do mundo. Têm movimentos de sonâmbulo disciplinado. Andam em passos do mesmo tamanho, e vão de mãos dadas, como para poderem sustentar seu grande pasmo, seu melancólico esquecimento. Levantavam os olhos brancos para o céu, para as árvores, miram o mar azul, não dizem nada, parece que não compreendem nada – que é aquilo? para que serve aquilo? –, e continuam andando no mesmo passo, com as longas meias horríveis, sem sorrirem para as flores que as estão chamando com seus lábios vermelhos, amarelos e roxos. Andam, andam, vão até o fim da praça, voltam – como enfermo desfilando não se sabe para quê. Depois desaparecem. E os passarinhos, que até se escondem com medo de tanta sombra, voltam a cantar. E a luz, que morrera nas cinzas e nos lutos de seus vestidos e de seus chapéus, torna a brilhar nas gotas d'água e no esmalte das plantas. 'São órfãs?' – perguntaram-me as águas. "Têm um ar tão sofredor que não devem conhecer nem pai nem mãe nem nenhum parente na Terra. E nem sabem que os verdadeiros parentes das crianças somos nós, as águas, as flores, esta luz dos jardins, do amanhecer ao entardecer... Não sabem que as praças, com seus gramados e suas árvores, esperam pelas crianças; que este é o seu lugar de festa, o cenário do seu contentamento." E das águas saíram pequenas ondas espertas, borbulhantes, sorridentes, que se debruçaram nas beiras do lago, ali onde as formigas estão conversando também sobre flores amarelas.

"Por que não lhes diz que tirem aquelas meias horrorosas?" – perguntou-me uma, e logo fugiu. "Por que não lhes diz que ponham bonitos chapéus brancos?" – perguntou-me outra, e fugiu também. "Por que não lhes diz que venham só com as suas tranças soltas correr em volta dos canteiros, para receber no rosto a claridade do Sol?" – suspirou a terceira, e logo se desfez em trêmulo cristal.

Depois, veio um coro, em arcos sucessivos, que me pedia:

"Traga, traga as meninas dos internatos! Traga-as muitas vezes! Traga-as cantando, festivas, com vestidinhos floridos! Não queremos que vivam tristes, e só vejam a terra uma vez por ano! – mas todos os dias, para saberem como são as árvores e as nuvens, o mar e o Sol, as cigarras, as folhas, as flores e os bichinhos pequenos que estão luzindo entre os grãos da areia... Traga as meninas dos internatos!" – repetia. "Queremos que elas se esqueçam de sua pobreza, de sua solidão, que sintam como tudo lhes pertence, como tudo as espera nos jardins do mundo!" – E as águas cantavam tanto que as ouvia como dentro de mim. E sentindo-as tão perto, ocorreu-me que podiam ser lágrimas – as águas que fazem as lágrimas que se choram quando se está muito comovido.

Mas eu não vi jamais as meninas dos internatos nessa alegria descuidosa em redor dos lagos. Tenho-as visto desconfiadas e pesarosas, sempre de mãos dadas, com os olhos baixos, as tranças caídas, vagando em silêncio por entre os canteiros, como num rito fúnebre. Ai de mim, que nada posso, e ai delas, que não ouvem as vozes das águas. Delas me compadeço mais: pois, se as ouvissem, já ficariam meio consoladas, como se tivessem trocado de vestidos, e sentissem na pele a grande claridade vivificante do dia – na pobre pele de seus corpos magros, amarelos, obrigados a viver uma pequena vida inexplicável, resignadas múmias em movimento.

# DESORDEM DO MUNDO

Perdoa-me o leitor dizer-lhe uma banalidade tão grande: o mundo está descontente. Estão descontentes os países; os indivíduos entre si; descontentes os indivíduos consigo mesmos. O mundo é uma grande casa em desordem, onde todos se sentem com o direito de gritar. Os que gritam não se entendem; e os poucos que saberiam falar proveitosamente, como poderão ser ouvidos, em tamanha confusão?

De tal modo cresceu e se generalizou o hábito da queixa e do protesto que os que sofrem em silêncio passam a ser malvistos. Como nas cenas de desastre, o mais atingido ou está morto ou geme baixinho: mas em redor dele a vizinhança vadia comenta, discute, esbraveja e encontra uma gloriosa vingança em perder tempo com loquacidade.

Todos opinam; o prazer da opinião parece mesmo estar em proporção direta com o desconhecimento do assunto. Por isso, vamos opinar também. E sem nenhum constrangimento, já que estamos em tão boa companhia.

Pois é assim: o mundo está descontente por se achar em desordem, e não o contrário, como poderia pensar o vizinho. A tendência da Natureza, segundo dizem, é para o equilíbrio; se tudo estivesse em seu lugar, o mundo não estaria descontente.

Isto de estar em seu lugar é uma profunda preocupação dos espíritos sensatos, em qualquer latitude. O inglês diz: *"the right man in the right place"* – e o bom brasileiro, com muito mais saber decorativo, concorda: "cada macaco no seu galho".

Aproveite-se a imagem para uma fábula, e ver-se-á o mundo qual imensa árvore, desdobrada em infinitos galhos – altos, baixos, curtos, longos, finos, grossos –, com os seus povoadores em completa desordem. Dia e noite a vasta fronde oscilará com a celeuma: no mais denso da verdura está precisamente o macaco-poeta, que gosta de mirar as estrelas; num galho desnudo, o macaco-prático, que apenas se interessa pela fruta; num ramo frágil, o macacão pesado, que aspira a certo conforto; muito elevado, o que sofre de vertigens; dentro da sombra, o que ama o Sol; e às vezes, vinte e trinta num pequeno toco, e apenas um num galho colossal...

Mas, deixemos de fábula: o problema de oferecer ao homem a oportunidade que mais lhe convém para aplicação de suas qualidades de trabalho precisa ser encarado de frente, empregando-se todos os recursos obtidos por outras experiências da mesma espécie, além dos recursos particulares que se suponham mais adequados ao caso brasileiro.

É desnecessário insistir com exemplos: o barbeiro que, enquanto escanhoa o freguês, vai dizendo: "Eu, se fosse o ministro de Educação..."; a datilógrafa que, entre os seus erros de ortografia, conversa com o colega: "Aquele vestidinho da Alice Faye, com três babadinhos do lado de cá, ficava uma gracinha..."; o chefe da seção, rabugento e malcriado, que não atende aos interessados e ainda responde: "Eu estou aqui porque estou, mas logo que puder vou para a roça, criar as minhas galinhas!" –, todos são pessoas adoráveis, mas desajustadas. Talvez dessem, mesmo, um para ministro, outra para costureira, outro para avicultor. Mas foram mal colocados na vida, suspiram pelo que não puderam ser e, com isso, um corta o queixo do freguês, a outra faz uma correspondência detestável para o seu chefe, e o terceiro mete os papéis na gaveta e esconde a chave – sofrem com a sua neurastenia, e fazem sofrer todos que estão ao seu alcance.

Ora, quem os colocou mal na vida? Contingências da fortuna, falta de previsão dos pais ou professores – mas, sobretudo, o desconhecimento ou desprezo, do ponto de vista individual e psicológico, do problema da "vocação"; e, do ponto de vista técnico e social, do problema da "orientação profissional".

O antigo "conhece-te a ti mesmo" ainda tem aqui a sua aplicação. É pelo conhecimento de suas aptidões, das várias maneiras de combiná-las, que um jovem se pode situar na vida, entregando-se a uma atividade que ao mesmo tempo o satisfaça – por estar de acordo com a sua capacidade – e lhe permita viver dentro de um nível condigno – por estar de acordo com as oportunidades sociais, tendo, portanto, uma valorização razoável.

Mas os jovens não poderão, salvo em casos excepcionais, chegar a essa compreensão por si mesmos. Falta-lhes experiência, falta-lhes conhecimento especializado do assunto, e – o que é mais grave – em muitos não se encontra nem entusiasmo, nem confiança, nem paciência, nem fé. Estes são os que precisam ser socorridos imediatamente por educadores competentes, compreensivos, que queiram fazer alguma coisa neste mundo descontente, para salvar uma geração abalada por tantos espetáculos atrozes.

# O LIVRO DA SOLIDÃO

Os senhores todos conhecem a pergunta famosa universalmente repetida: "Que livro escolheria para levar consigo, se tivesse de partir para uma ilha deserta...?"
Vêm os que acreditam em exemplos célebres e dizem naturalmente: "Uma história de Napoleão". Mas uma ilha deserta nem sempre é um exílio... Pode ser um passatempo...
Os que nunca tiveram tempo para fazer leituras grandes, pensam em obras de muitos volumes. É certo que numa ilha deserta é preciso encher o tempo... E lembram-se das *Vidas* de Plutarco, dos *Ensaios* de Montaigne, ou, se são mais cientistas que filósofos, da obra completa de Pasteur. Se são uma boa mescla de vida e sonho, pensam em toda a produção de Goethe, de Dostoiévski, de Ibsen. Ou na Bíblia. Ou nas *Mil e uma noites*.
Pois eu creio que todos esses livros, embora esplêndidos, acabariam fatigando; e, se Deus me concedesse a mercê de morar numa ilha deserta (deserta, mas com relativo conforto, está claro – poltronas, chá, luz elétrica, ar condicionado), o que levava comigo era um Dicionário. Dicionário de qualquer língua, até com algumas folhas soltas; mas um Dicionário.
Não sei se muita gente haverá reparado nisso, mas o

Dicionário é um dos livros mais poéticos, se não mesmo o mais poético dos livros. O Dicionário tem dentro de si o universo completo.

Logo que uma noção humana toma forma de palavra – que é o que dá existência às noções –, vai habitar o Dicionário. As noções velhas vão ficando, com seus sestros de gente antiga, suas rugas, seus vestidos fora de moda; as noções novas vão chegando, com suas petulâncias, seus arrebiques, às vezes, sua rusticidade, sua grosseria. E tudo se vai arrumando direitinho, não pela ordem de chegada, como os candidatos a lugares nos ônibus, mas pela ordem alfabética, como nas listas de pessoas importantes, quando não se quer magoar ninguém...

O Dicionário é o mais democrático dos livros. Muito recomendável, portanto, na atualidade. Ali, o que governa é a disciplina das letras. Barão vem antes de conde, conde antes de duque, duque antes de rei. Sem falar que antes do rei também está o presidente.

O Dicionário responde a todas as curiosidades, e tem caminhos para todas as filosofias. Vemos as famílias de palavras, longas, acomodadas na sua semelhança, – e de repente os vizinhos tão diversos! Nem sempre elegantes, nem sempre decentes – mas obedecendo à lei das letras, cabalística como a dos números...

O Dicionário explica a alma dos vocábulos: a sua hereditariedade e as suas mutações.

E as surpresas de palavras que nunca se tinham visto nem ouvido! Raridades, horrores, maravilhas...

Tudo isto num dicionário barato – porque os outros têm exemplos, frases que se podem decorar, para empregar nos artigos ou nas conversas eruditas, e assombrar os ouvintes e os leitores...

A minha pena é que não ensinem as crianças a amar o Dicionário. Ele contém todos os gêneros literários, pois cada palavra tem seu halo e seu destino – umas vão para aventuras, outras para viagens, outras para novelas, outras para poesia, umas para a história, outras para o teatro.

E como o bom uso das palavras e o bom uso do pensamento são uma coisa só e a mesma coisa, conhecer o sentido de cada uma é conduzir-se entre claridades, é construir mundos tendo como laboratório o Dicionário, onde jazem, catalogados, todos os necessários elementos.

Eu levaria o Dicionário para a ilha deserta. O tempo passaria docemente, enquanto eu passeasse por entre nomes conhecidos e desconhecidos, nomes, sementes e pensamentos e sementes das flores de retórica.

Poderia louvar melhor os amigos, e melhor perdoar os inimigos, porque o mecanismo da minha linguagem estaria mais ajustado nas suas molas complicadíssimas. E sobretudo, sabendo que germes pode conter uma palavra, cultivaria o silêncio, privilégio dos deuses, e ventura suprema dos homens.

## MAL DAS LETRAS

Quando uma pessoa de boa vontade pensa em fazer bem ao Brasil, não é raro que lembre da alfabetização nacional. Quem não ouviu já citar cifras tenebrosas sobre nossos iletrados? E todos os males que nos afligem facilmente se atribuem aos milhões de pessoas que não conseguem distinguir o "a" do "b".

Quando a convicção chega a um ponto verdadeiramente empolgante, a pessoa de boa vontade adquire todas as cartilhas do mercado, e sai por esses ínvios sertões caçando analfabetos como outrora se caçavam índios.

Se a convicção ainda sobe mais de nível, junta-se à cartilha um caderno, um lápis e uma tabuada. Eu aconselharia que juntassem também um pacote de balas. De balas de açúcar, naturalmente – para suavizar. Porque das outras seria mais razoável que fizessem uso próprio, pelo menos metafórico, em algum dia de lucidez e arrependimento.

Essas distribuições são muito interessantes, como forma gratuita de ação; forma até poética; e ajudam o comércio de material escolar – o que todos nós só podemos aplaudir.

O lápis sempre é um pouco perigoso, na verdade, porque uma criança pode não chegar a saber escrever, mas, mesmo assim, ser capaz de furar os seus próprios olhos, ou o do próximo. De modo que esse manejo ocasional do lápis causa certa apreensão, quando não se tem certeza da existência de postos médicos frequentes, pelos ínvios sertões da ignorância nacional.

Mas as cartilhas e tabuadas, com a habilidade natural das crianças e dos adultos disponíveis, podem ser convertidas em papagaios, barquinhos de papel, planadores, bolas, petecas – quem sabe lá! Até se devia acrescentar a distribuição de vidros de cola e rolos de barbante, para ajudar a função lúdica do papel.

Assim encaradas, as pessoas que se preocupam excessivamente com a alfabetização [...] – pois brincar é a maior felicidade que se pode possuir na Terra; brincar inocentemente, aumentando a receita daqueles que, com muita abnegação, têm procurado descobrir a maneira de, forçando portas por vezes implacáveis, e corredores estranhamente entupidos, colocar nos salões do humano cérebro a encantada mobília do alfabeto. (Eis um modo de falar que os analfabetos não seriam capazes de entender.)

A grande desgraça é que os analfabetos às vezes tomam a sério a distribuição, abrem as portas dos metafóricos salões a um amontoado de trastes inúteis – quem vai ficar no sertão com uma cabeça dessas? –, saem correndo com o cérebro fosforescente, largam os ínvios sertões, e vão para as capitais realizar um ideal que logo desabrocha, virente e notabilíssimo: o de serem funcionários públicos.

Daí por diante, perdem os sertões uma – ou mais – das suas flores, e ganham as capitais um – ou mais, oh, muito mais! – dos seus espinhos.

Se, em lugar de alfabeto, as pessoas de boa vontade que querem salvar o Brasil fossem por aí além com instrumentos de trabalho, receitas de vida, normas de alimentação, socorro médico, um dia, se fosse muito necessário, esses nossos irmãos amanheciam lendo sem se saber como. Por milagre, propriamente, não; mas porque estariam preparados para certas necessidades de comunicação, e a força dessa necessidade, com a sua cara de herege – segundo a tradição – os impeliria para o alfabeto como um recurso vital.

O que me apavora é o analfabeto assim metido na cabeça, quase por obrigação. Digam-me: que existe de tão indispensável para ser lido por essas vítimas do culto literário? Livros de moral? Tratados de higiene? Noções sociais...? Não, o que se lê é o jornalzinho, esse vício de cada hora, com as suas mentiras, as suas trapaças, as suas interpretações que nem Deus será capaz de entender, quanto mais um miserável recém-alfabetizado! O que há é o letreiro de cinema, mal escrito, mal traduzido. É o argumento de cinema, em volume grosso, que as moças vão tomar como modelo. É a historieta idiota que os meninos absorvem de olhos ávidos. É o anúncio de mil coisas incríveis que todos compram, sem precisar, sem saber para que porque viram escrito.

Naturalmente, ninguém se vai arvorar em partidário da ignorância. Por isso mesmo é que a alfabetização assusta. Pois uma ignorância declarada pode ser até muito respeitável. E sábia. E útil. Mas a ignorância fantasiada de cultura – dessa, Deus meu, como nos defendermos? Como nos livraremos dos falsos sábios, dos impossíveis messias, dos que juntam as letras mas não entendem as palavras, dos que juntam as palavras mas não entendem as frases, dos que juntam as frases mas não têm nada a dizer?

Pensando bem, o mal do Brasil virá dos seus autênticos analfabetos, ou dos seus hipotéticos letrados? O mal do mundo, senhores, não apenas nosso, ai, não apenas...

# IMAGENS DA INFÂNCIA

O grande livro está longe, mas as pálidas imagens ainda respiram: elas saem dos seus primitivos lugares, aparecem onde não as esperamos, desdobram-se de outras figuras que nos apresentam, acordam as primeiras experiências, as indeléveis curiosidades do nosso amanhecer no mundo.

Eis as velhinhas, as dos doces olhos cheios de coisas sábias, que nos ensinaram o tempo com as intricadas linhas de seu rosto, com as grossas veias de suas mãos quase paradas.

A doçura de viver está nas jovens sorridentes, que oscilam nos balanços embaixo das árvores. Olhai para os seus longos vestidos flutuantes, para as suas tranças com fitas, para os seus olhos rápidos como borboletas – e as flores caindo dos ramos, e o Sol bordando no chão seus amarelos arabescos…

A bondade está ali, detrás daquela porta que se abre em silêncio, na sala onde a mesa está para sempre posta, com duas mãos que caminham, servindo a fruta, o leite, o pão. O relógio marca o dia e a noite, como para vidas sem fim. Ninguém estremece. Ninguém se lembra da morte. Todos se sucedem, todos se lembram uns dos outros, todos estão ali à espera dos que chegam. Para socorrer.

A frivolidade está diante de altos espelhos, provando seus grandes chapéus, envolvendo-se em rendas e plumas. Leva no lábio uma pequena canção, quase imperceptível. Pouco maior que um alfinete: pouco menor que um botão de rosa.

Nas pedras das igrejas sentaram-se os eternos mendigos. Caminhantes de séculos, com suas pernas inchadas, seus trapos, e as mãos em concha, cinzentas e calcárias – vindas de que mar, de que lágrimas?

Em câmaras mortuárias, estão chorando donzelas que cintilam entre luzes e flores, com seu rosto de seda branca esquecido de acordar.

E como deslizam os fátuos, pelos salões repletos, com a biqueira do sapato reluzindo nos tapetes, com o sorriso sem direção, à espera do momento de converter-se em frase inútil...

Acertaremos os nossos relógios pelos modestos pais de família que vêm de tão longe, de tão longe – oh! de que mundos ignotos chegam os pais de família...? – com seus embrulhos no gancho do dedo, com os seus jornais embaixo do braço, e, às costas, a sua fadiga de um dia inteiro fazendo um trabalho monótono e incessante... As crianças farejam os embrulhos como gatos, como cães... "Café!" "Queijo!" "Sabonete!" Como são felizes as crianças, quando os pais chegam, de tão longe, de tão longe, com os embrulhos pendurados nos dedos...

Nos caramanchões que o luar vagamente desvenda estão os noivos inacreditáveis, falando como personagens de romance. Esses não são os que amanhã veremos casados, são os que apenas vivem o episódio de noivos, com luares, caramanchões, insônias, pianos cheios de valsas, cartas cor de ametista, que um dia ficam sem resposta.

As professoras estão limpando o bico da pena em flanelas verdes. "Como se chama o rio maior do mundo?" Como se chamará? Estamos procurando pelas paredes, pela janela aberta, lá pelo céu azul, com muitos anjos invisíveis... Como se chamará? Se os anjos descessem e dissessem! Mas não descem nem dizem.

Embora os anjos não digam nada, passaremos a tarde cantando na igreja cheia de nardos. Até o Sol não atravessar mais o vitral que atravessa a nave com o jorro do seu caleidoscópio. As beatas, cheirando a cera e alfazema, distribuem santos, medalhas, fitas, livros, indulgências, até confeitos. Nós achamos que elas fazem parte das alfaias e desejaríamos ter aquele cheiro e até os olhos tortos, mas ficar ali sempre, ouvindo como ressoa a mais breve palavra naquelas colunas, naquelas paredes, pela escada de caracol, até o coro, até o sino...

Os vendedores de doce desaparecem pelas esquinas, soprando numa gaita de folha. O instinto bucólico fica longe seguindo-os, e depois deixa-se esmagar pelas rodas dos carros nas ruas de pedra, enquanto leves campainhas oscilam e esmorecem no crepúsculo.

As crianças patinam nas praças. Os estudantes fazem vaidosos pescoços à porta dos cinemas. Os cocheiros dos coches fúnebres voltam dos cemitérios chicoteando os cavalos tristes. Todos estamos pulando corda, e não morreremos nunca. Mas os cães uivam, e a criada vira o chinelo embaixo da cama, antes de dormir.

# AGONIAS DO CRONISTA

O cronista tem os seus compromissos com o público: às vezes, até o público o ama, e ele faz o possível para retribuir – isto é, faz o possível para melhorar as suas crônicas. Mas acontece que também a família, às vezes, o ama; e os amigos; e os amigos da família e os amigos dos amigos. E todas essas criaturas amáveis e amantes têm os seus dias de aniversário, de batizado, de crisma, de casamento, de alegria sem motivo nenhum, de almoços, ajantarados, chás, banquetes, jantares, ceias, aperitivos, bailes – e, de vez em quando, reuniões sérias, em que algum bem-aventurado deseja apresentar um plano para salvar os artistas, ou o Brasil, ou as crianças, ou o mundo, ou as almas. Salvar, salvar, salvar. E o cronista precisa estar presente, a fim de participar desses júbilos; o cronista deve estar presente para cooperar nessa irrecusável e indispensável salvação.

Para agradecer, portanto, esse amor e essa fé que lhe dispensam, o cronista precisa movimentar-se, vestir-se às pressas, comer às carreiras, atirar-se como um trapezista aos ônibus, aos bondes, aos táxis, olhar para o relógio cinquenta vezes por dia, pelo menos, e lembrar-se de que a barba cresce, as unhas crescem, os sapatos perdem a graxa, os colarinhos perdem a goma, as camisas perdem os botões.

Isso quando o cronista é homem, porque o destino tem caprichos vocacionais, e, se o cronista é mulher, todos esses problemas se agravam com vários coeficientes que nem é bom referir.

Excluídas essas horas de desespero que o próximo deu para considerar "humanas", e com as quais se firmam reputações (ou se destroem), não restam ao pobre – mas amado – cronista mais que alguns momentos ocasionais, em que lavra a cara com a navalha, faz sangrias com o alicate em redor das unhas, cata por baixo dos armários os botões da roupa, espera que o chuveiro se digne dar um pouco de água, ou que o dentista lhe recomponha o material dos sorrisos.

Cronista bem organizado é o que aproveita esses ditosos momentos para preparar sua crônica; a crônica necessária a construir o amor, a admiração e o respeito não só dos seus leitores desconhecidos, mas desses todos que o amam e escravizam. Existem, porém, alguns, tão adorados, que nem desses momentos dispõem: porque lá no invisível, detrás das ruas, das casas, os dedos do amor e da admiração estão discando o número do seu telefone, escrevendo-lhe cartas, dedicando-lhe livros. E o cronista tem de deixar o botão embaixo do armário e o chuveiro aberto para atender à campainha que bate, assinar recibos de correio, dar entrevistas pelo telefone, aceitar mais convites, prometer conferências, discursos, recitais... Tanto amor!

Além do mais, o cronista passa por inspirado, clarividente, gênio. Abusando um pouco do cartesianismo, todos acreditam que uma crônica pensada é uma crônica existente, viva, datilografada, impressa, pronta. E como pode o cronista articular uma explicação que venha pôr em perigo a sua fama?

Um dia, o cronista encontra no seu caderno de notas uma tarde inteira livre. E alegra-se. Hoje, sim, escreverá, umas atrás das outras, cinquenta e duas, cento e quatro, duzentas e oito crônicas. Exportação em série. Um ano, dois, quatro – o resto da vida sem necessidade de escrever. Todo o tempo consagrado a ser "humano", isto é, a não ser nada, a ser apenas um desgraçado a pular dos bondes para os ônibus como um vendedor de jornais, e a estar presente a todas as reuniões, festas, assembleias, jantares, campanhas de salvação que jamais estarão completas sem a sua bem-amada presença.

Mas nesse dia, nessa tarde miraculosa, faz um calor acima do natural, a família recrimina-o: "Pare com tanto trabalho! Num dia destes! Você quer morrer de insolação?" Mas o cronista persuade a família. Senta-se e pensa. Os galos cantam de preguiça. As cigarras cantam de desespero. A vizinha – tão simpática! – abre o piano, e estuda todos os exercícios que devem cair no exame. Os irmãos da vizinha ficam todos soltos no quintal, trepando nas árvores, apanhando mangas, atirando mangas para o cachorrinho, pregando rodas de brinquedos, disparando espingardas de espoleta – e as criadas velhas resmungam e arrastam sapatos que rangem quase como carros de bois...

E a família do cronista, como tem fé na sua inspiração, abre o rádio, fica feliz, ri, comenta o calor pelo telefone, enquanto ele escreve com suor, e quase com lágrimas, a crônica de que os críticos dirão: "Que decadência!"

# AINDA HÁ NATAL

Dentro de alguns anos, os amadores de folclore quererão saber do Natal que agora celebramos, e ficarão admirados da resistência dessa tradição. Não temos mais moleques nem mulatinhas gentis que levem pratos de doce de presente às nossas amigas; mas caminhões possantes vão entregando, em certas casas, cestas enormes, onde estão deitadas garrafas de bebidas, caixas de chocolate, de passas, de figos, latas de caviar e de compota, de atum e de cogumelos, tudo afogado em nozes e avelãs e fitas de papel celofane que cintilam como teia de cristal.

Sem moleques e mulatinhas, nossos amigos receberão suas lembranças, que nos custaram muito a comprar, não só porque os tempos são duros, como porque desde o princípio do mês as lojas estão intransitáveis, e é preciso que a Polícia imponha a sua autoridade, ou pelo menos o seu uniforme cor de azeitona, em meio a tanta confusão. Quando as famílias saem para comprar presentes, nesta minha ditosa terra, levam consigo toda a composição que começa no bisavô e acaba no bisneto. E todas essas encantadoras criaturas examinam, consultam, escolhem, preferem, discutem, insistem, arrependem-se, desistem, passam adiante, tornam a concordar, voltam atrás, examinam melhor, decidem-se, afinal, procuram o dinheiro, custam a encontrá-lo, contam, recontam, verificam o troco, enfiam a argola de barbante no dedo, tomam cuidado com o paletó, por causa dos batedores de carteiras, e continuam.

    Se julgarmos o amor ao próximo pela quantidade de compras feitas no Natal, podemos ainda ter alguma esperança na humanidade, pelo menos na porção da humanidade que habita a minha ditosa cidade. Nem que seja um lenço, um pão doce em forma de coração, um saquinho de caramelos, o carioca tem de comprar qualquer coisa para qualquer pessoa. Sua, pisa os pés dos outros, e é igualmente pisado, espeta os olhos nas pontas dos guarda-chuvas, escorrega no asfalto, gasta o que tem e o que não tem, mas sente-se glorioso; comprou todos os presentes que tinha anotado na sua lista. E distribui todos os cartões de boas-festas. Gastou dias inteiros nas filas do correio, perdeu muita saliva em selos e selos, mandou endereços incompletos ou trocados, e metade do seu esforço ficou pelo caminho: mas está com a consciência tranquila e respira como os heróis.

    Estes são os felizes, os que dão. Há os que pedem. Descem dos morros, em grupos esfarrapados, e postam-se ao longo das calçadas, à porta dos palácios, dos clubes, de certas casas beneficentes. Pode chover, pode haver inundação, pode haver mesmo terremoto: dali não se arredam. Quando muito, cobrem a cabeça com a barra da saia, com algum pedaço de jornal, e continuam à espera, com filhos raquíticos pelos ombros, pelos pés, pelos braços, até que os altos portões se abrem, e começam a distribuir pano para roupas, comidas, brinquedos. Então, toda aquela miséria se alegra, sente que valeu a pena ter esperado, e volta com seus embrulhos para os esconderijos das favelas.

    Há outros pedintes: os que o ano inteiro nos servem, e esperam um prêmio pela sua dedicação. Desses, os mais interessantes são o leiteiro e o lixeiro, que dizem palavras raras nos tempos que correm:

*Em servir bem o freguês
é esse o meu ideal.
Desejando-lhe Boas-Festas,
um Ano Bom e Natal.*

Apenas, como a vida anda um pouco cara, nem sempre podem deixar suas ternas mensagens: pedem que lhas devolvam, uma vez lidas, porque as têm de fazer circular de casa em casa.

Quanto às comidas, já não ouço falar nos manuês que os velhos folcloristas referiam; não sei, com este clima, se haverá muita mesa recoberta de doces tradicionais, mesmo da rabanada clássica e do vinho tradicional. Há pessoas que se deliciam com essas garrafas de refresco, que ainda não sei se é feito de restos de esmalte de unhas com verniz de móveis e tira-manchas. Esse é um dos meus pequenos desgostos: não a ignorância, mas o refresco.

E quanto ao mais, podia ser pior; este ano até se fez uma ressurreição dos pastoris do Norte, com um Satanás que parecia o Hamlet. Todos estavam tão felizes que, embora começasse a chover, quem era de cantar, cantava; quem era de dançar, dançava; e quem era de estar sentado prestando atenção, assim ficava. Exceto as crianças, que a cada instante queriam passar da plateia para o palco. Mas isso, apesar de muito incômodo, era encantador, porque, afinal, são elas quem têm mais direito às festas.

# INDECISA SOLIDÃO

Vim descendo as escadas do teatro com certa pena. Não te sei dizer, Maria, que espetáculo vi. Nem se houve espetáculo. Mas havia os espelhos, os grandes espelhos, sem reflexo, onde não me encontrei, onde não se encontrava ninguém. Por mais que fosse uma noite de gala, no vasto teatro, e eu estivesse sentindo o movimento, o respirar e o andar da multidão.

Nenhum de nós tem alma? – perguntava a mim mesma. E as claras paredes eram altas e frias, e os degraus de mármore, intermináveis, sob o macio tapete.

Assim me encontrei, Maria, sozinha e enigmática, e um sentimento de injustiça parecia prestes a fazer-me chorar. Não sei por que, não sei: mas achava uma ingratidão. Como se tudo me houvesse sido arrancado – casa, pátria, amigos, parentes, nome...

Por isso, descia tristemente. Reparando em cada degrau. E por acaso reparei também na humildade do meu vestido, que era longo e cor-de-rosa, tão simples que cismei ter ido ao teatro, por engano, com uma camisola de dormir. Tranquilizei-me um pouco por notar também que estava com um casaco preto. São tão decentes, os casacos pretos! A personalidade mais séria do guarda-roupa.

Levei descendo tanto tempo que comecei a estranhar o teatro. Chegaria ao centro da Terra, por esses degraus tão suaves, apesar de tão dorida solidão?

Depois, avistei do lado de lá – noutra galeria, por outra escada – o homem que certamente me acompanhava. E como ia de chapéu na cabeça, perguntei-lhe mentalmente, com uma natural estranheza, por que não tirava o chapéu. Em verdade, não havia mais ninguém. Éramos dois vultos dentro do teatro como devem ser dois ladrões ou dois fantasmas. Sobretudo, o que eu compreendi, Maria, é que aquele vulto era de um morto. E quem se importa com a maneira com que os mortos andam vestidos? Eles flutuam pelo seu mundo como podem, certamente, com os seus hábitos, com as suas reminiscências. Essa distância invisível, que parece crueldade, indiferença, deixou-me numa espécie de prostração.

Quando cheguei à porta, Maria, vi a noite. A noite que há depois dos teatros, com a sua lua grande, suas ruas desertas, suas casas fechadas.

E eu era uma mulher sozinha, à porta de um teatro, esperando – quem? Porque o vulto não me aparecia. Perdeu-me de vista, pensei. Foi a multidão... Embora eu soubesse que a multidão era invisível. Que só ele existia. Que só ele, pelo menos, tinha sido avistado por mim.

Digo-te que era triste, Maria, ficar ali à porta, sozinha, à espera desse estranho vulto.

Levantei a gola do casaco, porque fazia frio. Também por certo pudor, pois o vestido cor-de-rosa cada vez me parecia mais que se podia confundir com uma camisola de noite.

Paravam pessoas, e miravam-me. Então, eu olhava para as grandes portas iluminadas e vazias, com a expressão que desejava lessem no meu rosto: "Não estou aqui à toa: espero alguém que está lá dentro, que ainda não chegou, mas vai chegar..." E não aparece ninguém, descendo aquelas escadas. Embora eu estivesse certa de que o povo descia, ruidoso, risonho, e que belos vestidos deviam estar brilhando, e olhos, e diamantes, e dentes... Não se via um automóvel. Nada que me tirasse dali. Nem os porteiros, no teatro... para perguntar-lhes qualquer coisa... Não, Maria, nada. Eu era mesmo uma pobre mulher sozinha, dentro da noite, esperando um fantasma.

Tive receio de um senhor meio gordo, aparecido sem explicação, e que me olhava de soslaio, agora. Tive vontade de dizer-lhe: "O senhor sabe onde se toma um automóvel para casa?" Porque a verdade é que eu também não sabia onde estava nem para onde ia. (E será que realmente o sabemos?) Contive-me, aguentando a solidão. Fiquei silenciosa, imóvel, deixando-me contemplar. Sabendo que não era aquela que viam. Triste, triste, Maria.

Acreditas mesmo que foi sonho? Que eu pus na cama um cobertor a mais? Oxalá... oxalá...

# CHUVA

Ainda está chovendo, Maria. Isto não para tão cedo. Dizem que só depois do Carnaval. Dizem que só talvez depois da Semana Santa. Cada um explica a chuva como pode. Um dia, um lavrador me disse: "Não pode deixar de chover por estes dias, pois a senhora não está vendo que o feijão está precisando de chuva para crescer?" Ditoso o mundo nosso, onde a chuva pensa no feijão que a espera, quando se poderia supor que nem as criaturas humanas, entre si, cometessem tal delicadeza...

Ainda está chovendo, Maria. Isto é que foi chuva! Os rios encheram, subiram, transbordaram – as casas eram levadas pela enxurrada, moles como mata-borrão. O moço me disse: "Veja só: é tal qual como a gente vê no cinema". Ditoso mundo, Maria, onde a vida já se compraz em reproduzir a arte. Mundo às avessas, decerto, mas ditoso, hein?

Cada viajante chegou contando uma proeza maior que a do outro. Houve os que viram cidades inteiras arrasadas, houve os que caminharam léguas a pé, com o corpo metido na lama até metade, e – pelo visto – com os trens às costas. Então isso não é um mundo ditoso em que os homens sérios, que andam tratando de negócios, se divertem com a sua imaginação como se fossem pobres poetas desacreditados? E as famílias ouvem e concordam. Mundo ditoso, digo, porque se vive de miragem, de sugestão coletiva, de hipnotismo. Perguntei à Indalécia o que achava de tanta chuva. Esticou um beiço pessimista e me disse em voz baixa (há sempre espíritos maus que podem realizar as predições agourentas) que todas estas casas podiam vir abaixo. Que o chão ia ficando minado, minado, e de repente... catrapuz! Perguntei-lhe se achava ruim e benzeu-se. No entanto, acabara de dizer-me que estava com os filhos todos de cama e só tinha um par de sapatos. Como não há de ser isto um mundo ditoso que até os que não podem viver se recusam a morrer?

Depois eu vi um senhor doente que arma brinquedos de miniatura, brinquedos complicadíssimos, que se fazem com os fios de cabelo, cordas de violino, pedacinhos de madeira, cabeças de alfinete. A peça maior nunca chega ao tamanho de um grão de arroz. Que paciência! Tudo apanhado com pinças, feito como no vácuo, pois um traço de brisa desmancharia toda aquela arquitetura. Disse-me: "Tudo quanto me resta é a vista. Mas também já se vai acabando; e creio que ficarei cego." "Por que não para com esses brinquedos?" Respondeu-me: "Se eu parar, morro; morrer por morrer, tanto faz ser com vista como cego". Não, Maria, ditoso é este mundo, onde os vivos sabem que são pré-cadáveres com a maior naturalidade.

É por isso que gosto tanto de viajar: aprende-se cada coisa! Podes ler todos os livros: os autores, salvo um ou outro, não gostam desses exemplos vivos e inventam outros, irreais. Já ouviste dizer, por acaso, que existe uma ilha no mundo onde não existem chaves? Pois é, nos Açores. É a ilha do Corvo. Nem chaves de portas, nem de armários, nem de gavetas. É verdade que se trata de uma ilha pequenina, onde todos são parentes. Parentes! Pois não é ditoso um mundo em que se pode ter esperança até nos parentes?

Quando eu estava falando nisso à Indalécia ela sacudiu a cabeça: "Ora, a senhora viu nada. Aqui perto tem uma casa que ainda é melhor: lá, eles não usam nem porta!" Não vês, Maria? O mundo ainda é mais ditoso do que eu pensava. Para que sonhar com a ilha do Corvo, lá longe, entre Portugal e a América? Muito mais ao nosso alcance existe uma casa onde não há portas nem do lado de dentro nem do lado de fora. Sem polícia e sem ladrão!

Uma tarde, passou um enterro. Pensas que havia carro, gente de preto, choro, olhos pregados no chão? Nada disso. Todos iam de cores alegres: vermelho, azul, verde, cor de laranja... Levavam raminhos de flores, como quem vai para uma festa. O caixão era carregado entre sorrisos, brincadeiras, saracoteios. O cortejo entrou na igreja, depois saiu, sempre com a maior felicidade. Afinal, continuou até o cemitério. E eu fui atrás. Só faltava cantarem. O cemitério também tinha cores bonitas, cruzes azuis, giestas floridas... Pois isto não é um mundo ditoso? Lembrei-me de certo coveiro que me disse, há tempos, numa vila: "Esta semana o serviço foi pouco. Só três." Queria dizer três enterros. Mundo ditoso!

E continua a chover, Maria. Perguntei à Indalécia: "Que mal havia, se o mundo acabasse?" Ficou muito apreensiva. Garantiu-me, porém, que o mundo não vai acabar pela água, mas pelo fogo – o que já nos alivia um pouco de temores imediatos. Quanto às vantagens de se estar vivo, depois de procurar bem, e contar pelos dedos, reduziu-se a isto: "A gente come, a gente dorme, a gente vai ao cinema..." É isso mesmo, Maria, a gente come, a gente dorme, a gente vai ao cinema. Ah, mundo ditoso, eu nasci com endereço errado. Que é que eu tenho contigo? Que vim eu fazer aqui?

# UMA CASA MORRE

    *T*enho visto a morte de muitas casas. Verei agora a do Palace Hotel. Não tenho razões especiais para chorá-lo. Nunca morei lá. Nunca morou lá nenhuma pessoa amiga, a não ser pelo breve e incaracterístico prazo de algum intervalo de viagem. Não guardo recordações de nenhum jantar, de nenhuma oportunidade especial que me enternecessem. Vagas exposições, vagos copeiros, vagos habitantes... – não, o Palace Hotel não tem nada com a minha vida.
    Interessou-me, por muitos anos, a vasta figura do porteiro condecorado que, com um imenso guarda-chuva branco, formidável tenda hospitaleira, protegia os que chegavam, enquanto a água respingava automóveis, bagagens, capotes, e o dinheiro ainda meio desconhecido dos viajantes.
    Esse porteiro simbolizava o hotel. Não aquele, apenas. Todos os hóteis do mundo. Era o abrigo, na intempérie; a hospitalidade, no desconforto; e sua vasta figura sorridente, de cores lustrosas e vivas como um grande brinquedo ou uma alegre faiança bem merecia longas e sinceras loas.
    Mas o porteiro deixou aquele seu cordial ofício. Nunca mais se viu brilhar noutras mãos o prodigioso guarda-

-chuva, amplo cogumelo na monotonia cinzenta da Avenida. E o Hotel ficou sendo, para mim, um hotel qualquer.

Ouvi dizer que iam fechá-lo, derrubá-lo, pôr outra coisa no seu lugar, e olhei-o com o dó que nos inspiram os condenados. Comecei a perceber então suas qualidades, como os homens fazem entre si, quando se veem ameaçados; e agora me ponho a enumerá-las, como os homens fazem entre si, quando se veem morrer.

Ele era um hotel de grande dignidade. Situado no melhor ponto da cidade, como deviam dizer os prospectos das agências de turismo. O mais central, com o correio ali adiante, os cinemas ao pé da porta, o Teatro Municipal à vista, a rua do Ouvidor logo ali perto, o mar a dois passos – tudo à mão, tudo fácil, com todos os veículos diante de si.

Ele era um hotel comedido, de arquitetura sólida e harmoniosa, que não perturbava – antes ambientava – os palácios das Belas-Artes e da Biblioteca, numa exemplar boa vizinhança.

Não era nem faustoso que intimidasse, nem tacanho que repelisse. Seus reposteiros imprimiam-lhe certo ar venerável; suas vitrinas faiscavam com esse brilho dos discretos salões fora da moda; seus lustres não eram espetaculares: entornavam uma nobre claridade, que não pretendia ofuscar, mas iluminar.

Era um hotel que ficava bem à cidade. Tinha uma certa fisionomia; e, o que é mais: uma fisionomia certa.

Se os hóspedes gastaram seus tapetes, se o tempo manchou suas cortinas, desbotou seus biombos, enferrujou seus espelhos, isso são negócios internos: visto que fora, o Hotel conservava a dignidade das pessoas que envelhecem nobremente: sem arrebiques e sem desleixo. Os novos edifícios podiam subir sem se envergonhar desse antepassado que, além do mais, tinha a seu favor uma robustez de construção, uma tranquilidade de forma que pareciam prever longa e próspera vida.

E assim sucumbiria, decerto, se não fosse a condenação que sobre ele caiu. Morre de morte violenta, não de morte natural. Morre para dar o seu lugar a outro edifício. E nesse ponto é que vejo a tragédia. Numa cidade tão larga, um hotel, com sua fisionomia, com sua tradição, com esse vigor de prédio bem construído, tem de desaparecer, para que em seu terreno se levante algum arranha-céu muito mais alto, mais moderno, e, principalmente, mais rendoso.

Sei que tudo isso é natural. Mas impressiona-me o desamor. Nada vale mais senão pelo interesse financeiro que representa. Não se estimam as coisas, como não se estimam as pessoas. Vive-se na cegueira. E na cegueira veloz. Todos querem ser ricos, ainda mais ricos. Tudo gira em torno da riqueza. Ninguém acredita que ser apenas rico é ser mais pobre do que os pobres.

Mas o tempo dirá a cada um o que lhe falta aprender.

E eu tenho vontade de saudar este Hotel que morre injustamente, para ceder seu lugar. Poucos homens têm o privilégio de morrer assim.

# EXERCÍCIO DE REDAÇÃO

Mariazinha fez sete anos e foi matriculada na escola. A escola fica bastante longe de casa, e Mariazinha faz uma longa caminhada, todas as manhãs, carregando uma ardósia, um lápis, uma cartilha e um caderno.
O único defeito de Mariazinha é ser muito pobre (isso é defeito, professora?).
Por ser muito pobre, Mariazinha recebe merenda e uniforme da escola. Se a escola pudesse, dava-lhe um par de sapatos, porque os seus estão muito velhos.
A professora gosta muito de Mariazinha. Ela tem lindos olhos castanhos, cabelos crespos, e está mudando os dentes, o que a torna muito engraçada.
Os pais de Mariazinha também gostam muito da escola e da professora, porque, além de ganhar uniforme e merenda, a menina aprendeu várias letras em três meses e está na lista dos que vão ser alfabetizados este ano.
Está, não – estava: porque aconteceu uma coisa muito triste.
Ontem, Mariazinha foi para a escola, como de costume, acompanhada por uma vizinha que leva, todos os dias, várias crianças.

Mariazinha estava muito animada. Fez um exercício muito caprichado.

Apenas uma coisa a incomodava: é que a presilha do sapato estava descosida e o sapato caía do pé.

A professora ainda disse: "Você vai ganhar um par de sapatos, Mariazinha". E ela sorriu, encantada (um par de sapatos custa trinta cruzeiros).

Quando Mariazinha saiu da escola, as outras crianças, suas companheiras, foram andando com o portador; mas, como o sapato saía do pé, Mariazinha abaixou-se à porta da escola para ver se consertava ainda uma vez a presilha.

Foi quando o policial apitou. O automóvel não pôde parar, deu uma volta pela rua, apanhou Mariazinha, jogou-lhe para longe a ardósia, o lápis, o caderno e a cartilha. Mariazinha morreu no hospital.

O motorista disse que a culpa foi do guarda, que apitou quando o automóvel já vinha perto demais.

O guarda disse que a culpa foi do motorista, porque vinha com excesso de velocidade.

Os vizinhos disseram que a culpa foi da rua, porque não tem sinal de parada, que se aviste de longe.

As outras crianças disseram que a culpa foi de Mariazinha, porque ficou sentada na pedra, em lugar de ir logo para casa.

Os pais de Mariazinha não disseram nada, porque ficaram como loucos, sem entender como é que a menina podia estar morta.

A professora de Mariazinha achou que a culpa foi da presilha do sapato, que estava descosida, e não a deixava andar. E dizia, inconsolável: "Por que não lhe dei logo um par de sapatos? Por que não consertei aquela presilha? Por que não temos uma agulha grossa, para dar um ponto no sapato? Por que não acreditamos que as pequenas coisas podem ter grandes efeitos?"

Mas houve outras pessoas que acharam que o que tem de acontecer tem muita força, e que o sapato tinha de estar descosido, para Mariazinha morrer daquela maneira.

A escola é muito pobre. Não pode distribuir calçado.

As crianças levaram flores para Mariazinha morta. Custaram cinquenta cruzeiros.

# DA SAUDADE

A natureza da saudade é ambígua: associa sentimentos de solidão e tristeza – mas, iluminada pela memória, ganha contorno e expressão de felicidade. Quando Garrett a definiu como "delicioso pungir de acerbo espinho", estava realizando a fusão desses dois aspectos opostos na fórmula feliz de um verso romântico.

Em geral, vê-se na saudade o sentimento de separação e distância daquilo que se ama e não se tem. Mas todos os instantes da nossa vida não vão sendo perda, separação e distância? O nosso presente, logo que alcança o futuro, já o transforma em passado. A vida é constante perder. A vida é, pois, uma constante saudade.

Há uma saudade queixosa: a que desejaria reter, fixar, possuir. Há uma saudade sábia, que deixa as coisas passarem, como se não passassem. Livrando-as do tempo, salvando a sua essência de eternidade. É a única maneira, aliás, de lhes dar permanência: imortalizá-las em amor. O verdadeiro amor é, paradoxalmente, uma saudade constante, sem egoísmo nenhum.

# PRIMAVERA

A primavera chegará, mesmo que ninguém mais saiba seu nome, nem acredite no calendário, nem possua jardim para recebê-la. A inclinação do Sol vai marcando outras sombras; e os habitantes da mata, essas criaturas naturais que ainda circulam pelo ar e pelo chão, começam a preparar sua vida para a primavera que chega.

Finos clarins que não ouvimos devem soar por dentro da terra, nesse mundo confidencial das raízes, e arautos sutis acordarão as cores e os perfumes e a alegria de nascer, no espírito das flores.

Há bosques de rododendros que eram verdes e já estão todos cor-de-rosa, como os palácios de Jeipur. Vozes novas de passarinhos começam a ensaiar as árias tradicionais de sua nação. Pequenas borboletas brancas e amarelas apressam-se pelos ares – e certamente conversam: mas tão baixinho que não se entende.

Oh! Primaveras distantes, depois do branco e deserto inverno, quando as amendoeiras inauguram suas flores, alegremente, e todos os olhos procuram pelo céu o primeiro raio de Sol.

Esta é uma primavera diferente, com as matas intactas, as árvores cobertas de folhas – e só os poetas, entre os humanos, sabem que uma Deusa chega, coroada de flores, com vestidos bordados de flores, com os braços carregados de flores, e vem dançar neste mundo cálido, de incessante luz.

Mas é certo que a primavera chega. É certo que a vida não se esquece, e a terra maternalmente se enfeita para as festas da sua perpetuação.

Algum dia, talvez, nada mais vai ser assim. Algum dia, talvez, os homens terão a primavera que desejarem, no momento que quiserem, independentes deste ritmo, desta ordem, deste movimento do céu. E os pássaros serão outros, com outros cantos e outros hábitos – e os ouvidos que por acaso os ouvirem não terão nada mais com tudo aquilo que outrora se entendeu e amou.

Enquanto há primavera, esta primavera natural, prestemos atenção ao sussurro dos passarinhos novos, que dão beijinhos para o ar azul. Escutemos estas vozes que andam nas árvores, caminhemos por estas estradas que ainda conservam seus sentimentos antigos: lentamente estão sendo tecidos os manacás roxos e brancos; e a eufórbia se vai tornando pulquérrima, em cada coroa vermelha que desdobra. Os casulos brancos das gardênias ainda estão sendo enrolados em redor do perfume. E flores agrestes acordam com suas roupas de chita multicor.

Tudo isto para brilhar um instante, apenas, para ser lançado ao vento, por fidelidade à obscura semente, ao que vem, na rotação da eternidade. Saudemos a primavera, dona da vida – e efêmera.

# CRÔNICAS DE VIAGEM

# RECORDAÇÃO

Onde estive até agora? Não me lembro. Acordei com este grito estampado na parede: *"Viva Cárdenas!"* "La Ventura" – diz a estação. "La Ventura!" – responde minha alma. *Pacific Fruit Express* diz o trem.
É um dia deserto, sobre um campo de flores amarelas. Amarelas e brancas. As brancas armam-se em buquês de noiva. Ninguém as vem colher. Apenas vagas borboletas ondulam no jogo do ar e das flores.
Ao longe, estão falando com o céu as palmas do deserto. "La palma del desierto, señora..." E o pálido chão se desmorona em si mesmo. Vai sendo cinza, areia? As últimas plantas secam. As últimas casas morrem. Já não têm portas nem janelas nem telhado. Os muros da cor do chão aguardam cair de joelhos, voltar à terra de que foram feitos, retornar ao sem-forma anterior, perdida a esperança de abrigar os homens que se foram para longe, carregando suas tábuas. (Por mais sóbria que seja a boca, é um pouco triste não encontrar senão torrões de barro quando tem fome.) Céu, quando choverás? Rio, quando tornarás a aparecer? Onde estais, sementes, dormindo sequinhas?
Outra aldeia. Que nome tem? Avista-se uma escola rural. Cooperativa. Campos secos. Vazios. Calcinados.

Vazios? Não. Ainda entre umas dunas amareladas aparece uma vaca, de vez em quando. Uma vaca olha para o céu, com uns olhos que são duas lágrimas grandes. E continua-se.

A forma das montanhas vai serenando... (Por que tanto gesto de pedra e ferro contra um céu que perdeu os ouvidos?)

O trem para. Dizem que andamos por mil e oitocentos metros. Está escrito – "San Vicente". A mil e oitocentos metros, o bezerrinho mira de alto a baixo o menino gordo e amarelo como um chinês. Depois, volta a cabeça para o homem sério que passa. Tão sério. Talvez um professor.

"Vanegas". Agora aparecem as mulheres, estas vagarosas e dolorosas mulheres mexicanas envoltas em seus *rebozos* negros, vendendo frutas. E como um grande luto de sexta-feira santa; e todas lembram a família do Cristo. Erguem uns olhos crucificados, e sua voz é um chorinho manso. Quem compra pêssegos? Quem uvas? E suas mãos se arredondam, simétricas, e ficam imóveis, como se as fossem fotografar.

Um trem cor de chocolate foi transformado em habitação. Saltimbancos do mundo, vinde todos! Vamos todos nesta casa móvel, que tem vasinhos de flores às janelas, vamos nesta longa casa animada deslizar pelos trilhos dos paralelos e meridianos...

Esperai, apenas, que compre este cestinho miniatural do suave menino índio que me diz: "*Lleve Ud. éste, éste, más chaparrito...*" Vede que temos dentro todo o equipamento para viver: cadeiras, mesa, cestinhos e chapéus do tamanho de um dedal, pentes prateados e uma vassourinha do tamanho de uma pena de escrever... Vinde, saltimbancos do mundo! Vamos todos viver em estado de gnomo!

Quem é aquele que acode ao meu chamado? É um porquinho pulando. E, atrás do porquinho, um menino de macacão. Ninguém mais? Ninguém mais? – As casas se alinham sossegadas e baixas, como senhoras idosas, sentadas, conversando da morte recente de seus filhos.

Criancinhas correm de longe. Mas não ouviram o meu chamado... Estendem para o trem a mão em concha, e gritam, no meio da paisagem imensa, com suas vozes longas e finas de pássaro melancólico. Isto, senhores, a mil e oitocentos metros de altura. Ah, vida!

Depois, há umas cercas de flores, com as figuras eternas das mães de filho ao colo: como devia ser entre os assírios, os persas, os egípcios, e entre os de terras desaparecidas.

Daqui a pouco, outra aldeia. Não posso ver o nome: há um vagão parado. Avisto apenas uma menininha de tranças, que anda por ali com o seu nome na memória, e a sua sorte na palma da mão. Vai, vem, e cheira duas flores.

O seu mundo visível é uma fileira de casas, e o trem.

Ao longe, mas não muito, a montanha, grandona, maternal, ensinando confiança. Não me espantaria que começasse a falar, contando lendas remotas. Mas está quieta, plantada na solidão do campo deserto. Talvez sorria intimamente dos postes telegráficos que se perfilam, magrinhos, insignificantes para aquela grandeza de pedra e de céu.

Desponta o verde de uma pequena plantação de milho.

E o trem roda.

"Coronados": dois burros e três pessoas – total, cinco pessoas. Porque estes burrinhos, meu Deus, afinal de contas têm uma tal humanidade... Vede como viram a cabeça e abaixam as pestanas lânguidas. Falariam, se valesse a pena...

Aparece na paisagem uma pedra que parece o chapelão enorme da terra, ali pousado. Com isso, ficam pequeninas as casas e as igrejas, e um muro que vai andando, pedra em cima de pedra, infinita serpente de pedra ondulando até não se ver mais. A quem vai contar esta longa mensageira, a história da terra seca por onde deslizou seu árido corpo?

Ardentes comidas espalham um cheiro acre que chega até o trem. Ali há um rancho coberto de lona, à margem da estrada. Caras de índios pensativos aparecem lá dentro.

De novo um trem convertido em casa: com gaiolas de passarinho à janela, e vasinhos de flores vistosas.

Vai andando um muro – estas linhas retas que tranquilizam a paisagem. E uma menina abaixa-se colhendo flores amarelas, no caminho ao longo do trem.

Mais para longe, na largueza do campo, bois malhados, perdidos. Preto e branco, preto e branco. Adiante, um burrico e um homem. Amarelo e branco, amarelo e branco. Assim vão andando as cores, duas a duas. Num ritmozinho de brinquedo. Tão grande campo.

Onde foi o cemitério? Já ficou para trás. Aqui jazemos enterrados em tamanha secura. Só temos Sol. Consumiu o Sol nossa carne. Devagarinho, nos vai queimando os ossos. Seremos bebidos pelo Sol. Estaremos entre os dois lábios do Sol. Brilharemos no Sol. Uma índia velha, ajoelhada, deixou cair suas lágrimas na terra quente como um forno. Evaporaram-se logo – e quem estava dentro não soube dessa terna chuva. O Sol bebeu também as lágrimas. Também as lágrimas brilharão entre os dois lábios do Sol.

E eis que entardece. Assim é. Entardece. Esfria a cor do alto céu. Vai ficando uma palidez sobre as montanhas. E as formas voltam para o ponto certo em que devem esperar sua noite. Olhai, antes que escureça muito: o homem com o burro pela rédea vai procurando o caminho mais fácil. Entra nas ervas, passa pelas flores, afasta-se das palmeiras, lá vai...

Uma tropa com caixas. De onde vieram, que regressam tão serenos? Trazem as soluções dos problemas? Os chape-

lões aproximam-se, abaixam-se, levantam-se. Andam perto muitos cabritos.
A sombra vai descendo, descendo, em cinza fina. E enche o vale onde outrora dormia o rio. Não mais o rumor da água cantando para adormecer. Homens e animais olham para aquela secura com uma saudade de coisas transparentes, móveis, frescas, de espumas, libélulas, sussurro, umidade, flores suaves...
Depressa vai o trem. Antes que anoiteça, avistarei casas, cactos enormes, duras flores vermelhas. Avistarei muros com portas de pau. Onde está o invasor? Quem vem lá? Quem ameaça? Para quem estão as portas fechadas, e os muros alinhados, frágeis e comoventes?
Vai o indiozinho caminhando, caminhando, com aquela sua maneira desconfiada e estratégica, com um braço para trás, segurando o outro acima do cotovelo. Pé aqui, pé acolá, por entre agaves, por entre cactos. Acompanhando o burrico, ou puramente com a sua imaginação, vai caminhando cauteloso o indiozinho.
De repente – que aconteceu? Onde está o inimigo, o fantasma, o demônio? –, o indiozinho abre a correr pelas pedras, pela terra, por cima das plantas, depressa, depressa... O campo está igual. O céu, o mesmo. Um vento suave alisa a última nuvem, a última palmeira, e despede-se. O indiozinho para a sua corrida, retoma o seu passinho habitual, vai indo outra vez como antes. O fantasma passou, o inimigo acabou-se, o demônio desfez-se. Se lhe perguntassem o que aconteceu, ficaria admirado, olhando. Porque aquilo era o sonho dele... – nada mais. E ele... ele... que é mesmo ele, naquela vastidão, amamentado por uma montanha de ferro, bebido pelo Sol imortal?
Então, as sombras vão-se encostando umas às outras. As cabanas somem-se no obscuro plano de cinzas. Deixam de brilhar as flores vermelhas dos cactos. Sobre a montanha

imensa, que continua, que continua, brilham agora e passam para longe, brilhando, imensas estrelas... – Que saudade, México!

# FELICIDADE

CHINATOWN, 1940 – Criancinhas de olhos oblíquos atravessando a rua, por onde se alonga, vagarosa, a sombra dos gatos. Muitos restaurantes, avançando vitrinas com planturosos legumes exóticos. Subsolos transpirando cheiros de outra cozinha e de outra humanidade. Cartazes oscilando ideogramas pretos. Gente amarela pelas portas, conversando baixinho, de assuntos que parecem datar de uns dez séculos. Transeuntes veneráveis enrugados como essas esculturas de marfim que se empoeiram nas lojas dos antiquários, entre torres de elefantes superpostos e deuses risonhos e gordos, em barcos de meia-lua.

Que pode o dinheiro do turista pobre, diante dessas coisas inesquecíveis que estão sussurrando com modéstia, frágeis e eternas: "Leva-me contigo! Sou tão pequena que chego em qualquer parte, e nunca te desencantarás de mim, porque na verdade não presto para nada..."?

E as coisas se amontoam, intermináveis: blusas e pijamas bordados com ramos de macieira e pássaros multicores; campainhas, sinetas, gongos, metais e músicas esperando em cada reflexo o instante da vibração; ventarolas que trazem, na aragem, lagos, pontes, carpas; sandálias que sabem de cor: "o caminho que é um caminho não é o verdadeiro caminho..."; louças que são o retrato esmaecido e deformado de magnificências passadas; palitos para comer arroz; lanternas que a luz acorda em dálias vermelhas e azuis ou em interiores tranquilos, com donzelas chinesas de cabeça vergada para o ombro.

A rua matinal, com um ventinho que revolve brandamente o lixo, tem o jeito das coisas familiares da infância: naquela esquina – Margarida, Dulce, Leonor! – poderíamos todas pular corda; e aquele bom chinês que vai passando é um avozinho que sabe contar histórias do Oriente, à hora em que a fumaça do chá vai amolecendo a manteiga das torradas...

A China tumultuosa aqui faz seu remanso: espuma de vaga retorcida impetuosamente em praia remota, desmoronando-se neste silêncio carregado de lembranças. Tudo isto é a imagem desgastada de uma terra poderosa e de um povo ao mesmo tempo lírico e terrível; as porcelanas famosas repercutem nesta loucinha frágil e recente; as sedas célebres se reproduzem em retratos pálidos, de tradicional padrão; os marfins e as lacas se transfiguram em precários vernizes e em artefatos de osso.

A loja é ampla, e sua sombra fresca e arejada como a das árvores. Nenhum comprador. No fundo, como um ídolo, o dono da casa, amarelo, esguio, de dorso levemente arqueado. Infelizmente, vestido à europeia e sem rabicho. Uma espécie de cearense triste, olhando para a frente, para a porta da rua, com um olhar que tem quilômetros de comprimento, e existe desde um tempo incalculável.

Aproxima-se de mim, cortês e sério, e não me fala. Minha sombra não é mais discreta e exata. Caminhamos a par. Viajo entre perfumes de carvão oriental e flores abundantes, pintadas em pano e papel.

De vez em quando, pergunto-lhe um preço. E uma fina voz transparente, longínqua e melodiosa, me responde com doçura. Guizo onde tremula um pingo de mel. Tão distante

como se viesse por telefone, de Pequim. Tão pura como se o espectro do próprio Confúcio me estivesse falando...
— Este alfanje de osso também me interessa. Tem um palmo de comprido, e serve apenas para abrir livros. Termina com um elefante de perfil sobre um lótus. E na lâmina tem uma inscrição em três caracteres, recortados de lado a lado. "Quanto é?" A voz de prata e mel se arredonda, levíssima: "Quinze *cents*." Fico mirando a lâmina branca. Tão simples, tão modesto, tão bonito. Quantos séculos precisa um homem do povo, um operário anônimo, para talhar num osso a imagem e o símbolo dos sonhos? E como é possível trabalhar-se por um preço desses?... — China imensa... "*Good earth*"... Pearl Buck...

"Que está escrito aqui?" — pergunto à minha suave sombra. "*Be happy*". E a loja reentra no seu grande silêncio. Como devia ser nos templos, depois de falarem os oráculos. De um lado e de outro, com um sorriso perpétuo, estão fiando tempo e felicidade os deuses e os imortais, as princesas e as dançarinas esculpidas em pedra untuosa.

"*Be happy*". Isto é a vida; atravessa-se o mundo trabalhando duramente, construindo a verdade, distribuindo ternura, inventando beleza, e ninguém que está perto repara. E se repara, muitas vezes ainda é pior... Mas um dia chega-se à casa de um Uang que nunca nos viu, que não sabe o nosso nome, e pousa a nossa mão num objeto maravilhoso em que se encontra à nossa espera, rendado em linguagem secreta, o voto de felicidade que o maior amigo nunca formulou...

Agradeci a resposta como se a inscrição tivesse sido aberta especialmente para mim.

Nenhum freguês entra na loja. Deve ser muito cedo ainda para aqueles lados... O vento e o Sol dão cambalhotas pela rua junto com os gatos e as criancinhas amarelas. Um chinês velhíssimo franze a testa, sob uma nesga forte de luz. Está consultando o branco dragão da nuvem que se enrosca lá em cima, no campo de anil? Chineses moços, imberbes e arredondados, decifram na esquina o jornal afixado à parede, com retratos de Dorothy Lamour entre caracteres orientais.

Dentro do meu pacote cor-de-rosa, entre um pouco de perfume e um pouco de seda, uma doce voz vai cantando para todos os lados: *"Be happy!"*

*"Be happy!"* para o chinês gordo, que passa de avental, recendendo a arroz de galinha. *"Be happy!"* para os avozinhos trôpegos, que procuram com a ponta do bastão a pedra da calçada. *"Be happy!"* para os repolhos e para os pimentões, para os cartazes de cada porta, para o lixo e para as moscas. *"Be happy!"*

Não digo adeus a Chinatown. Digo-lhe: *"Be happy!"* com os três caracteres de uma espátula de osso em cuja ponta um elefante navega numa flor de lótus. Um elefante de perfil, manso e gordinho. Um elefante nutrido a leite, coco, amêndoa. Um elefante que, ao anoitecer do mundo encantado, certamente se encolhe nas pétalas brancas, para sonhar luas, com pérolas de orvalho borrifando-lhe as pálpebras finas. *"Be happy! Be happy!..."* – devia cantar o dono dos elefantes e dos lótus, para o adormecer...

Dentro do embrulho cor-de-rosa, a lâmina de osso irradiava felicidade. A que animal ditoso teria cabido a sorte de deixar um osso privilegiado, em que se gravasse voto tão sugestivo? Ah! fosse qual fosse, devia estar no paraíso dos bichos, e o seu ectoplasma palpitaria movido por aquela energia poderosa: *"Be happy"*.

Andei por outras lojas, subi por elevadores, vi hotéis, universidades, campos de algodão, florestas, rios, gente muito variada... – mas da testa dos senadores ao queixo dos polícias, e do olhar dos poetas ao ventre dos capitalistas uma chuva de flores invisíveis descia por meu intermédio: porque eu era aquela que levava consigo o branco talismã prodigioso com o lótus, o elefante, e os três caracteres da felicidade.

Nenhum mar me causaria medo; nenhuma raça me assustaria. Entre filipinos, ingleses, sul-americanos, a palavra mágica deslizava certeira. Estampava-se na alvura das bolas de pingue-pongue; imprimia-se no acordeão dos salva-vidas; saltava no dorso dos peixes voadores; dançava de onda em onda, de estrela em estrela, até os confins do oceano e do céu. Quando os negros de Barbados mergulhavam para apanhar níqueis, a inscrição afundava com eles – e traziam dólares. O navio chamava-se *Felicidade*. E corria entre dois discos azuis com o mesmo nome.

Afinal, um dia, entre os meus papéis, a espátula branca, com o lótus e o elefante, fez aparecer sobre a mesa os três caracteres abençoados. E era como aquelas esferas de cristal em que se lê à distância: olhando-a, aparecia-me Chinatown, com a loja de Uang, as crianças amarelas, os gatos vagarosos, os legumes coloridos e obesos, os velhinhos procurando as nuvens e o chão...

• • •

Deixei a espátula num divã, perto do livro que estava lendo. Veio alguém, sentou-se, e depois encontrei a lâmina partida. Bem pelo meio dos três caracteres. *"Be happy"*. ("Não tem importância... Uma coisa à toa... Quinze *cents*...") E nem se falou mais nisso. Quem vai falar duas vezes de uma coisa que custou quinze *cents*? Apenas, não pude jogar fora os dois pedaços de osso. Isto não se cola, não se amarra, não se emenda... Só com a imaginação... Oh! sim, a imaginação gruda todos os pedaços separados...

E é isto, a vida: traz-se da loja de Uang a mensagem que faltava. E de repente parte-se pelo meio. *"Be happy!"* (Na verdade, era uma coisa muito delicada: uma renda recortada num osso...)

# HOTEL DE VERÃO

*E*ra mesmo monótona a vida no hotel. Pela manhã, acordava-se com o tilintar das campainhas das charretes e o plec-plec dos cavalos de aluguel.

Abria-se a janela: um amplo céu derramava-se pelas verdes montanhas, e a chuva da noite gotejava ainda das folhudas árvores do jardim. Cristalinos pássaros; leves borboletas; abelhas entretidas com as redondas papoulas, – côncavas, irisadas, finas taças de seda.

O menino de sapatinhos azuis, acocorado, a espiar o caminho das formigas. O criado, batendo os grandes tapetes, num canto do jardim. Os velhotes de gorro, paternais e friorentos, preparando a garganta para a conversinha interrompida na véspera.

Vinha-se pelo longo corredor em desalinho, e pelas portas, os sapatos engraxados repetiam a expressão insolente ou melancólica de seus donos. Cruzava-se com as arrumadeiras de preto e branco, já carregando bandejas de café; descia-se a escada em cotovelo, com o tapete fora do lugar; atravessava-se uma sala de jantar de cortinas azuis, e alcançava-se o bar, que era recente e parecia um compartimento de navio, com o seu teto envernizado e suas mesinhas de toalhas escocesas.

Todos os dias era realmente a mesma coisa: mate, chá, café, leite, pão, bolachas, manteiga, geleia. A geleia, na verdade, tinha nomes diferentes, mas a única verossímil era a de morangos, por causa dos carocinhos. Já se sabia quem vinha para a mesa às sete, quem vinha às nove. Já se conheciam todas as roupas de todas as pessoas, e todas as atitudes à mesa: os que molhavam o pão no café com leite, os que comiam com os cotovelos para fora, os que espalhavam o açúcar na toalha. (Porque era ainda na idade do açúcar.) Enfim, não havia mais surpresas – como dizem ser um ano depois dos matrimônios.

Findo o café, os velhotes sentavam-se pelos bancos, a tomar Sol; os moços saíam para passeios a cavalo ou em charrete; os meninos iam brincar na pracinha em redor da igreja – e um grande silêncio envolvia o hotel, junto com o Sol ardente, a brisa fresca, as borboletas, as cigarras e o aroma sereno dos pinheiros. Os passarinhos pousavam sem medo na sombra dos velhotes sonolentos e felizes.

Pelas onze horas, começavam todos os hóspedes a regressar. Charretes amarelas e azuis entravam como brinquedos grandes pelo jardim tranquilo; as máquinas fotográficas chegavam, a tiracolo, de pálpebra fechada, ruminando cascatas, montanhas, mocinhas de pijama e rapazes de boné; os cavalos resfolegavam, suados; e então os bons velhotes se levantavam – porque eram muito corteses, e gostavam de perguntar pela saúde dos seus semelhantes.

Uma hora depois, todos se encontravam na sala de almoço, de roupas mudadas, com os cabelos lustrosos, e um ar esportivo de anúncio turístico.

Ninguém reparava mais na jarrinha da mesa, que era tão feia, nem nas suas flores, que eram tão bonitas. Ninguém reparava na rodela de manteiga, no pãozinho redondo, no copo d'água, nos palitos – tudo era assim desde o primeiro dia, seria sempre assim, e essa paz da mesmice quem ousaria perturbar?

Depois do almoço, todos se recolhiam aos seus quartos. Um fulgurante Sol abrasava gerânios e sempre-vivas, corava mais as papoulas e afugentava as borboletas. Calava-se o rumor das charretes e dos cavalos. Crianças, velhos, todos desapareciam. Só o porteiro sonolento ficava de guarda, na sua cadeira imemorial, com uma farda azul-marinho de galões dourados. Por cima de postais com montanhas e cascatas, uma abelha extraviada zunia. Na sombra, a folhinha marcava o dia, e o velho relógio – pra cá, pra lá – contava as migalhas de cada minuto.

A sesta durava umas duas horas. O porteiro espreguiçava-se. Reapareciam as senhoras, os moços, os cavalos, as charretes. O hotel animava-se outra vez com projetos de passeios, e alguns românticos, reunidos em torno do piano amnésico, teimavam em arrancar-lhe valsas lentas e lacrimosas, do começo do século.

Tudo era exatamente assim, todos os dias.

Nas casas próximas, as senhoras, sentadas à varanda, em cadeiras de balanço com encostos de crochê, cosiam, tricotavam, conversavam, enquanto os filhos, de pastinha penteada, saíam de bicicleta pela rua abaixo, até a igreja, até a farmácia, até o cinema. As chaminés lançavam um penacho de fumaça que ia subindo como uma escadinha de nuvem pela floresta acima.

Depois, o céu escurecia, vinham nuvens tumultuosas de todos os lados, os trovões roncavam entre os picos da serra. Quase todos voltavam às pressas, e as vizinhas gritavam em várias línguas pelos seus meninos: – Jean! Peter! Fritz! – e os que estavam em casa vinham para as janelas e para os terraços ver a chuva cair, como na véspera e no dia seguinte: uma chuva de meia hora, que deixava depois clarões de prata no céu e um grosso orvalho em cada folha e em cada flor.

Enquanto se evaporava o calor cheiroso da terra molhada, bimbalhavam as campainhas, trotavam os cavalos, e Fritz, Peter e Jean tornavam a sair com suas bicicletas vertiginosas.

A noite caminhava do céu para as montanhas, das montanhas para a floresta e da floresta para a cidade. A noite entrava no hotel. Acendiam-se as luzes, amarelas e frouxas, mudava-se a roupa e descia-se para o jantar.

Ninguém mais prestava atenção à entusiástica música dos sapos e dos grilos, entre os gerânios e os tinhorões. Depois do jantar, todos voltavam às mesmas conversas, com o mesmo sorriso, ou saíam para os mesmos lugares, com o mesmo andar.

Mais tarde, as janelas fechavam-se, os olhos fechavam-se e o hotel dormia entre as árvores. Na vidraça negra do céu, as estrelas colavam desenhos de neve.

– Isto é uma calmaria... – dizia um velhote que tinha sido navegante. Na verdade, se o hotel fosse um barco a vela, não se mexeria do lugar... – Calmaria boa... – continuava. (E viam-se tufões antigos nos seus olhos cinzentos.) Olhava para longe, para longe, como por dentro de um binóculo invisível. Sorria sem mostrar os dentes. Seu sorriso fazia silêncio e tranquilidade em redor.

Mas uma senhora que lia romances franceses queixava-se: – Isto é um verdadeiro horror!... – E explicava: – Só se vem para um lugar destes porque é verão, e que se há de fazer, senão ir para qualquer lugar? Mas é um horror... Todos os dias a mesma coisa. Tudo igual. Falta vida, animação, ruído, novidade... qualquer coisa sensacional! Ah! eu abomino os lugares assim!... – E saía, abanando a cabeça, marcando com o dedo a página do romance que estava lendo.

Excluídos os que andavam todo o dia fora, em passeios e brincadeiras, os habitantes do hotel se dividiam nesses dois grupos: os da calmaria e os da tempestade.

• • •

Mas, um domingo, chegou de longe uma família com três meninas. A família esfumou-se logo num último plano indistinto: um grisalho varão de imponentes bigodes brancos, uma frondosa senhora de véus. As três meninas é que se precipitaram sobre o hotel como risonhas cariátides.

Logo que saltaram do automóvel, todos ficaram sabendo que se chamavam Teresa, Francisca e Leonor. Eram como um ramo de cravos portugueses, como uma bandeirinha de papel que dissesse: "ai!"

Mal disseram: "Ai que lindo!", quem estava em seu quarto abriu a janela para ver o que acontecera.

Teresa, Francisca e Leonor deviam andar pelos dezoito anos. Subiram pelas escadas e encheram os corredores com o seu tropel. "Ai que rico!"

Abriram-se as portas, para se saber o que havia. Havia Teresa, Francisca e Leonor.

Debruçaram-se em todas as balaustradas, olharam para todos os dormitórios, miraram todos os quadros e espelhos, todos os tapetes e cabides, e todas juntas exclamaram: "Ai que beleza!"

Desceram pelo jardim, bisbilhotaram entre as rosas, experimentaram os bancos sob as árvores, investigaram as pereiras, entraram pela sala de jantar, saíram pela de almoço, espiaram pelas vidraças do cassino, invadiram a biblioteca, mexeram nas revistas de cima da mesa, buliram nos cinzeiros, tiraram as flores dos seus lugares, – e quando viram as crianças que brincavam ao pé do piano, exclamaram: "Ai Jesus, quantos miúdos!"

Os velhotes limparam os óculos para ver melhor; as senhoras foram procurar nas carteiras os *lorgnons* esquecidos; as crianças pararam de brincar; as empregadas chegaram, com travesseiros e bandejas na mão; e o menino da lavanderia ficou de braços abertos, parado como um espantalho, com um cabide de roupa em cada braço.

Teresa, Francisca e Leonor cavalgavam pelo jardim, entravam pelo bar, liam os rótulos das bebidas, penduravam-se pelas grades, berravam para os cavalos; e, quando, à noite, entraram para o jantar, os hóspedes todos já estavam à sua espera, e comeram de pescoço torcido, sem poder tirar os olhos daquela mesa singular.

Sob a luz frouxa, as três meninas brilhavam, reluziam, redondas e ruidosas. Tinham olhos redondos e ardentes de pássaro palrador; seus rostos eram esculpidos como as frutas, e tinham as cores naturais e alvoroçantes da madrugada.

Depois do jantar, abriram o piano com estardalhaço, abanaram-no até caírem como poeira todas aquelas valsas lacrimosas, e então inventaram outras coisas, que só elas sabiam, e que eram extravagantes, e causavam uma espécie de frenesi. Descobriram as mesas de pingue-pongue, e bateram bola com sofreguidão. Experimentaram todas as estações de rádio – sem que ninguém se atrevesse a um protesto. Acabaram, afinal, debaixo de uma árvore, num trio que desmoralizou as tradições de silêncio não apenas do hotel, mas da cidade inteira.

Ninguém se deitou às nove horas, como de costume. Os velhotes sorriam paternalmente; os rapazes se desinteressavam pelas antigas companheiras; as crianças recusavam-se a ir para os quartos. Onde, a calmaria? Teresa, Francisca e Leonor sacudiram o hotel de alto a baixo, como um formidável pé de vento.

Nunca mais se pôde ouvir uma campainha de charrete nem um relincho de cavalo, ao amanhecer; porque, antes dos passarinhos, Teresa, Francisca e Leonor já berravam pelo jardim, pelas varandas, pelas janelas, pelos corredores, pelas escadas, pelas ruas...

Todas as imagens da alegria, da juventude, da delícia de viver jorravam dessas três meninas, como de três repuxos mágicos. Cintilavam cores nas suas mãos – eram um fogo de artifício interminável. Toda a música do mundo vibrava nesse triângulo fantástico. Eram divinas e grotescas: resumiam a seiva deste mundo turbulento, inquieto, desgraçado e maravilhoso.

Mas a senhora que lia romances achou aquilo "francamente, um escândalo!" Fechou suas malas e foi procurar um lugar mais tranquilo.

E o antigo navegante, o que amava o sossego definitivo, o das calmarias, o dos enevoados horizontes – mudou de boné e, agora, quando sorria, olhava para perto, para perto, e mostrava todos os dentes!

# O BARILOCHE

    *D*esde o princípio, o *Bariloche* teve um ar lendário: "É pequenino assim..." – dizia o amigo argentino, mostrando a ponta do dedo. "E o capitão recita Olavo Bilac e Rubén Dario..." – o que sugeria um ambiente muito sedutor.
    Em seguida, falava da recendente cozinha do *Bariloche*, com esse jeito de especialistas em iguarias que assumem, quase sempre, os navegantes aposentados. (Ah! como recordo o capitão que me descrevia um guisado de lagartixas, certa vez, em terras do Oriente...)
    O almoço no *Bariloche* foi num meio-dia cinzento. A cada instante, quando nos dirigíamos para o porto, o amigo argentino, inquieto, mirava o relógio de pulso: com qualquer atraso se esfriariam os canelones, preciosidade culinária do cargueiro.
    "É pequenino assim..." – repetia, desculpando-se. "Não se pode convidar muita gente..."
    E quando chegamos ao porto, fechando as capas e as pálpebras sob a garoa salina, avistamos na fria cerração um barco sueco tão branco, tão alto, que os corações marinheiros não podiam deixar de sentir um abalo – esse transe, essa emoção de ouvir apitos de sirenas e logo o pulsar das máquinas, esses enormes, secretos corações do mar.

"Ali está!" – O *Bariloche*, perto do grande navio, igual aos cisnes marinhos dos *vikings*, era apenas uma prancha à flor das águas; e não se tinha a impressão de subir para bordo, mas de descer para o fundo das águas, quando se caminhava para ele.

Nas escadas íngremes, era preciso colocar os pés de lado; e, de tão estreitas, apetecia descer por elas como fariam as crianças, deslizando de alto a baixo, agarradas aos corrimãos.

Éramos quatro visitantes que, com os três oficiais de bordo, fazíamos um tropel de invasão naquelas madeiras que cheiravam a óleos grossos, entre aquelas vidraças onde um mar nevoento vinha bater suspiroso e tênue.

Enchíamos a sala de jantar, movimentados e ruidosos, despindo as capas orvalhadas de chuvisco. E o ambiente despertava um gosto de aventura saudável, por mares difíceis, assaltados por monstros bravos, com vento salgado pelos cabelos, turbulência de ondas no convés, e a música das roldanas, áspera e forte, que tem estranho poder sobre os que verdadeiramente amam viajar.

A mesa estava posta, e era simples e familiar: todas as coisas pareciam já conhecidas, e os seus lugares e o seu uso – menos o lustre, que equilibrava, em redor da lâmpada, o azeite, o vinagre, o sal e a pimenta como quatro planetas nos braços de um galheteiro.

O amigo argentino já discutia massas italianas, e já surpreendia o aroma dos canelones subindo do fogão submarino.

Havia três oficiais: um parecia tímido, e sorria, sem falar; outro, era gentil, e falava sorrindo; mas o terceiro era aquele que, em encarnações anteriores, andara com Simbad e Marco Polo, com Fernão Mendes Pinto e o Magalhães; esse sabia histórias fabulosas, que contava cerrando os olhos – mercadorias fantásticas, naufrágios, ilhas mágicas, barcos fantasmas... Quando lhe perguntaram quantas pessoas havia a bordo, respondeu com uma vasta ironia: "Quantas pessoas... não sei; mas somos dezoito tripulantes." E era uma espécie de gigante fanfarrão que, embora vestido como os demais, trazia, invisíveis, mas sensíveis, um lenço pela cabeça, uma faixa pela cintura, um brinco na orelha, e em qualquer parte um punhal. Suas gargalhadas e suas cóleras deviam desconjuntar o barco e as ondas, suscitar tempestades, pôr em fuga peixes e nuvens, assustar as sereias, e desgostar o sereno Zéfiro, esse poeta aéreo que gosta de conduzir belamente as embarcações.

"A senhora também me acha com cara de turco?" – perguntou-me.

Foi quando chegou o capitão, com sua voz sussurrada, e uma figura tão sóbria, de movimentos tão calmos, que logo se apaziguou a tormenta balcânica do primeiro oficial.

Os homens do mar têm seus luxos: águas-de-colônia, caixas de biscoitos, garrafas de gim... O capitão sentava-se, apontava o seu uísque, num canto da prateleira, oferecia o sal suspenso nos braços do lustre. E começava a sorver uma canja muito branca, dizendo umas raras palavras, em diversos idiomas.

Todos esperávamos que ele recitasse poesias brasileiras, em homenagem aos convivas; mas ninguém se animava a falar nisso – e ele narrava coisas longínquas, ocorridas há muitos anos, festas orientais, guerras, coroações de príncipes, óperas, pescarias antigas...

As pálpebras do capitão levantavam-se e caíam como o pano de boca dos teatros: apareciam reis, balaustradas, dançarinas, coqueiros – em italiano, em inglês, em francês, em espanhol... Mas tudo estava tão coberto de tempo que, ouvindo-o, precisava-se ajustar a memória como um binóculo, no sonho.

Os vinhos que começavam a circular tinham também sua história – nomes de pessoas e lugares, relatos vagarosos de fabricação... E cada um, ao degustá-los, recordava outras coisas, longe de vinhos e vinhedos, por lânguidas estradas de perdidos acontecimentos.

A cozinha continuava mandando suas enormes travessas repletas: sem a ordem estabelecida na etiqueta comum – porque a gente do mar tem seus hábitos, sua fome segue outros ritos; no mundo das águas se esquecem os usos fixados em terra; a mesa tem uma plenitude diferente, e reparte-se de outra maneira.

Por fim, vieram os canelones. Estavam deitados um ao lado do outro, como os irmãos do Pequeno Polegar, enrolados em seus cobertores de farinha de trigo, e cobertos de queijo e molho de tomate.

Todos já estavam muito animados; mas o capitão discorria tranquilamente sobre a origem dos canelones, com sua voz pausada, suspirada, trabalhada por viagens e viagens. E durante um certo tempo não houve neste mundo senão massas italianas, finas e plásticas, que se adelgaçavam em palavras, endureciam formando árvores, casas, navios, depois eram fluidas e se balançavam em ondas e torrentes... E nós éramos estátuas de trigo, pisando trigos, perdidos na terra e depois reencontrados e ressuscitados. Acompanhava-nos um vago recheio de raviólis, pastéis, canelones – este peso pequeno de carne que também somos, desprezado por Ceres.

E de novo vieram canelones, aconchegados, quentinhos, protegidos por um espesso creme que os afogava em luar e queijo parmesão.

A travessa despovoava-se, caminhando em redor da mesa. A sala fechada ficara tépida e tomara o abrigado ar caseiro da existência em comum.

Depois, os homens de bordo acenderam seus cachimbos, e houve um instante de quietude: apenas se sentia o mar sem-fim, naquela tranquilidade reclusa, com a luz cinzenta do nevoeiro pregada nas vidraças.

Cada um de nós estaria pensando nesse estranho encontro de vidas diferentes, em redor da mesa do *Bariloche*. De muitas nações, de muitas origens, por muitos caminhos, cada qual chegava ali, sentava-se, vivia por alguns instantes, com um grave carinho, a emoção de comer com alegria, e um certo nervosismo, – como nos dias de partida, quando se espera nos barcos o grande apito final, e a corneta de aviso pelos corredores.

Por essa altura, o capitão, que se pusera tão lírico, recordava perfumes franceses, *Clair de lune, Rêve d'amour*, que tinham nomes de valsa, e cujo odor só ele podia discernir, entre as sedas gastas do passado.

Antes de baixar ao convés, passamos pela biblioteca. Os homens do mar têm seus luxos: o binóculo, os mapas abertos, a leitura que vai armando paisagens e conversas no fumo doce do cachimbo.

O capitão do *Bariloche* ainda amava Loti. Com que ternura murmurava seu nome, com um dos seus livros na mão, e os olhos perdidos na névoa da tarde chuvosa! Como estava ali vivo, presente, viajando por outros mares, esse amigo da nossa juventude, esse marinheiro sem-fim que um dia sempre nos aparece, entre os rolos de cordas à proa do barco em que navegamos! "Ah! Loti..."

Que mais precisávamos dizer, nós, os do mar, depois de penarmos um instante naquele dono das ondas, transitório?

Podíamos descer agora pela sala das máquinas, tão limpa, tão prateada como um instituto de beleza; podíamos ver queimar-se o milho para a navegação, com pena dos homens e dos tempos; podíamos olhar os guindastes descarregando sacas de alpiste; podíamos respirar o perfume salgado do porto de águas flácidas. Íamos todos enobrecidos de sonho, unidos em amor àquele que conosco tanto amara perder-se e encontrar-se nessa experiência do oceano, tão igual à da vida.

Gente tão diversa, já irmanada pela mesa hospitaleira, mais irmanados ficávamos nessa amizade comum.

Lembrei-me, então, do chileno Augusto d'Halmar, também de destino marítimo, que pôs num livro esta dedicatória:

*A la siempre viviente, siempre joven y siempre errante memoria de PIERRE LOTI, cuya nao, en más de un abra, fondeó lado a lado con la mía, estas páginas de viaje escritas mientras él emprendía el último, con pliegos cerrados, hacia un secreto destino donde, sin embargo, no tardaré también en alcanzarle.*

Por onde anda agora o *Bariloche?* Os homens do mar têm seus luxos: grandes silêncios, percursos variados, súbitas aparições...

E quem navega tem suas esperanças tranquilas: vencidos os mares, há sempre um lugar de encontros imaginários, em porto feliz:

*...quand j'aurai traversé la mer de Marmara, l'Ak--Deniz (la mer vieille), comme vous l'appelez, j'en traverserai une beaucoup plus grande pour aller au pays des Grecs, une plus grande encore pour aller au pays des Italiens... et puis encore une plus grande pour atteindre la pointe d'Espagne...*

De mar em mar, chegaremos ao nosso destino. E de tal modo nos acostumamos ao conforto humano que nos parece natural esperança estarmos todos reunidos aos que amamos, vendo-os comer canelones, fumar cachimbo, recordar as rotas antigas, como se no último porto flutuasse ainda a prancha do *Bariloche*, modesta, amiga, e quase, quase sentimental.

# RUMO: SUL

### 1

*E*m que penso? Penso que daqui a dois ou três dias deixarei estes lugares: e começo a ter saudades de tudo – das calçadas, das lojas, das janelas, dos pombos que voam sobre os plátanos desfolhados, da catedral, das águas azuis do rio, do teatro Solís que se está desmoronando, e desta gente com quem me entendo divinamente...

Alguém, para me consolar, diz: "Em Buenos Aires, você vai encontrar *parrilladas* muito maiores que as daqui..." (Triste consolo para a minha índole vegetariana!) "Em Buenos Aires você vai encontrar carteiras de crocodilo muito mais baratas..." (Ah, os crocodilos!...)

### 2

Eu vi, uma vez, um crocodilo-criança, num Jardim Zoológico. Estava esparramado em decúbito frontal, num viveiro de vidro. Falavam perto de mim: "Vamos ver se conseguimos criá-lo..." Caía sobre ele uma luz velada, nebulosa, de sanatório, de quarto de prematuros... Tinha-se uma espécie de vertigem, naquele ambiente, com aquela claridade morna, esponjosa, fosca – e era como estar no bojo de uma pesada nuvem.

O crocodilo respirava, estendido. Sentia-se que era mole, parecia modelado em lodo. E tinha esse mistério dos crocodilos, das tartarugas, dos hipopótamos, – inatuais, contemporâneos de outra idade do mundo. Era um pequeno deus despido, doente, exilado...

Ah, como é que eu poderei jamais comprar uma carteira de crocodilo?!

## 3

Chuva leve. Pombos apressando-se, com pérolas d'água escorrendo-lhes das penas. As mocinhas puxando para a testa o capuz das capas. Um guarda-chuva secular, de cabo de marfim lavrado – aqui perto de mim, no ônibus.

Que doçura, a chuva pelos arrabaldes! Os maridos saem agora, depois do almoço, e as esposas dizem adeus do alto da escada, ou no degrau de pedra do portão. (O riso das despedidas sob a chuvinha fina!)

Alguém está percorrendo escalas cromáticas ao piano. Escalas em tom menor, tristes e tímidas. Cortinas cruzadas por detrás dos vidros das janelas. Pingo d'água nos botões de rosa dos jardins...

Passamos o parque Rodó, onde as crianças e os pombos brincam felizes nos dias claros. E o parque Rodó era um cristal fosco, com delicados desenhos de árvores...

Agora estamos num bairro que conduz ao museu de Zorrilla de San Martín. Cada rua tem o nome de um dos seus poemas. Não é uma doçura, ser-se poeta em Montevidéu?

4

A dona de casa mostra-me todos os recantos do seu sobrado. Piano, máquina de costura, fogão, guarda--louça... – a atmosfera familiar com todas as suas expressões de vida.

Naquele piano, embaixo da escada, a filha – que agora anda longe – tocava os "tristes" que compunha... A filha está na parede, rodeada de grossas flores de ouro. O genro está do outro lado, em moldura igual. Os outros parentes assistem à conversa, também assim, detrás de vidros, com esse sorriso incansável dos retratos.

Que adorável ficar aqui, nesta tarde de chuva! Todas as coisas nos seus lugares. Uma luz de cortinado. Os rumores da rua desvanecidos em sonho... O netinho chorou lá em cima. Era tão bonzinho! Mas anda rabugento, porque lhe estão saindo os dentes...

5

Aqui está o netinho, com a cara franzida, como um velho, coçando as gengivas, aborrecido e inconsolável, tão infeliz, com uma lágrima redonda escorregando-lhe pela bochecha!

Em vão lhe mostram os bondes que passam, os botões do meu vestido – ele está ali numa tormenta, com a carnezinha ferida, esperando que o dente saia... (Quantos séculos terá o homem de esperar, para ficar desdentado para sempre, e usar – se for preciso – umas cômodas dentaduras postiças, de cores sortidas, sem passar por esta infelicidade da dentição??? O meu dentista diz que vai demorar um pouco...)

E a boa senhora mostra-me os fundos da casa... Um quintal com árvores verdes, cheirando a chuva... Um mamoeiro amarelado. Flores pelos canteiros, à porta do quarto de engomar...

Atração da casa, com seu aconchego, sobre os que vão, de viagem, entregues às surpresas do caminho.

As nuvens passam. Levam-me consigo... Vou para longe, senhores. Para longe vou.

# INSTANTÂNEO DE MONTEVIDÉU

*H*á um pombo constantemente pousado na cabeça do general Artigas.
Isto de se dizer que as cidades de ruas paralelas são muito fáceis de aprender merece experimentação. Porque sempre nessas cidades há uma transversal oblíqua, traiçoeiramente, comprometendo a orientação do forasteiro.
Enquanto o pombo sonha na cabeça de Artigas, os fotógrafos, embaixo das árvores, tiram retratos de casais felizes, com a primogênita vestida de azul. E os alto-falantes irradiam para o povo concertos de música clássica, ouvidos pelos passantes, pelos motoristas que esperam freguesia, e pelas pessoas pachorrentas que se sentam nos bancos da praça.
Se hoje não é dia de greve, amanhã será. Greve de qualquer coisa: dos estudantes, que pretendem alguma reforma; dos motoristas, que precisam de nafta. Até se escrevem cartazes que se deixam pelas portas das lojas, pedindo ao público o favor de cooperar com a greve...
Mirar as tabuletas das casas comerciais não é uma grande ocupação: mas tem seus encantos. *Almacén de Venus* – era apenas uma casa de conservas, com torres de latas superpostas. Vênus também deve ser já uma conserva, dizia-me um amigo. *Panadería de la Amistad.* Não estais vendo

os alvos pães fraternos, dirigindo-se, em filas mornas e fofas, para o vosso café matinal? *Almacén El Sol Nace Para Todos*. Isto sim, que é a imagem da cooperação, da solidariedade e da justiça. E dá vontade de se examinar as balanças de um armazém destes. *El Cirujano de las Navajas, La Catedral de las Camisas, El Sanatorio de las Plumas, El Palacio de los Sandwiches* são denominações comuns com que topamos a cada passo. Mas esta não: esta era a mais poética frase jamais inscrita numa tabuleta: "*Ángel Amoroso, especialista en dorados y plateados*". Apenas, uma senhora experiente me desiludia: "Qual *ángel* e qual *Amoroso!* Um tratante, que sempre mistura os talheres que se encarrega de pratear!"

Lojas, lojas, lojas. Lãs em profusão. Ruas cheias de gente. O comércio fecha todo para o almoço, e leva tanto tempo fechado que é preciso correr, para as compras urgentes.

Os ônibus transitam superlotados. Carregam de pé os passageiros que conseguirem comprimir-se dentro. O condutor vai dizendo: "*Adelante! Adelante!*", para dar melhor arrumação aos passageiros que vão de pé. Num dado momento, já é impossível ir mais adiante. Então, o condutor procura persuadir aquela pequena multidão: "*Un poco de buena voluntad!*" Mas não há "*buena voluntad*" que consiga fazer mais nada.

Sair do ônibus é que constitui uma dura prova. Não é permitido tocar a campainha. O candidato deve esticar o pescoço na direção do condutor, e emitir, no ponto justo, um "pst, pst", que é o sinal convencionado para exprimir seu desejo de saltar. Entre esse sinal e o ponto de parada, deve o candidato movimentar-se no meio da aglomeração, a fim de atingir a porta de saída. É muito difícil conseguir-se uma coincidência perfeita. De modo que, ao chegar à porta, o passageiro verifica que o ônibus já está em movimento, e volta a fazer "pst, pst", resignando-se a esperar pela próxima parada. E o condutor continua a dizer

"*Adelante! Un poco de buena voluntad!*" (Para quem anda a passeio, e quando não tem hora marcada, é um espetáculo muito pitoresco.)

Há muitos lugares para os apreciadores de churrasco. Embora o assunto seja um tanto canibalesco, muitas senhoras – como é natural – por ele se interessam com grande elegância. Vestem suas peles que tão aperfeiçoadamente recordam os saudosos tempos da vida nas cavernas, cobrem-se de broquéis de brilhantes, sentam-se com bons modos que denotam séculos de civilização – tudo isso para comer um pedaço de carne assada no espeto. Um pedacinho assim – de quilo e meio ou dois quilos.

Como se sabe, a graça do churrasco é ser churrasco só: nada mais. É uma graça determinada pela fatalidade das dimensões do estômago humano, e de sua elasticidade. De modo que as damas – e os cavalheiros – recebem seu prato com a posta de carne fumegante, e com seus dedos cheios de anéis vão partindo aquele colchão em pedacinhos – porque são senhoras de fina educação – e com seus lábios carminados vão tomando aquela carne quase viva, e com seus dentinhos bem escovados vão mastigando aquele manjar, ao mesmo tempo que fazem considerações sobre a maciez do bocado, o seu sabor e outras sutilezas.

Esse é um dos aspectos do turismo, em Montevidéu. Vêm pessoas de longe pensando em churrascos. Mas também há pessoas que vêm procurar museus, livrarias, exposições de pintura. E encontram tudo isso com muito menos trabalho, e de tudo isso se servem com muito menos complicação.

Os elevadores das casas de modas descem e sobem como anjos de vidro entre sedas, perfumes, carteiras, sapatos, agasalhos...

O doce típico de Montevidéu vem de Paissandu e chama-se *chajá*. Fazem-no em vários tamanhos e apresentam-no envolto em papel de garantia, com dizeres impressos. O *chajá* individual tem o tamanho de qualquer doce redondo de confeitaria. É uma massa fofa de farinha, manteiga, açúcar e ovos, com um pedaço de pêssego de compota dentro. O doce é coberto de uma camada de suspiro e outra de creme *chantilly* e polvilhado de suspiro amassado. O pedacinho de pêssego que vai dentro amansa um pouco esse despotismo do açúcar.

Tudo aqui é às seis e meia da tarde: as conferências, as inaugurações de exposições, os concertos – isso é o que torna um pouco difícil poder-se ver tudo quanto se deseja. Porque ainda se conhecem pessoas que se interessam ao mesmo tempo por todas essas coisas...

Não é só Artigas com o seu pombo que enfeita Montevidéu: há outras estátuas, há um obelisco, e há a famosa *Carreta*. Existe sempre uma pessoa com um automóvel que traz o forasteiro para contemplar esse monumento, que acham uma obra-prima.

Outros, com o devido respeito, perguntam por que se há de consagrar com tanto bronze um carro de bois em cima de um canteiro.

A *Carreta* é um monumento absolutamente realista, com uns bois possantes, e foi imaginada no momento de escorregar por uma rampa. Entre as muitas coisas que se contam a seu respeito, fala-se de um cãozinho que fazia parte do conjunto e que teria desaparecido, sem se encontrar até agora o ladrão.

Conta-se também que agora vai ser inaugurado um monumento à diligência. Esse interesse pelos meios de transporte deixa alguns artistas apreensivos em relação ao futuro dos jardins de Montevidéu.

Mas isso são os artistas. Porque há outras pessoas que têm comprado até cópias dos monumentos, e sem dúvida ainda aparecerá alguma, com mais dinheiro, capaz de comprar os próprios monumentos, e tirá-los dos jardins, e levá--los para casa, por um requinte de prazer extravagante.

O parque Rodó é um paraíso de pombos – tão mansos que se deixam tocar até pelas crianças. As grandes árvores, a larga relva se harmonizam numa serenidade imensa. Foi uma ideia bela dar-se a este parque o nome que tem. E não só Rodó está lembrado assim, todos os dias, por toda a gente: no bairro onde está a casa – hoje museu – de Zorrilla de San Martín, cada rua tem o nome de um de seus poemas – o que é significativo para a cultura literária do povo uruguaio.

Todos já ouviram dizer que Montevidéu tem um cerro. E a única elevação da cidade. Dizem, por brincadeira, que não passa de quarenta metros; mas é bem possível que seja cinco vezes mais alto. No entanto, a tradição considera a fortaleza do cerro inexpugnável. Quando alguém discute essa inexpugnabilidade, e sugere: "mas com um canhão... mas com um bombardeiro...", o interlocutor resolutamente responde: *"No hay caso"*. Perguntam se nem Cristo seria capaz de forçá-la. Cedem um pouco: mas observando que o próprio Cristo *"saldría muy lastimado"*.

O lugar mais sonhador de Montevidéu tem um nome agressivo: chama-se Carrasco. É um bairro de praia, urbanizado com extremo bom gosto – belíssimas casas residenciais, de vários estilos, em pedra tosca, em tijolo, acasteladas, cobertas de hera, redondas de salgueiros, de altas árvores delicadas, circundadas por jardins rasos como tapetes ou sombrios como bosques.

Carrasco é sítio de veraneio. Agora, em pleno inverno, seus hotéis estão fechados, suas belas casas desabitadas. Sempre se encontra alguém pelas ruas – que parecem alamedas de um parque. Alguém a cavalo, alguém de bicicleta, alguém de automóvel. E ainda se encontra aberta a salinha de chá do Cottage, com lareira flamejante e cortininhas floridas. É doce a tarde de inverno, ali.

# RECORDAÇÃO
# DE UM DIA DE PRIMAVERA

Ouço dizer que chega a primavera: e diante de mim é apenas mar – que tem ruído de floresta na fronde branca das ressacas, mas que não floresce senão nesses jasmineiros breves da espuma.

Lembro-me, porém, de Xochimilco – e tudo fica em flor em redor de mim...

Quando eu disse que ia a Xochimilco, logo uma voz me respondeu: "Não deixe de ir, pois agora é a estação das flores!"

O motorista sabia tudo: o passado, o presente e o futuro do México. E enquanto o carro ia rodando, desfolhava o baralho da sua cartomancia: Maximiliano, Porfírio Díaz, Juaréz saltavam de um lado e de outro da estrada, com a efígie rodeada por esses arabescos que a imaginação popular borda, no correr de semelhantes narrativas. E aos homens vieram misturar-se os deuses, nesse amistoso convívio de todos os tempos: Quetzalcoatl, generoso e bom, e o tenebroso e sinistro Tezcatlipoca acompanhavam a velocidade do automóvel, presentes e à flor da terra, como nos tempos em que andaram inventando o fogo, a água, o vento, e os homens que sobreviviam a essas aventuras eram transformados em macacos, em pássaros e em peixes.

O motorista sabia tudo, tudo. Tinha certo constrangimento, ao procurar as mais diplomáticas explicações, a fim de dar-me a entender que os naturais do lugar, em consequência da situação a que os reduziu o conquistador espanhol, e como defesa psicológica, tinham adquirido, com o andar dos séculos, uma conduta por vezes um pouco sinuosa, que um forasteiro poderia tomar por uma certa esperteza, uma certa manha, uma certa velhacaria... – mas era a melhor gente do mundo! Sob essa aparência um tanto confusa (o que aliás, acrescentava, acontece em muitos lugares...) – e, uma vez o contato estabelecido, em bases de mútua confiança, todas essas dúvidas desapareciam, na tranquilidade de um convívio muito saudável.

O motorista dizia essas coisas com uma grande elegância, nem acusando nem defendendo muito às claras: falava de um modo geral... em tese... – como quem está preparando um ensaio, e experimenta o peso de suas teorias.

Tudo isso porque, em Xochimilco, devia-se fazer um passeio de barco; e o seu grande receio era que o barqueiro, índio puro, se portasse mal nas contas, e deitasse a perder a reputação da raça. O motorista sabia toda aquela nomenclatura arrevesada dos primeiros povoadores do Anáhuac. E, além dos nomes históricos – que sempre me produzem uma grande admiração pela criança mexicana que presta, na escola, exame de matéria –, sabia fatos geográficos importantes: onde era lagoa e onde não era lagoa, e coisas do Popocatepetl, e dos rios e da Sierra Madre.

Mas o barqueiro e suas manhas, não lhe saíam da cabeça, pois, ao chegarmos a Xochimilco, disse-me: "Como a senhora fala espanhol, eles vão pensar que não é estrangeira..." E piscou-me o olho. E foi-se entender com ele. E combinaram o preço. Mas tanta era a sua camaradagem que me recomendou: "O passeio custa tanto: não lhe dê nada mais!" E ficou pela margem, esperando.

183

Esta região de Xochimilco é de grande fertilidade: legumes e flores alcançam aqui dimensões admiráveis. Mas o que primeiro se avista é o conjunto de verdes da paisagem, desde o da água musgosa e trêmula ao das altas copas do arvoredo que circunda este sistema de canais. A luz do Sol atravessa árvores, arbustos, ondas – e tudo cintila de tal modo que se tem a impressão de estar penetrando um mundo de esmeralda, de esmeralda anoitecida, toldada com asas pardas de pássaros, com franjas de sombra, por um escorrer de umidades, que são estes lodos em que água e terra se misturam, na despedida longa das divindades primitivas, que não se decidem pelos limites dos seus respectivos elementos.

O barqueiro índio ajuda o passageiro a subir para o barco com um sorriso malicioso e delicado nos lábios orientais. O barco tem uma coberta arredondada, e o pórtico é todo forrado de corolas de dálias de duas cores. Umas formam o fundo, onde se destaca, também todo recamado de dálias, o nome da embarcação. A água está coberta desses barcos. Um se chama *Consuelo*, outro *Guadalupe*; este se chama *Helenita* em letras brancas sobre vermelho arroxeado.

Vai remando o barqueiro – e é uma florida quadrilha nas águas. Os barcos enfeitados não transportam apenas passeantes: alguns têm um fogareiro, onde as índias preparam comidas típicas; outros, um harmônio que vai tocando o que alguém se lembrar de pedir; há barcos repletos desses belos panos mexicanos que se usam como ponchos, e que se chamam *sarapes*; há os de lindas cestas e chapéus de palha com copas de pão de açúcar; e há os barcos de flores! – os ramos de dálias são tão grandes, tão compactos, que não se distinguem as corolas. E há outras flores que nem se reconhecem; apenas se veem deslizar ao rés da onda aquelas braçadas copiosas de vermelho, de cor-de-rosa, de branco esverdeado, de amarelo, de roxo...

São como almofadas policromas, ao redor de índias imóveis, sentadas, sérias e fora do mundo, com seu rosto de ídolo...

Tudo desliza com uma fluidez de sonho: a água parece um chão de vidro – assim polido, assim transparente, assim escorregadio. Mal se move o remo, como se fôssemos levados por uma superfície inclinada. Cruzam-se os barcos com uma graça de bailado, sumindo-se e reaparecendo nas voltas dos canais, pela sombra de árvores inclinadas, de onde se espera ver sair uma ave mitológica ou uma serpente mágica. Ouvem-se vozes longe, caindo na água como folhas. Risos dos que passeiam. Sustos. Sustos pela solidão, que continua a existir apesar de tanto movimento – porque estes são uns movimentos suaves, que têm um jeito sobrenatural. E a beleza assusta, igualmente – esta beleza enigmática da água abraçada à terra toda úmida, este contato plástico da Natureza que recorda antecedentes telúricos, nascimento do mundo, fabulosos paraísos, e misturas de lava e de constelações.

Daqui não se pode levar um ramo de flores – porque elas são escandalosamente enormes. São como certas criaturas cuja glória se faz insuportável. As pétalas parecem de carne e sangue. E o orvalho que trazem é como um choro grande. O choro grande das excessivas glórias.

O barco das flores acerca-se, chega-se ao nosso: encostam-se um ao outro. Fica-se numa intimidade de jardim, mirando aquele robusto canteiro flutuante: – não, não se pode levar nada...

Mas a indiazinha se lembra dos amores-perfeitos: levanta nas mãos o buquê aveludado, em que cada flor é uma parada borboleta cor de vinho, amarela, lilás, salpicada de ouro e negro, como pele de tigre. O orvalho rocia aquela fina penugem sem chegar a umedecê-la; deixando-a apenas prateada, ao sabor da luz.

E assim está a indiazinha de pé, no barco apenas levemente oscilante: sorrindo um sorriso milenar, que é o mesmo das pedras do museu, na face dos deuses múltiplos e complexos. Seus olhos estão cheios de um sono de raças, de tempos, de confusões mitológicas e linguísticas. Emerge das flores vistosamente coloridas, pálida como os marfins escurecidos. E entre águas, lodos, limos escorregadios, folhagens pendentes, verdosos brilhos de onda vidrada, seu rosto é assim como a terra seca dos desertos mexicanos – terra que se vai desagregando, árida, calcinada.

Essa mão de terra triste levanta o buquê de flores como se fosse ela mesma o púcaro de barro onde elas estivessem vivendo, ou o torrão de jardim onde tivessem nascido.

A indiazinha fala uma língua rápida e leve, um espanhol sem asperezas, como o inglês que os chineses falam. Algumas consoantes desaparecem, são tragadas. Algumas vogais se abrem de modo diferente, grandes demais na boca. E há uma espécie de gemidozinho, uma ternura sussurrada, uma adocicada queixa que é o modo desta gente do povo conversar ou negociar.

O barqueiro não se esqueceu de aumentar o preço do passeio, como o chofer previa. Mas sem grande insistência. Assim como quem não quer a coisa. Meio distraído. "Ah, bem, bem, já estava pago...? Então já estava pago mesmo..." E equilibrava-se na embarcação indecisa nas águas, acostumando-se outra vez a estar vazia.

O Sol estava mais alto. Os barcos floridos espelhavam-se pelos canais. A água sedosa, lustrosa, alongava rastros sanguíneos e roxos.

"A deusa das flores", dizia o chofer, "tem dois penachos e chama-se Xochiquetzal. É casada com Xochipilli, o príncipe das flores, que está de pernas cruzadas, todo coberto de flores e borboletas..."

Ele sabia tudo, tudo: ele me contaria o verão e o inverno, a chuva e o Sol e todas as estrelas do seu país. Mas só me contou alguns pedaços da primavera. Uma primavera diferente da nossa, diferente de todas, nutrida de lendas como se fosse a primeira primavera depois da criação do mundo.

# A LONGA VIAGEM DE VOLTA

*T*odos os meios eram piores: de avião, provavelmente cairíamos; de ônibus, ficaríamos todos desarticulados; de trem, morreríamos de fome e tédio; e automóvel era impossível conseguir-se – pois, embora muitos não o vejam, nós somos um país em guerra.

O saudoso trenzinho internacional, lotado já para dois meses. Prioridades aéreas. Navegação ameaçada.

Só por gentilezas oficiais ainda se consegue uma cabine no trem comum. E vêm à tona todas as nossas superstições: pois os grandes desastres não trazem sempre revelações de trocas de passagens, de embarques à última hora, como se a morte fosse uma entrevista exigente, e o destino um serviçal pressuroso, que facilita todas essas indispensáveis casualidades?

Quando ponho o pé no estribo – ai de mim! – tenho de tornar a descer, porque uma passageira, dessas senhoras precavidas, que sempre vão investigar o interior dos veículos em que viajam, e depois voltam para informar o público, já tinha ido, e agora vinha, e anunciava para a estação: "Isto é o Expresso do Oriente" – o que, como se imagina, me causou profunda alegria, e me animou um pouco, debaixo do nevoeiro matinal.

Torno a botar o pé no estribo, e desta vez consigo subir. Depois, como sempre: esbarra-se com um cavalheiro que fuma com prazer charutos muito ruins; com umas senhoras que, de súbito, querem todas passar ao mesmo tempo, e de frente, por um corredor em que só cabem de lado; com alguma boa velhota que levanta e abaixa a cabeça para nos ver pelas lentes bifocais, e sempre pensa que nos conhece de um lugar onde nunca andamos – e afinal acerta-se com a cabine, e mergulha-se numa crise melancólica de claustrofobia. É quando se compreende o que deve ser um canário numa gaiola, ou um corcel do pampa numa cavalariça.

Da última cabine do vagão, que é também a última do trem, sai uma tosse convulsa, rodeada de conversas farmacêuticas. Quando a tosse para, uma voz muito cansada de moça triste diz assim: "Eu sei que estou tuberculosa, eu sei..." Mas as conversas retomam seu ritmo de coro animador, e descrevem bronquites e coqueluches, exaltam o peitoral de angico, e, com alguma prudência, chegam a tratar de injeções hipodérmicas. A tosse volta logo, aumenta, sacode tudo. Como *Mme.* Sevigné por sua filha, já me dói o peito, de tanto ouvir tossir a vizinha. E como infelizmente isso não adianta nada, ponho-me a pensar em três dias inteiros deste sofrimento feroz e sem finalidade.

Há reuniões científicas, nessa cabine final: não sei se são médicos ou propagandistas de remédios, mas chegaram vozes grossas, acompanhadas de saca-rolhas, e o coro feminino se aquieta, porque todos esperam agora o acontecimento mágico ainda preso no frasco de xarope.

É justamente nesse instante que uma outra voz começa a badalar pelo corredor que o primeiro almoço vai ser servido. O almoço das dez e meia. O melhor de todos, conforme nos avisaram. Porque o segundo é feito das sobras deste, e o terceiro se reduz às bergamotas que ninguém comeu.

Atravessam-se uns cinco vagões, com muita técnica acrobática. A ferragem se desconjunta, à nossa vista, entre um carro e outro: ganchos, correntes, parafusos, encaixes, engrenagens, tudo se desengonça, apressadamente; e as portas empurram-nos, violentas, para esses vorazes mecanismos atordoantes. Vai-se de encontro a vidros, a metais, a madeiras, tropeça-se em malas, arremete-se pelas cabines abertas, esbarra-se outras vezes com charutos e óculos, e alcança-se o restaurante, com algumas equimoses em plena formação, pelo corpo todo.

Pelo caminho ficaram mães amamentando crianças; crianças bravias chorando; mocinhas enjoadas, de bruços pelos bancos, cobertas com seus capotes; jovens enjoados também, caídos como desmaiados, com o chapéu nos olhos; velhinhos transparentes, muito enfermos, muito leves; senhoras tradicionalistas, que com a água de uma garrafa térmica vão enchendo a cuia do mate, num ar demonstrativo de propaganda de saúde e folclore; famílias que desembrulham de muitos jornais pedaços de carne, pedaços de pão, farofa – e vão enchendo de farofa e de jornais e de pão e de gordura os bancos, os vagões, a paisagem, o universo; e, enfim, esses senhores tranquilos, calados, que fumam cachimbo mesmo quando os trens saem dos trilhos, as pontes desabam e o anjo da morte chega e então lhes declara que agora talvez seja melhor deixarem de fumar, um momentinho.

O copeiro, sem aquelas divinas claridades que seriam tão decorativas numa crônica em que se deseja falar de aventais e guardanapos, pisca um olho sapientíssimo, parecido com o da fábrica de fósforos Fiat Lux e confessa-nos que para algumas pessoas o almoço é especial.

Ao contrário do que ele pensa, ficamos muito sentidos. E estou a ponto de censurá-lo, dizendo-lhe que todos os almoços devem ser especiais. Mas não se pode complicar a cabeça de um copeiro. E começam a chegar as especialidades. Salada de batatas antigas com carne de porco. (Não, isto não é possível.) Sopa de farinha de trigo muito espessa, e com bastante pimenta. (Que faremos com isto? Quem quer forrar paredes, colar balões de São João, calafetar caixas-d'água?) Galinha com *petits-pois* e talharim. Essa era a maior especialidade. Via-se, não pelo prato, mas pela cara do copeiro. E outra vez carne, com arroz. E pudim de laranja, tão amarelo que até parece artificial.

Temos um vizinho que deve sofrer dos rins. Quem não fica sofrendo dos rins só de contemplar este almoço?

Então, pedimos umas maçãs, que trazem um gosto de subterrâneo, como se viessem diretamente do sarcófago de um faraó, e uma água mineral, que começa a sussurrar no copo de beira lascada, enquanto cafés inacreditáveis circulam, deslizantes, funambulescos, em saltos mortais por cima das nossas pálidas e resignadas existências.

A cabine tem ao menos a misericórdia da janela, por onde passam os campos de arroz sobrevoados de garças. Os bois, de cabeça baixa, puxam os carros, como nós, as recordações. Cavalos felizes sacodem a cauda e os banhados refletem esses cometas alegres e às vezes vêm mirar os olhos na água. As crianças dizem adeus. Adeus! Por detrás das cercas de ripas, os pessegueiros seguram suas nuvens cor-de-rosa.

Depois, horizontes de montanhas azuis. Pontes. Um rio. Cavalos brancos. Meninas despreocupadas, jogando bola. Um braço de mulher levantando a cortina da janela para ver passar o trem. Hortas prósperas. Laranjeiras.

Mas a vizinha não para de tossir. Creio que o milagre do frasco não se operou. E entardece. E não há senão aquela tosse, dentro do trem.

Fora do trem, lenha amontoada, garotos vendendo bergamotas, uma chaminé fumegando, cordas de roupa ao vento, galinhas pelas portas das casas. Uma velhinha de meias encarnadas.

Ali, o arroio do Só. Que lugar para se viver! Até penso na Padaria da Tristeza, que me mostraram em Porto Alegre, e onde imagino todo o mundo chorando muito e comendo biscoitos amassados com lágrimas.

Bois, cavalos, porcos pretos... Mas a moça tosse. A moça vai tossir toda a viagem.

E como não há esperança de nenhuma refeição, de nenhum outro lugar onde se possa fazer nada, fica-se na cabine, esperando que pela janela passem três dias, em luz e sombra, em árvores e arroios, em animais, em carros, campos e casas.

Vem a névoa da tarde, vem a escuridão da noite. O frio aumenta. Enchem-se as camas de ponchos, porque os cobertores são umas talagarças inteiramente desprovidas de noções de inverno. Come-se um biscoito de mel e uma bergamota. Pensa-se que dormir é bom.

Mas a moça tosse. E da cabine ao lado começa a vir uma conversinha de insônia. – "A senhora vai para São Paulo?" – "Vou, sim. Vou me operar." – "Ah! a senhora está doente, não é?" – "É. Eu estou doente." A conversa prossegue da cama para o beliche, em tom de velório. "Deus é muito grande – diz uma das velhotas. Deus fez tudo muito benfeito. Deus faz todo o mundo morrer. Faz todo o mundo sofrer. Deus sabe o que faz." Uma risadinha sinistra. Penso comigo: "É Satã que está viajando ao lado". Porque não é possível ouvir-se maior injúria a Deus. Que sadismo!

Há frestas nas paredes das cabines, por onde passa o vento gelado da noite, com essas palavras heréticas. E receio que passe o próprio Satã que vai falando, e se sente na minha mala, e puxe conversa comigo. Assim se dorme.

Alta noite, os pobres ferroviários, transidos de frio, vêm examinar as rodas dos carros. Batem com uma barra de ferro: pen, pen, pen... Conversam com um vozeirão grosso, como lobos na escuridão. Pousam as lanternas, esfregam as mãos, apertam os capotes. E o trem continua.

Sabe-se da madrugada pelo canto dos galos e o ladrar dos cães. Na névoa fria, os pés das crianças brilham cor-de--rosa entre madeiras úmidas. Pouco a pouco vão aparecendo animais, casebres, matas, hortas, muita lenha amontoada.

Como é domingo, mocinhas de azul e vermelho sobem-se aos montes de lenha para ver o trem passar. Vão atrás delas os irmãozinhos pequenos, de calcinhas com suspensórios e cabelos cor de prata, que o vento mais leve desmancha.

E a moça tosse. Tosse e geme. "Ai, eu sei que estou tuberculosa!" De noite, ela suspira isso mesmo, e sua voz vem toda abafada em cobertores, xales de crochê, ponchos, casacos de gola para cima. O coro em redor dela vai dizendo: "Deixa disso, deixa disso..."

E nós comemos biscoitos de mel com bergamotas, que são as tangerinas com o nome do sul. E deixamos passar todo o estado de Santa Catarina, todo o estado do Paraná, uma porção de São Paulo, sempre na mesma posição, como se na verdade o trem não se movesse, mas sim a paisagem, com suas crianças louras, seus campos secos, e algum galope de ágeis cavalos violentos.

De dia as velhotas bocejam com muita volúpia, uma volúpia fúnebre, como se estivessem esticando a vida, para rebentá-la o mais depressa possível. Depois, reconsideram o almoço. – "É muito fina, a comida..." – "Muito. Muito boa..." E há um grande silêncio de absoluta satisfação visceral. Tudo está bem. Deus dá bastantes doenças, Deus mata todos e no trem come-se carne de porco duas vezes ao dia. O mundo não podia ser mais benfeito.

Apenas, do outro lado da cabine, elas não sabem que Deus é muito diferente, embora haja cãibras de estômago, todas as noites, de tanta penitência de biscoitos de mel e bergamotas...

# PRECURSORAS BRASILEIRAS

Um dia, em Washington, veio entrevistar-me uma jovem jornalista, disciplinada pelos quatro W da sua profissão (*who, what, where, when*) e interessada, sobretudo, em avistar-se com uma representante do seu sexo, naquele país onde nós, mulheres, gozamos de prestígio e consideração.

A jovem colega ia metodicamente atacando o seu questionário; e a certa altura se deteve, quando lhe falei numa biblioteca infantil que foi a primeira a existir, dentro dos seus moldes, no Brasil. (A história seria longa de contar, embora servisse para ensinamento de muitos, espanto de vários e divertimento de todos.) – "A primeira!" – exclamou a jovem jornalista. E logo me pediu mais uma coisa que fosse também "a primeira", ou em que alguém fosse o primeiro. Não teria sido eu a primeira poetisa, ou a primeira jornalista, uma primeira qualquer, em qualquer coisa? Não, não tinha sido... E nunca mais me esqueci do interesse daquela jovem por essa condição de pioneira, que parecia significar tanto, aos seus olhos.

Na verdade, a princípio, achei o seu interesse extremamente juvenil. Aos vinte anos tem-se um entusiasmo meio inexplicável por certas coisas que o tempo depois nos ensina não serem de tal modo essenciais. Ser o primeiro em qualquer coisa nem sempre é uma grande virtude; pode ser simples casualidade. Mas, afinal de contas, é sempre uma casualidade importante. O pioneiro não faz, obrigatoriamente, as melhores coisas; mas, às vezes, o difícil é mesmo começar – e depois que alguém deu um passo, embora não muito seguro nem muito avançado, já o caminho pode ir ficando mais compreensível, e daí por diante a marcha se vai fazendo como por si mesma, rápida e natural.

Estas coisas me ocorrem diante do livro que Barros Vidal vagarosamente elaborou, e agora publica, a respeito das precursoras brasileiras. Como eu gostaria de mandar àquela jovem jornalista de Washington estas biografias da nossa primeira médica, da nossa primeira maestrina, da nossa primeira atriz, da nossa primeira aviadora!... Mas ai de nós! a vida é tumultuosa, a memória frágil, e duas pessoas que um dia conversaram tão próximas, tempos depois não se lembram mais uma da outra, não se reconhecem mesmo quando se encontram – pois delas talvez a vida não quis mais que aquele momento breve de um único encontro.

E agora eu queria dar-lhe razão. Pois estas histórias não nos estão mostrando como é difícil começar, fazer pela primeira vez alguma coisa que não está prevista na rotina dos tempos, enfrentar os preconceitos, sobretudo quando se é pobre mulher – criatura a quem nem todos ainda conferem o masculino privilégio (ai, tão mal empregado!) de ter alma...?

Eu não proponho que as mulheres – nem mesmo as feministas – mandem erigir um busto a Barros Vidal, que é homem modesto, e ficaria aflito com semelhante lembrança. Mas, considerando bem, não se pode ficar insensível a esta prova de camaradagem, a esta demonstração de boa vontade para com as suas colegas humanas. Sobretudo quando se pensa que nem todas estão mortas, e agora é moda as criaturas se entredevorarem, este gesto de simpatia se torna sobrenatural! Afastando, porém, a ideia do busto, não afasto a da gratidão que o autor merece, da parte de toda mulher que se tenha esforçado em realizar obra de utilidade – quando neste mundo, segundo opiniões abalizadas, e seguidas, uma mulher já faz muito quando consegue ser bonita.

Barros Vidal revirou arquivos, indagou, anotou, corrigiu, gastou o seu tempo e a sua paciência procurando coisas remotas, de tempos em que as memórias se escreviam n'água – não apenas como metáforas poéticas.

E eis que também ele se torna um pioneiro – é, minha amiga americana! –, também ele é um precursor, à frente de suas precursoras; também ele realiza o que não fora realizado, vencendo com longa perseverança os abismos de silêncio e as florestas de enredos que se abrem e se fecham diante dos passos de todos que querem, na verdade, caminhar.

# EVOCAÇÃO LÍRICA DE LISBOA

Acordas num lugar de brumas: brumas azuis e cor-de-rosa. Não tens certeza do céu, mas sentes em redor de ti um arejado bocejo d'água. Dizem-te: LISBOA. Não podes ainda ver claramente. São tudo espumas de aurora. Mas de repente o Sol atira certeira uma chispa de ouro. E sentes um brilho súbito de nácar descoberto. Repetem-te: LISBOA. Percebes à beira do rio aquele caramujo enrodilhado, que vai ficando cintilante, poliédrico, de ouro, de vidro, de límpido e úmido azulejo. É um caramujo quieto, à cuja sombra o rio inventa e desmancha líquidos jardins de muitas cores. É um caramujo de outros tempos, que escutou muitas fábulas, que guarda dentro de si uma vasta memória marinha e em seus dédalos interiores, de sucessivos espelhos, vê passarem reis, cortejos, martírios, intermináveis navegações.

Obrigam-te a chegar perto, a pisar um chão que não sabes bem se existe: e em tudo percebes a respiração e o alimento do mar. Entras numa torre que está mergulhada n'água. E pensas em condenados que se puderam desfazer em limo, em alga, cujos suspiros devem andar incorporados ao lamento longo das ondas, cujas lágrimas se foram como ribeiros ao rio, e do rio a todos os oceanos onde estarão até quando nunca mais se chorar.

Chegas a um mosteiro, e vês o mar encrespando-se em pedras, vês um lavor só de água formando grutas, contorcendo-se em todas as cristalizações que pertencem às planícies submarinas: vês a medusa e a estrela, e o copioso nascimento do coral.

Sais como um mergulhador sentindo ainda às costas o peso dessa riqueza oceânica, e na primeira mulher que encontras reconheces a sereia dos mares clássicos, arregaçando suas saias de onda, erguendo o busto de areia, levantando nos ares a canastra espelhante de peixe. Queres ouvir-lhe o canto e não o entendes. Ó linguagem das náiades, ó grito das vastas solidões! Queres segui-la, e não podes: ela não anda: resvala – desliza pela beira do dia e logo desaparece, por seu destino marinho, e ao longe sua voz é um bordado caído no rio, por onde os peixes vão correndo, todos transparentes.

Vais contornando esse lugar de saudade e encontras as grandes barcas briosas que vão para a pesca, e, ainda com muçulmana paciência, vês enrolarem os cordéis para os anzóis, com tal vagar e simetria, dentro de cestos redondos, como se ali na areia não os estivessem enchendo, mas propriamente tecendo-os – de seda em seda levantando-os.

E olhas para o interior de casas que são como aquários, onde uns altivos camarões estendem seus lisos bigodes mongóis e gigantescas lagostas meditam sobre a fina cerâmica da sua arquitetura.

Por toda parte sentes o cheiro da água, o apelo à navegação, um chão mole de praia próxima, um desejo de desprender velas. Até o cavalo de D. José vai ficando verde, comido de mar, gasto pela salsugem desta saudade marinha que lentamente vive minando tudo.

Vês a praça do mercado, e juras que tudo isto nasceu das águas: não é orvalho nem chuva, nem rega das hortas que goteja dos desabrochados repolhos, que escorre pelo caprichoso mármore das abóboras: é uma água mais longa, que funde os pés das regateiras num pedestal móvel, escorregadio, sem fortes certezas de terra. Sua voz também é de alto-mar: grito de temporal, exclamação entre mastros, em horas viris de aventura, com o naufrágio aberto ao redor.

De rampa em rampa, chegas ao cimo desse caramujo imóvel – e é o rio que te seduz. Mesmo se te levarem a Sintra, se te afogarem em árvores, é a transparência das águas que estás sentindo através das largas folhas, é o capricho das espumas que vês brilhar frouxamente na vaga inflorescência.

Retornas enfeitiçado. Queres fugir a esse contorno que a maresia desenha, esse contorno, sussurrante e acre. E vais pelo labirinto do imóvel caramujo.

Mostram-te palácios fatigados de tetos tão faustosos; igrejas onde (entre a dormente prata imortal, as negras arcas perenes) estão envelhecendo os santos, com suas barbas de pó e seus carunchosos dedos de que se vão desprendendo os milagres em liberdade. Mostram-te museus onde há coches para rodar pelo mundo da mitologia, tapetes para te fazerem esquecer as histórias da gente de hoje, sem mistério; panóplias para te sugerirem uma nova conquista do mundo; e sais de tanta riqueza e tanto sonho como sob um malefício, e vais à procura dessas vielas sujas, por onde perpassam gatos desconfiados até da sombra dos homens; por essas vielas que cheiram duramente a coisas podres, onde crianças, sarapintadas de lama, rolam pelas pedras com uma alegria intemporal, um movimento sonhado, um entendimento sem palavras; e vês por cima da tua cabeça roupas que não pertencem a nenhuma época, estendidas de uma casa para outra, como se não pertencessem também a dono certo. E perguntas que gente pode viver por aí, e és atravessado por um sentimento estranho, de desgraça e grandeza, como se não pudessem viver de outra maneira os netos dos heróis, essa raça desprendida das leis humanas, retalhadas de acasos, exposta cada dia à morte, sem raízes nesse território firme em que as pessoas comuns plantam sua casa, seu recreio, seu túmulo. Voam as roupas cheias de adeuses no alto das nuvens. Na janela negra, canta um passarinho e abre-se uma flor.

Erras por esses lugares e somente por aí podes encontrar figuras de écloga. Somente por aí podes ver pés que sabem estar tão lindamente descalços, com tanta pureza sujos, com tanta graça pousados nas pedras que vais procurando até o princípio das idades as gerações de pés nobremente desnudos que um dia transformaram a rotina do passo na insólita invenção da dança.

Querem levar-te por essas casas suntuosas onde as últimas figuras de Eça de Queirós, preocupadas e embaraçadas com o monóculo, o chapéu, a piteira e as polainas, esmiúçam asas de perdizes, discutindo brasões, romances franceses, alongando pestanas mouriscas a pitorescas damas turísticas de tempos ainda sem guerra. Mas tu preferes a penumbra dos cafés sonolentos, em cujas mesas todos os poetas da Lusitânia fincam algum dia o cotovelo e, fronte apoiada ao punho, criam aqueles sonhos que eles mesmo não governam, que são construídos como acima de sua cabeça por séculos de desejada vida, de esperanças obscuras, e no entanto latejantes como o próprio coração. Preferes esses cafés, em cujas mesas amargas mãos inspiradas vão traçando versos que ninguém ouve, histórias que ninguém lê, um mapa de paixão sobre mármore precário, que o criado vem lavar sem tristeza, sem piedade, como acaso patético do tempo, que desfaz, elimina o acontecido.

Querem levar-te pelas ruas novas, querem que admires os palácios recentes, de dentro dos quais estás sentindo uma ressonância de estrangeirismo alardear falsidades. Mas segues é pelas ruas sombrias, e olhas é para as casas de sucessivas varandas, todas diversas umas das outras, até a mansarda misteriosa, onde não consegues saber se há uma velhinha cosendo roupa para o neto que anda num barco, ou um neto querendo entender nos livros a razão da morte e da vida.

Mas as avenidas claras, as ruas negras agarram-se aos pés do caminhante: aí as casas fechadas estão de bruços, e fitam o transeunte como quimeras, esfinges, medusas. Têm corvos pousados na testa. Têm a cara toda em bicos. Têm varandas de ressalto, como escaleres para algum desembarque. Como as velhas fidalgas dos retratos apoiadas em espaldares, em mesas inverossímeis, também elas se recostam em arcos que dão passagem para o sobrenatural, a portas cuja serventia ficou paralisada, mas sobre as quais sentes inscrita a assombração inexplicável e para sempre.

Hão de dizer-te que há praças movimentadas, com elétricos rodando como um carrossel, com meninas tímidas, que acreditam em novelas, baixando os doces olhos à possível aproximação do impetuoso herói. Mas tu procurarás a praça mais escondida, com seu jorro d'água, com seus degraus molhados, com suas raparigas assustadiças que aparecem e desaparecem pelas paredes, pelas escadas, pelas rampas, por mil esconderijos de moiras. E ainda estarás ouvindo o rumor do mar pela pedra, no riso que deixam ao passar, antes de se encantarem no seu reino, que não penetras.

Hão de falar-te em belas mulheres caprichosas, que desabrocham em redor dos teatros, que cruzam as ruas de luxo e fazem parar com súbito assombro o gesto do derradeiro romântico ainda em peroração à porta das livrarias – o chapéu de abas largas, a capa de ópera, a gravata ao vento. Mas tu queres ver é a mulher triste que anda cumprindo o fado pelas ladeiras de sombra, sob as janelas mortiças, na solidão da meia-noite, como se fosse solidão e meia-noite na Terra inteira, em todos os planetas, e até no céu. E caminharás à procura do companheiro que lhe falta, e andarás por essas encruzilhadas vazias, onde até o vulto das casas estremece com o pisar dos passantes, e descobrirás em alguma taverna o homem que está cismando coisas difíceis, que se enredam umas nas outras – barcos, sorte, superstição, o homem de viola e de naipes que, se começa a cantar, é o mesmo que abrir diques de séculos a torrentes de jamais compreendida nem consolável melancolia.

Pela suave tarde, quererão que vejas os pardais crepitando nas árvores e as finas senhoras esquecendo-se do dia entre chávenas perfumosas, tomando nos vagos dedos displicentes essas gulodices tradicionais, como joias tênues: a filigrana dos doces de ovos, o camafeu das amêndoas, esses retratos da ilusão que são os transparentes pastéis, desfeitos ao mais brando toque. Mas tu verás tudo isso e caminharás, sem querer, para os bairros ásperos, cujos habitantes dirias estarem ali desde o mais remoto passado, bruscos e imortais, com o seu copo rústico de vinho denso, e a sua sardinha lourejando no azeite. Tudo tão forte, tão autêntico, que a própria vulgaridade tem estilo e beleza, e se une diretamente à nobreza mais alta, sem trânsito pelo janotismo supérfluo, pelo artifício casquilho e anedótico de alguns salões.

Dorme, afinal, Lisboa, seu sono de caramujo enrolado em lembranças. Quererão que escutes a música dos bairros iluminados, de seus cassinos e teatros, mas é a pequena música dorida e mal-afamada que precisas ouvir, porque está entrelaçada de muitas veias de eternidade e não vale pelo que dela nitidamente se ouve, mas pelo que ao longe acorda, quando soa, pelo que zune em suas franjas, emaranhadas de derrota e perduração.

Dorme Lisboa com seus fantasmas de reis, de degredados, de descobridores, de mártires, de gente afogada em cataclismos, esquartejada em forcas, festejada com esplendor que jamais se repetirá. Silêncio tão aconchegado que os doentes dos hospitais é como se não sofressem, e perguntas até por que haverá sentinelas à porta da cadeia calada.

É quando percebes como ressoam teus passos pelas ruas de pedra; pelas enormes escadas das casas de quatro andares, com os degraus já tão gastos no meio. E sentes o suspiro do rio abrir-se na noite, evaporado em frágil música. Do último mármore do último café já se despediu o último poeta. Que canseira de versos por cima das mesas, pelo espaldar das cadeiras. Há muitas horas se extinguiram os últimos boatos, o último vestígio de mexerico extraviado pelas calçadas. Andam longe as bocas que falavam. E só há pontas de cigarro pelo chão. Cada um vai começando a sonhar o sonho que pode: há o sonho complicado dos hotéis de luxo, com prestidigitação de orquídeas e diamantes. Há o sonho espetacular das ruas novas com perguntas que amanhã teremos de interpretar no claro dia. Há o sonho das ruas antigas, grandes, chorosas, com rostos do passado, casos por acabar, uma inquietação de raça que nem dormindo se esquece. Há o sonho das vielas negras – sobressaltados sonhos –, com o grito repentino de quem não sabe se ainda pode dormir ou se já deve acordar. Há o sonho dos jardins públicos, da soleira das portas, dos lampiões, discretos: livre sonho sem limites como no princípio do mundo, quando não havia paredes nem tetos. Há o sonho das estátuas, no meio da noite, em pleno tempo, encarando-se umas às outras, recordando-se, de olhos para sempre abertos. Há o pequeno sonho dos pardais, debaixo das asas, por cima das árvores, e o oscilante sonho dos peixes ao longo do rio, do rio acordado, do rio sem pausa nem esquecimento, sem ontem nem dia seguinte, guardando a sua cidade, rondando todos os sonhos, construindo e reconstruindo, num ritmo certeiro, seu corpo esbelto e sem cansaço.

    Sabes que é amanhã por estas vozes que se levantam em redor de ti com seus pregões singulares: vozes cabalísticas que anunciam números de sorte; vozes frescas, recém--colhidas, úmidas vozes saídas de vergéis e derramando aroma de flor e sumo de fruta. Mas principalmente pelo grito agudo e intraduzível da varina que outra vez vem à tona do rio, com as pregas da saia amoldando-se à escultura das ancas, e as mãos de coral brunido cintilando entre os peixes.

Ficas deslumbrado na névoa matinal, perdido entre os azulejos que começam a despertar, um a um, e são olhos de todas as cores mirando o céu e espelhando o dia. De todos os lados recebes esses olhares, esses lampejos. Principias a recordar as mãos que numa hora sem data suspenderam para sempre essas pequenas lembranças eternas em redor da encaracolada cidade. Principias a recordar as mãos que marcaram cada pedra da sua construção com essa forma simples e forte como a que o dono prega a fogo no lombo de suas reses.

Sentes em redor de ti o poder e a graça; o peso de um velho destino épico e a airosa leveza de uma luz que, sobre o severo passado, desenha uma asa quase frívola.

Ficas tão rico de antigamente, tão vencido por um amor de cancioneiro, por uma ternura conventual, dolorosa – e ao mesmo tempo desejas sorrir, dançar, não pensar nada, ficar por essas praças, por esses jardins que são a imagem da vida e por onde andam crianças como pequenas flores soltas, com laços pelos cabelos, como felizes borboletas aprisionadas.

Tens vontade de estar em todas as varandas, de olhar a paisagem por todos os lados, de avistar os caminhos que desaparecem longe de ti. Que está para acontecer? A quem esperas? Tens vontade de ficar agarrado a esse caramujo de nácar, de percorrer sem descanso os seus recessos, e ao mesmo tempo sentes o rio – ah! o rio... –, e tens vontade de partir, de descer pela onda azul que vai baixando, degrau por degrau, até a praça rumorosa do oceano. Vontade de partir para tornar a voltar... E é quando avistas as gaivotas que sobem tão lisas, com seu peito de alabastro, suas asas finamente lavradas, e vão atrás dos navios, loucas pela distância que se vai alongando, e na qual penetram certeiras e altivas, sem se esquecerem de onde partem, por mais longe que se aventurem.

Se lhes perguntares aonde irão pousar, depois de terem visto o mundo, as viagens, o ar sem termo, a largueza da água, responderão: "Em LISBOA." Em Lisboa. E elas mesmas não sabem por quê. Tu também não sabes, não entendes. Ficas apenas extasiado.

# PARIS-RIO

Logo que tomei o avião em Zurique, senti-me absolutamente a caminho do Brasil, embora, na verdade, estivesse a caminho da França.

É que, até ali, em mais de quinze horas de voo, nenhum piloto holandês me havia aparecido nem falado; mas, em cinco minutos de avião francês, havia um pequeno e brilhante discurso, em que se comunicava a hora e a duração da viagem, a altura das nossas asas, e a delícia dos aperitivos que nos iam servir. (O moço falava com desembaraço e grandes gestos.)

Vieram as gulodices – o avião estava cheio –, todos comeram, creio que alguns repetiram – e é bem possível que tenham lambido os dedos (ou pelo menos os lábios...) – porque, na verdade, em matéria de coisas gostosas, quem viajar pela França distraído cai logo em pecado mortal.

Aí, todos ficaram contentíssimos; e aquele prazer do açúcar atrapalhava a minha cabeça, e eu tornava a perguntar aos numerosos botões do meu casaco: "Mas é para o Rio que estamos voando, ou para Paris?"

À hora de descer, a mesma coisa. O avião rodava, rodava. Eu bem via que estava faltando alguma coisa: quem sabe lá? – algum parafuso, alguma dobradiça, algum barbante na roda, como no nosso automóvel...

Faltava, sim! Mas os passageiros queriam descer assim mesmo; tal qual no Brasil, tal qual.

Então, o piloto veio segurar os passageiros apressados, com um sorriso, um abracinho, umas pancadinhas no ombro, esse nosso jeitinho camarada de companheiros de infância...

E o próprio piloto parecia um brasileiro, desses nossos brasileiros simpáticos, afetuosos, persuasivos, que vão rareando, eu sei, mas ainda se encontram, de vez em quando...

Faltava não sei o que – à boa maneira latina –, devia ser um degrau na escada, um gancho, uma rodela, uma placa –, sei lá! Como é que eu posso saber essas coisas de aviação?! –, mas o avião desceu, apesar disso, pousou, ficou quieto. – tudo azul, como se diz no Brasil.

O azul não se via, porque era noite. Para mim, estar ali ou em São Cristóvão ou na praça da República, era exatamente a mesma coisa. E embora estivéssemos falando francês, não sentia diferença nenhuma, nenhuma estranheza, nenhuma sensação de viagem.

Acontece, porém, que eu nem sabia onde estava, nem havia ninguém à minha espera, nem brasileiro nenhum pelas redondezas. E eu sem a mais leve aflição! Cheguei até a querer estar aflita. Mas não estava.

E havia funcionários, empregados, carregadores – e falavam comigo e eu falava com eles, e era uma coisa só –, e creio que eles me achavam tão francesa quanto eu os achava brasileiros, porque não houve um só momento em que passasse entre nós a mais leve sombra de discordância. Visaram o meu passaporte com tal naturalidade que eu até achei esquisita. E quando quis abrir a carteira para pagar ao carregador e a carteira resolveu teimar comigo, o carregador achou graça, e me disse assim: "Não tenha pressa, não; não se impaciente!" A carteira até ficou envergonhada e resolveu não continuar a teimar.

Olhei em volta, e pensei: "Bem, isto é ali pela avenida Brasil..." Todo o mundo entrou no ônibus, não havia lugar para todos – (eu não disse que o avião vinha cheio?) cada um fez o que pôde, malas para cá e para lá, o motorista foi por ali afora como uma flecha... automóveis por todos os lados, zás-trás, perpendiculares, em diagonal, paralelos, mil encontrões imaginários, mil sustos, nenhum desastre. Tal qual no Brasil. E eu pensando: "Bem, isto é a praça Mauá". Casas de cara conhecida; arquitetura do começo do século; muros, paredões... – as ruas mais largas, um pouco mais largas, muito mais largas... Bem, os táxis é que são mesmo muito, muito mais largos, quadrados, vermelhos e pretos, com tanto espaço dentro que até pode viajar uma família inteira, com a sala de jantar, o dormitório e o piano. Palavra. Foi o meu primeiro assombro. Talvez o único.

E agora estou vendo por que os brasileiros gostam tanto de Paris. Há em tudo um ar de família que impede qualquer constrangimento. Eu acho as pessoas parecidas, as ruas parecidas, as casas parecidas. Até as coisas que não há, no Rio, poderiam estar lá, em certos lugares, como estão em Paris. Às vezes, associo uma coisa a outra, encontro uma praça de lá num jardim daqui; lembro-me de uma escada do Rio, num edifício destes; sinto a presença de uma estátua...

Bem, eu não quero dizer que o Rio tenha estas proporções, esta grandeza... Nem Paris tem o Corcovado nem o Pão de Açúcar, nem a Guanabara... Mas é um certo parentesco. Espero que os franceses não se aborreçam com isso. Nem os brasileiros, tampouco...

# DACAR

Onde ficou a grande lua que tanto tempo se viu entre o mar e o céu, na solidão do voo? Quem viu essa grande lua? Todos dormem. Luzes baixas. Silêncio. Cortinas corridas sobre alguns leitos. O avião e o viajante acordado seguem como rápida flecha pelo alto do Atlântico.

Daqui a uma hora, daqui a meia hora, daqui a cinco minutos, quem sabe o que se encontra? Quem sabe o que acontece? O comandante com os seus instrumentos é a clara consciência que governa estes destinos já conformados em muitas horas de convívio.

Há um momento de fadiga geral. A última leitura encerrada. O último cigarro extinto. Cabeças descaídas. Mãos abandonadas.

Tão imóvel, o avião, como se estivesse parado. Parado no ar, sem ponto de referências. Na aérea solidão, que já nem a lua percorre. Imóvel, também, a tranquila mosca pegada à vidraça, em viagem clandestina.

Longe da América, longe da Europa, longe do mar, muito longe do céu, reconhece o viajante acordado sua distância e humilde condição. Entre as certezas da Física e os mistérios da Sorte, qualquer instante pode ser o derradeiro. Na terra também é assim: mas não se sente, como na altura, com o abismo do lado de lá da parede, simultaneamente por todos os lados. É quando, em alguns, o medo converte-se em substância heroica. O homem contempla a sua fatalidade como quem se vê ao espelho.

De repente, é Dacar.

Assim, alta noite, naquele ponto onde a África se arredonda como o flanco de um vaso, o avião desce e pousa, e os passageiros sonolentos abrem os olhos para a escuridão da noite, entrecortada, apenas, pela linguagem luminosa do aeroporto.

Um grande sopro morno vem da terra, gotas dispersas de uma chuva morna caem como contas soltas, deslizam pelo alumínio, brilham no cimento, batem no rosto dos viajantes, como imprevistas lágrimas.

Os negrinhos de Dacar apressam-se entre as mesas, solícitos, com os copos, as garrafas e as bandejas. *"Eau de Vichy"* e *"Orangeade"*, repetem, interminavelmente.

Há o guichê de câmbio, o dos telegramas e postais. Escreve-se para pessoas que, muito longe, estão dormindo àquela hora.

Aquela hora... – E que horas são? Cada um tem sua hora diferente...

Hora desconhecida, dinheiro desconhecido, em lugar desconhecido, em muitos idiomas diversos, cada um manda a sua mensagem...

E já se retorna ao avião, parado na noite morna, todo orvalhado, como uma flor monumental, pela chuva incerta que o vento agita.

Em redor do aeroporto, tudo é negro, denso, profundo. Não se vê mar nem terra, não se alcança nenhuma voz de habitante. Nada mais além disto: *"Eau de Vichy"* e *"Orangeade"*.

E já não há mais refrescos, nem copos, nem vozes, nem mãos, nem aeroporto... Apenas o grande calor africano, e, muito longe, um estremecimento de relâmpagos sobre um horizonte que deve ser uma serra.

# AINDA OS MUSEUS

$P$ois acontece que os museus de Paris são esta preciosidade que estamos vendo. E já não digo especificamente os museus de pintura ou de escultura: mas estes castelos, mas estas antigas vivendas que conservam para a admiração do visitante de hoje, o bom gosto, o sentimento de fausto, de grandeza, de entusiasmo pelas belas coisas deste mundo que outrora animaram aqueles para quem o mundo, afinal, acabaria como um acontecimento bem cruel...

Então, trazida pela justa publicidade das agências de turismo, e, algumas vezes, arrastada por sugestões históricas, pelo interesse do estudo e da compreensão, uma turba numerosa e respeitosa invade os museus, com os seus casacos e as suas bengalas, com pluminhas nos chapéus e crianças pela mão. Por muitos que sejam, vão num grande silêncio, com grandes olhos preparados para o ato solene de "ver" até o último cêntimo da entrada, e todos os demais cêntimos da propina. (Não sei bem por que, mas dá-me vergonha empregar aqui a palavra gorjeta...)

Não sei como reagem as pessoas sensíveis, nesta aglomeração – pois, quanto a mim, deixo-me ficar para trás, espero que a onda passe, que a voz do cicerone não pese mais nos meus ouvidos. Bem sei que não sou capaz de ver nada do que me mostrem, nem de entender nada do que me expliquem. Tudo quanto aprendi até hoje – se é que tenho aprendido – representa uma silenciosa conversa entre os meus olhos e os vários assuntos que se colocam diante deles, ou diante dos quais eles se colocam. Nessa atmosfera de confidência, tudo me parece penetrável e inteligível. Mais tarde, em silêncio maior, a conversa continua, e é simplesmente um profundo monólogo. O que resulta de tudo isso é, para mim, a aprendizagem.

De modo que o cicerone, por mais que grite, não me atinge... Aliás, esses guias, embora circulando entre coisas de arte, e delas se ocupando com tão ofegante fervor, têm sua organização comercial muito bem estabelecida, e defendem os seus clientes com entusiástico heroísmo. Parece que foi outro dia, em Versailles, que a mim, a mais distraída, a mais aérea das criaturas, e a menos interessada (e, para dizer a verdade, a menos confiante...) na sapiência dos guias, um deles disse, julgando que eu estivesse fazendo mercado negro com as suas altas lições: "Faça o favor de chegar um pouquinho para lá, que esta explicação é só aqui para os meus fregueses..." (Oh, *Douce France*, se nós, os brasileiros, não te amássemos tanto, como ficaríamos decepcionados com o novo estilo dos teus guias...)

Em todo caso, como eu já estava a uma distância de uns mil quilômetros, não me custava nada afastar-me um metro mais. E, assim, os nossos bons vizinhos americanos puderam receber, em inglês, francês e mesmo num certo espanhol, a magistral explicação de cada parede, de cada porta, do jardim que se via pela vidraça, dos relógios e das cadeiras espalhados por ali... Alunos aplicados, fizeram todos os movimentos necessários para isso: cabeça para cá, cabeça para lá, meia-volta à direita – e agora, atenção, para a sala seguinte! Aí, os alunos corriam por dentro de si, pelas planícies do tempo, no encalço de um rei ou de um duque. Isso já era mais difícil: não se agarra um duque, na história (já não falo dos reis...), como quem apanha uma lebre ou uma bola de futebol...

Mas o mais notável dos guias foi o que encontrei mostrando a Vênus de Milo a um grupo de pessoas crédulas, todas de cabeça inclinada para as costas, devorando com os olhos cada pedaço da estátua. Depois da devida descrição, o homem apontou para o soberbo torso, esticou os lábios como quem diz "a mim não me enganam", e declarou aos seus clientes: "Perfeito demais: isto não existe!" De modo que as mulheres feias ficaram todas contentes, e as bonitas saíram convencidas de que aquilo devia ser um desgraçado casado com um monstro...

# "CASTILLA, LA BIEN NOMBRADA..."

Vista das nuvens, Castela tem a cor dos desertos – pálida; mas não a fluidez que, mesmo de muito longe, se sente nos diálogos da areia com o vento. É dura, nítida, óssea. Pelo menos assim me pareceu, todas as vezes que a olhei das nuvens. E apenas uma vez me lembro de ter visto boiar, no seu límpido céu, uma perfeita nuvem, toda branca, de imóvel contorno, igual a uma sereia.

Vista de perto, Castela é assim mesmo: ressequida, amarela, hirsuta – e seus campos não parecem feitos para flores nem idílios, mas para batalhas antigas, com espadas, cavalos e versos. Para as batalhas de El Cid.

Tinha razão Fray Martín Sarmiento quando, há dois séculos, observava o gênio da língua castelhana em sua tendência para o ritmo da redondilha.

> ...los Españoles son tan aficionados a este metro, que ni pueden hablar, ni escribir en prosa, sin que declinen naturalmente en sus periodos a esta medida...

E até citava o texto de uma lei, assim redigida:

> *Quien mete yeguas, ó bués,*
> *Ó vacas, ó otro ganado,*
> *En miese ayena, ó en vina,*
> *Peche todo el daño, quanto*
> *Fur asmado.*

    Pode ser que a marcha por estas calcinadas terras inspire esse ritmo, como se diz que o *hidá*, canto dos condutores de caravanas, adquiriu forma e cadência com o passo dos camelos, no deserto árabe.
    E, enquanto o automóvel desliza por estas amarelas solidões, ponho-me a pensar se o ritmo de redondilha, que é do *Romancero*, poderia medir igualmente o fragor das batalhas de El Cid, como mede a sua narrativa. Ah! é que a vida cantada é outra coisa... E o jovem herói que acredita no poder do direito, para vencer o inimigo de seu pai, acredita também na espada com que o degola – e

> *va tan determinado*
> *que en espacio de una hora*
> *mató el conde y fué vingado.*

    Nesse ritmo de redondilha seguimos pelos campos secos, sob uma luz fulgurante que deve ter brilhado, há quase mil anos, não digo nos olhos de d. Rodrigo Díaz de Bivar – que só procuravam mouros e inimigos –, mas nos de Babieca – se é que os cavalos dos heróis ainda pensam em prados verdes e arroios...
    Mas agora estou vendo nas mãos do jovem Cid a cabeça do conde Lozano, e d. Jimena a bradar pelo pai morto, e logo a pedir ao rei para casá-la com o assassino, e o bom rei, perplexo:

> *Siempre lo he oído decir*
> *y ahora veo que es verdad,*
> *que el seso de las mujeres*

*no era cosa natural:*
*hasta aquí pidió justicia,*
*ya quiere con él casar...*

É certo que o Cid tinha as qualidades de nobreza que inspiram as epopeias –

*Maté a tu padre, Jimena,*
*pero no a desaguisado,*
*matéle de hombre a hombre*
*para vengar un agravio.*

–, o que não impede que tivesse um comportamento muito reprovável, diante do rei Fernando e do papa, sem beija-mão, sem joelho em terra, com pontapés na cadeira de marfim do rei da França, e bofetadas num duque. Era um homem endiabrado.

Mas o homem que no alto de uma carroça nos está acenando com a mão, e nos quer falar, naquela imensidão amarela e deserta é *"más cortés y mesurado"*: e a nossa conversa perde-se no dia ardente da velha Castela, e o que se continua a ouvir é o de outrora, é a agonia do bom rei Fernando, que reforçaria ao morrer sua má impressão quanto ao juízo das mulheres, pois, se Jimena quis casar com o assassino do pai, a princesa Urraca veio brigar, à beira do seu leito de morte, por questões de partilha. E que grande briga, já de feminista precoce:

*...y a mí, porque soy mujer, dejáisme desheredada!*

E o bom rei Fernando, sem poder morrer em paz, porque a princesa o ameaça com extravagâncias avançadíssimas:

*Irme he yo de tierra en tierra
como una mujer errada; mi lindo cuerpo daría
a quién bien se me antojara,
a los moros por dinero
y a los cristianos de gracia...*

Felizmente o rei não repartira todo o reino: ainda lhe restava Zamora,

*Zamora, la bien cercada...*

Além disso, dona Urraca tinha seu mal de amor. El Cid casara-se com Jimena – deixara a filha do rei, casara com a de um vassalo...

O *Parador* está sob a invocação de El Cid: tudo por este caminho recorda obstinadamente o Campeador bravio, para quem o direito e a justiça tinham de ser honrados, embora – ai de nós! – para fazê-lo, estivesse a cada passo desembainhando suas poderosas espadas, a Tizona e a Colada.

Neste jardim tão belo, poderíamos encontrar o bom cavalo Babieca, a abanar a cauda e a mexer os olhos, por entre as espessas pestanas. Mas o dono pediu que a enterrassem juntamente com ele, para que os cães não lhe devorassem a carcaça... – longe anda Babieca, sombra cavalgada por uma sombra, nestas estradas de Castela que vão dar a Burgos.

E Burgos aparece, com sua igreja ruiva, levantando suas torres como um bosque de ciprestes dourados. Uma igreja que se foi construindo em três séculos, com esse minucioso amor com que outrora se levantavam do chão palácios, fortalezas, catedrais. É diante destes monumentos que nos ocorre um melancólico pensamento sobre a vida contemporânea: que restará destas pressas de hoje, deste breve existir desperdiçado em coisas sem nenhuma importância? Este século será uma vertigem, um vazio, na paisagem inexorável do tempo. E nessa paisagem continuarão a perdurar estas grandiosas construções, muitas vezes anônimas, que falam de épocas onde o sentimento de beleza era um bem comum, pois que cada artesão sabia pousar uma pedra, debuxar uma coluna de flores, talhar o rosto de um anjo ou o corpo de um santo e de um rei. Hoje, que a máquina produz milhões de monstruosidades, para deseducar milhões de habitantes da terra – dá vontade de chorar, diante de uma obra de arte, que vai vencendo as inconstâncias das eras, e conserva o testemunho de povos superiormente educados na compreensão da Beleza, que é, afinal, uma superior compreensão da vida.

Burgos está silenciosa, e não se vê muita gente. Oh! que felicidade encontrar ainda uma rua deserta, onde qualquer vulto que assome tem a sua integral dignidade de figura humana – com suas eventuais desgraças e felicidades! Mas, embora esteja silenciosa, o *Romancero* fala aqui, poderosamente:

*Grande rumor se levanta*
*de gritos, armas y voces*
*en el palacio de Burgos*
*donde son los ricos hombres...*

Diante destes arcos, destas portas, destas escadas, volta-se ao passado heroico, à procura do lugar das epopeias, para completar no cenário próprio os versos longamente amados:

*En Burgos está el buen rey*
*asentado a su yantar,*
*cuando la Jimena Gómez*
*se le vino a querellar...*

Vê-se chegar Alvar Fáñez, carregado de cativos, cavalos e outras riquezas para o rei – as ofertas de El Cid desterrado. E tem-se vontade de subir para Toro e Zamora, terras de dona Elvira e de dona Urraca, nesta ressurreição do *Romancero*, a reviver lutas de irmãos, com esse ambicioso *don* Sancho que, desrespeitando o testamento do pai, ambicionava reunir nas mãos todos os reinos repartidos – não apenas Zamora e Toro, mas Léon, Astúrias, Galícia –, ele, que recebera em herança *"Castilla, la bien nombrada..."*

E então, diante destas paredes esculpidas de Burgos, desta riqueza de arte guardada como em cofres de pedra rendada, fica-se mais triste; porque a arte e a beleza mudaram, perderam-se, corromperam-se. Mas a ferocidade ficou – ficou a ambição, ficou esta sede de domínio e de império, mil anos depois de El Cid, mil anos depois de tanto sangue mouro e cristão derramado por estes caminhos. Qual é, pois, a grandeza deste século, que não sabe fazer mais nada do que foi o esplendor dos outros, e não se corrigiu deste desejo malsão de possuir, embora para perder, como perdem sempre todos os que um dia possuíram?

## QUANDO O VIAJANTE SE TRANSFORMA EM TURISTA

Não, por estes amarelos campos solitários que vão de Salamanca a Ciudad Rodrigo, não era o Lazarillo que nos chamava: era um homem que, do seu carro, nos fazia sinais, como numa cena bucólica – pois o seu carro parecia muito antigo, e ainda mais antigo o animal que vagarosamente o ia arrastando. Que queria de nós, naquela estrada deserta, o velhote de cara avermelhada que de longe acenava?

É certo que, quando o automóvel, assustado com as intenções do guarda de Salamanca, tomou embalagem e partiu, tanta era a sua velocidade e tão séria a sua decisão de não se deter que nos esquecemos do lugar em que guardáramos toda essa papelada que se costuma apresentar aos exigentes inspetores que esperam os viajantes em cada fronteira. Agora que nos aproximávamos de Portugal, queríamos tudo ao nosso alcance: pois, se um brasileiro deve sempre estar vacinado contra a febre amarela, um brasileiro que vem do Oriente deve provar que se imunizou devidamente contra todas as variedades de febres e pestes de que são acusadas essas maravilhosas terras.

Pois foi para evitarmos dificuldades na fronteira próxima que paramos o carro, por um momento, depois de o termos convencido de que o guarda cinzento de Salamanca já estava muito além do nosso horizonte. E o homem que não era o Lazarillo veio andando, enquanto o seu burrico melancólico mergulhava o focinho nas ervas secas que cobriam metade da carroça.

Eu não vou dizer aqui a nossa conversa com o bom velhote. Na verdade, ele não era o Lazarillo, prezado leitor. Mas bem o podia ser. E como há situações humanas que servem para fazer amigos instantaneamente (amigos que nunca mais se encontrarão, que nem sabem os nomes uns dos outros etc., – o que, aliás, não tem importância nenhuma), o homem contou-nos tais histórias que sentimos ser a antiguidade do nosso conhecimento mais remota que as aventuras de El Cid Campeador. E, finda a sua narrativa, e firmada a nossa amizade de peregrinos de Castela – encontrados também os nossos inúmeros atestados de exóticas vacinas –, subiu cada um para o seu veículo, entre muitos *saludos*, *adioses*, e votos recíprocos de eterna felicidade.

Depois, o automóvel ganhou velocidade, e o carro bucólico foi ficando longe, com o seu cocheiro, com o seu burrico, na paisagem severa do campo seco. Meio oculto pelas ervas, foi rodando para outro lado o velho carro, conduzindo suas histórias humanas. Porque era um carro vazio. Um carro que apenas rodava. Ia... Para um lugar que certamente não existe. E, portanto, não chegaria nunca. Essa era a maior maravilha. Ah, Espanha!

Quando entramos em Ciudad Rodrigo, apareceram muitos meninos, que pulavam, que nos queriam também contar histórias, que nos queriam mostrar muitas coisas. Mas, a essa altura, já tínhamos perdido a nossa categoria honrosa de viajantes, e estávamos reduzidos à degradante condição de turistas, turistas odiosos, com hora marcada na fronteira, e uma noção de fome clara e invencível como um arrebol. (Na Espanha, a própria sensação de fome tem rasgos líricos.)

Pois os meninos todos sabiam muito bem onde ficava a pousada que procurávamos, e caíam sobre o automóvel como um bando de anjos, e já não sei se o motor ainda funcionava ou se íamos transportados, aladamente, para o castelo de Enrique II. Como, porém, longe estivéssemos ainda do meio-dia, entrou-nos n'alma a cruel suspeita de que chegávamos à hora assaz matinal para um almoço em terras de Espanha. Quando muito aquilo seriam horas para as *niñas* entreabrirem as cortinas do leito e receberem o seu matinal chocolate das mãos rosadas das *guapas* mucamas. Os próprios meninos pareceram subitamente céticos, quando ouviram falar em *almuerzo*, num tempo que devia ser de *desayuno*… E a pessoa que chegou à porta do castelo para saber a causa de tanto alvoroço, fitando-nos com seus olhos do século XIV, e meditando sobre as relações possíveis entre a fome que trazíamos e os recursos de que o Castelo dispunha para apaziguá-la, parecia não encontrar uma solução feliz. De modo que cheguei a pensar que aquele cavalheiro fosse um dos patrões do Lazarillo, aquele que jamais comia, mas apresentava sempre uma grandiosa e senhoril figura.

No entanto, a fronteira se aproximava com tamanha veemência, as possibilidades de estalagens portuguesas eram tão remotas, a nossa vil condição de turistas nos obrigava a pensar nas coisas banais da vida com tanta exatidão que até falamos em ovos e presuntos, batatas e salpicões, pão e vinho e tudo quanto estivesse ao alcance dos últimos duros e maravedis que nos restavam.

Nessa altura, o castelão fez um gesto de ponte levadiça, deixou-nos passar, pediu-nos imensas desculpas por não nos poder receber condignamente, devido à hora *tan temprana* (eram apenas onze…), deu umas ordens a invisíveis vedores, moços e bichos da cozinha, e convidou-nos com a fidalguia castelhana a visitar a sua pousada, enquanto as terrinas e covilhetes se apressavam lá dentro, com as viandas, e os ragus que confortariam os fatigados viajantes.

Ou porque o nome de Enrique II, com aquelas punhaladas que deu no meio-irmão, não seja um grande aperitivo; ou porque a fome fosse realmente desorientadora, o tapete da grande sala nos pareceu muito antipático. Mas, em compensação, e não obstante aqueles dois motivos, os quartos eram agradáveis, com belas camas verdes, e o sossego em redor ia crescendo tão lindo, tão lindo como um jardim de rosas. E a moça da pousada, sem dúvida nenhuma era aquela que

> *Llorosa se sienta*
> *Encima de un arca,*
> *Por ver a su huésped*
> *Que tiene en el alma...*

Era essa moça pálida com saudade do passante que parte,

> *Que canta bonito*
> *Y tañe guitarra...*

e que não a leva nas suas andanças, por mais que esteja ali morrendo de amor, em silêncio.

> *Mal haya quien fia*
> *De gente que pasa!*

De vê-la, assim pálida, branca, sensível, no seu impecável vestido negro, até esqueceríamos a fome e o horário, se não fôssemos turistas de má sorte. Devíamos ficar ali, embora sem cantarmos bonito nem tangermos *guitarra*: devíamos ouvir-lhe as queixas:

> *Que pude hacer más*
> *Que dalle polaynas;*

*Ponelle en sus puntas*
*Encaxe de Holanda;*
*Cocelle su carne,*
*Hacelle su salsa...*

Devíamos ficar ali sentados, a ouvir a doce voz da água, sob a janela, uma voz antiga, de viola, em discreto contraponto.

Mas a própria moça pálida e fina, com suas mãos de cetim branco, foi pousando na mesa um, dois, cinco, doze pratos diferentes, sempre pedindo muitas desculpas pelo que não havia, pelo que não estava pronto – deixando-nos imaginar o banquete que nos acolheria se tivéssemos passado por ali à hora em que os espanhóis se sentam à mesa para verdadeiramente comer!

E com todos esses pratos que nem descrevo, e mais os *postres*, e as bebidas, e as desculpas, e o ambiente do castelo envolvendo-nos de lirismo e drama, e a moça pálida sorrindo-nos a uma distância de muitos séculos e infelizes amores, e o castelão solícito obsequiando-nos com mapas da Espanha, saímos da pousada, amaldiçoando a fome e o mostrador do relógio e o estado de turistas a que nos tínhamos rebaixado de maneira tão imperdoável.

Os meninos pulavam em redor de nós, pulavam por cima do carro, todos tinham asas, de modo que isso era o seu natural exercício, e Ciudad Rodrigo foi também ficando longe, e Portugal era logo ali adiante, e nós já estávamos com todos os nossos atestados de vacina e bom comportamento na mão. E fazia um Sol, prezado leitor, que convidava a uma longa sesta, depois das viandas espanholas. E os guardas portugueses estavam com uma preguiça que se via na cara. E, quando viram que se tratava de brasileiros, não se importaram muito com os nossos atestados: o que eles queriam, unanimemente, era vir para o Brasil!

# HOLANDA EM FLOR

O que me faz sofrer, na Holanda, é não ser água-fortista. Pontes, canais, desenhos da água, fachadas pontiagudas das antigas casas, torres de palácios e igrejas, relógios, chaminés, degraus de entradas e frontarias, árvores, realejos, carros, barcos embandeirados, guindastes, janelas, flores, ganchos, correntes, lampiões, telhados, tijolos, estufas de vidro, tudo solicita uma aptidão que não tenho, tudo é linear, fino, agudo, incisivo, com o lirismo do exato e minucioso – um lirismo de pensamento mais que de coração.

Por sua vez, a luz da Holanda é uma luz para pintores: este ouro leve que pousa nas paisagens, nas pessoas, nos objetos, anunciando contornos e cores, e logo desaparecendo em redor, discretamente, como se vê pelas ruas, pelos interiores, e nos maravilhosos quadros dos grandes Mestres, nos museus.

Todos já viram os barcos transbordantes de flores, à beira dos canais; as nuvens de bicicletas que passam, resplandecentes como um fogo de artifício, pelas ruas cinzentas, impecavelmente limpas; as cortinas de todas as janelas, sugerindo o conforto da casa, com seus utensílios de cobre reluzente, e as naturezas-mortas da mesa: pão, queijo, leite, batatas; todos já viram, neste ou naquele quarteirão, o realejo grande como um altar, com suas volutas barrocas, douradas ou brancas, encher o bairro de melodias; todos já encontraram em alguma esquina, um casal vindo de Volendam ou de Marken, com seus socos, suas roupas coloridas, suas toucas, seus aventais, seus cabelos amarelos... O que nem todos conseguem ver é a Holanda em flor, a Holanda coberta de tulipas – porque a festa é rápida, o frio costuma ser grande, e o excesso de turistas, nessas ocasiões, cria o problema do alojamento.

Pois desta vez vemos as tulipas. Campos de tulipas. Imensos tapetes amarelos, vermelhos, roxos, brancos... A exposição de jardins, de Keukenhof, lembra logo a Holanda das quermesses: canteiros maravilhosos, repuxos, música de carrilhão tão alta e leve e fina que parece também de água, leilão de flores e as pessoas que passam com seus grossos casacos, chapéus de feltro de modelos inatuais, mãos vermelhas, cara tostada e feições rudes – porque boa parte destes visitantes são cultivadores, autores destas plantas deslumbrantes que admiramos, e cujas cores e pétalas são eles que inventam, selecionando tubérculos e sementes, preparando híbridos, combinando água, terra, luz e amor, para obterem estes veludos e sedas, estes pistilos, estas meias-tintas das corolas, este perfume de mel.

Um dia, a flor de desenrola, e os olhos dos cultivadores estão sobre aquele segredo como sobre um tesouro fechado. Depois, é o esplendor de uns poucos dias: a felicidade de ter conseguido uma realização idêntica à de um poema, de um quadro, de uma estátua. Eis a flor na sua perfeição! Apenas, ai de nós! – a vida é breve, e mais breve a das tulipas, crisântemos, rosas, jacintos que vamos encontrando, parados na sua silenciosa beleza efêmera. Tudo isto é apenas um instante. Brilho, viço, vigor, tudo se inclina para a morte; e, então, os jardins se fecham, e quem passa de uma cidade para outra vê, depois dos esplêndidos tapetes de vivas cores, as flores murchas amontoadas em barcos, pelos pequenos canais: as flores que regressam à terra profunda, para o nascimento de outras primaveras...

*Aprended, flores, de mi,
lo que va de ayer a hoy...*

Nesta exposição de jardins, aparecem também esculturas, como complementos decorativos. Em diferentes estilos. Uma delas é um cachorrinho bastante complicado que, pela direita, parece um banco e, pela esquerda, um relógio. Uma senhora de espírito cartesiano e com um cãozinho de verdade na ponta de uma correia perguntou aos circunstantes que lhe explicavam o singular objeto: "Então, se aquilo é um cachorro, isto que eu trago aqui, que será?"

A verdade é que um galgo não se parece com um buldogue, e a escultura não é, obrigatoriamente, a reprodução da aparência das coisas; razão pela qual voto pela escultura, pelo cãozinho *sui generis*, que não late nem morde, e está parado entre as flores e as pessoas, e de nós todos é o único futuro sobrevivente.

Ninguém cuide, por essa história do cãozinho, que a Holanda esteja distanciada das modernas preocupações de arte. Muito ao contrário, seus belíssimos museus – que não me canso de amar –, com visitas orientadas de estudantes, suas exposições tão variadas me fazem crer que, em matéria de artes plásticas, este é um país onde muita coisa pode acontecer. Todos sabem como os interiores holandeses são sedutores, com suas cerâmicas, seus objetos de metal amarelo e de cobre, seus panos decorativos, suas rendas. E suas flores. Seus vasos de flores que se veem da rua, pousados no peitoril das janelas, sob o cruzamento das cortinas, seus ramos de flores nos aparadores, no meio das mesas, em qualquer canto onde ia ser sombra, e a sombra se transforma em corola vermelha ou branca, amarela ou roxa, e não deixa que anoiteça.

Este gosto pelas flores é tão generalizado que ninguém se escandalizará de encontrar a sala de espera de uma repartição pública ornamentada com um belíssimo ramo, numa grande jarra, na mesa central. Nem tampouco se as flores estiverem na mesa de trabalho de um alto funcionário, entre papéis oficiais, máquinas de escrever, fichários e arquivos... Mas, sem dúvida, o mais inesperado encontro com as flores, na Holanda, foi numa vitrina do açougue, cujo proprietário dispusera, exatamente como num quadro, uma grande posta de carne, e algumas especialidades de salsicharia à sombra de altas e formosas tulipas, ainda mais resplandecentes naquele ambiente nítido, branco e róseo.

Há sobretudo uma coisa adorável, na Holanda: a sensação de que todos trabalham. O movimento das bicicletas, dos barcos, dos bondes; a ausência de gente parada pelas esquinas; a falta de vida noturna; o crescimento das cidades, recuperadas dos desastres da guerra; os mercados; os campos bem tratados; a vigilância constante para que o mar não venha destruir o solo que o homem constrói – dão à Holanda uma fisionomia maternal e tranquila, e concorrem para a paz interior de quem deseja também trabalhar e pensar.

Além disso, a Holanda é um país que me parece cômodo, pelo menos para os estrangeiros. Pode-se viver aí com muito dinheiro e com pouco dinheiro, também. Tudo se encontra, e tudo parece estar perto, seja chocolate, café, vestidos, máquinas fotográficas, objetos de Marrocos ou da Indonésia, lembranças para turistas ou enfeites para cotilhão. Há aulas de tango e creio que até de samba, para quem quiser, desfiles de modas, e vi, por menos de três florins, uns azulejos antigos, com chineses soltando papagaio e rapazes rodando arco.

Mas o que eu desejava muito ver era um lapidário de diamantes e uma fábrica de papel de luxo – e isso ainda não consegui. Mas vi ainda uma vez o museu Rembrandt, e mais uma vez comi enguia em Volendam e conheci Marken ao som de um acordeão; e sonhei distância e deserto diante da grande barragem; e depois de fazendas e granjas extasiei-me com a catedral de Gouda; e pensei com mais ternura no Brasil, mirando tapeçarias e ouvindo falar de Nassau; e, no Dia da Libertação, vi o povo alegrar-se com bandeiras e músicas; dei de cara com passeatas de estudantes metidos em camisolas e capuchos medievais; tornei a extasiar-se com Van Gogh; levaram-me a lugares só de areia; outros, só de pássaros; vi os grandes barcos partirem para a pesca do arenque; vi marinheiros contarem coisas na sua língua, com muita saudade (não entendi, é claro, mas devia ser belo); num lugar chamado Copacabana, ao som do *Clair de lune*, uma dançarina passeava pelos ares, toda branca; e, de Norte a Sul e de Leste a Oeste, a Holanda continuou a ser para mim como suas antigas janelas que mostravam por um espelho, às pessoas dentro de casa, os mil aspectos do mundo que vai girando longe e perto de nós.

Num raio de Sol, vi as meninas com seus baldes de leite, os meninos com seus ramalhetes de flores do campo, os cavalos deitando para o ar frio o bafo quente das narinas... Num véu de névoa, deixei, muito longe, as mulheres que batiam colchões, ao ar livre, num dia de limpeza geral...

# ORIENTE-OCIDENTE

Ainda ontem estávamos na Índia: e tudo, de repente, nos parece tão longe como se nos separassem muito maiores extensões de terra e mar – e, sobretudo, muito mais profundo tempo.

Não é a mesma coisa ir-se da Itália para a Índia, ou vir-se da Índia para a Itália. Não é tão simples ir-se do Ocidente para o Oriente. Se o viajante não quiser ser um superficial turista, com algumas excursões pelos bazares, museus e monumentos de arte; se o viajante não pretender apenas comprar colares de esmeralda ou tapetes antigos, deve preparar sua alma para essa visita longínqua, sob pena de não entender nada, e assustar-se facilmente com os aspectos da pobreza e a diversidade de hábitos a que será exposta a sua sensibilidade.

O viajante ocidental precisa de uma iniciação antes de partir para o Oriente. Creio que essa iniciação lhe será útil seja qual for o país a que se destina. Precisa conhecer a história desses velhos povos, um pouco de suas ideias filosófico-religiosas, uma boa parte de seus costumes e tradições. Precisa, também, conhecer a atualidade desses povos, que não estão mortos, mumificados, incertos, mas, ao contrário, vivos, em grande vibração, procurando equilibrar a sua sabedoria de passado com a ciência e a técnica do tempo presente, o que é trabalho delicado, tanto no plano nacional como no internacional.

Do Mediterrâneo ao Extremo Oriente, todos esses povos sobreviventes da antiguidade estão agitados por uma onda de renascimento. Muitos deles conquistaram há pouco a sua liberdade, e passaram, assim, a ser responsáveis pela sua posição, num momento dificílimo do mundo, com os últimos fogos de guerra ainda mal apagados. Essa conquista da liberdade obriga-os a um processo de reajustamento rápido, para vencer os atrasos, a miséria, o abandono que, invariavelmente, acompanham todos os cativeiros.

Em relação à Índia, é o que se vê: a incoerência de monumentos multisseculares, de esplêndida edificação, em que a arquitetura, a escultura, a pintura proclamam a fama de artistas adiantadíssimos – ao lado de aldeias extremamente pobres, com seus casebres cobertos de palha; pessoas fulgurantes de joias e sedas ao lado de mendigos reduzidos a um pequeno trapo; cômodas estradas de rodagem atravessando planícies secas, porque as matas foram devastadas, os rios desapareceram, o deserto vai avançando... Da Europa, onde os povos estão mais ou menos entrelaçados por uma história comum, onde os problemas são quase idênticos, não se entende bem o panorama oriental, que requer um olhar claro, uma cabeça desanuviada, e um inteligente coração. Por paradoxal que pareça, é mais fácil entender-se o Oriente conhecendo-se o Brasil, cujos problemas são curiosamente semelhantes (luta pela afirmação de uma nacionalidade, urgência de adaptação às circunstâncias internacionais, aproveitamento das riquezas, contratempos raciais, consolidação da economia, planos de educação), salvo no que se refere às respectivas idades, e à data da sua independência.

Estar em Roma e pensar na Índia é como sonhar, apenas, que se esteve lá. O principal contraste é a densidade. A Índia é toda fluida: os palácios, os templos, os monumentos são rendados, embrechados, recortados, o céu com o Sol e a lua e as estrelas atravessam esses pórticos, andam por esses salões, mesmo quando estejam fechados... Roma, embora transborde dos antigos muros, conserva aquelas paredes que lhe dão majestade, grandeza, mas também uma austera impenetrabilidade.

Na Índia, a multidão que passa, com as roupas despregadas ao ritmo do andar; com a lua atravessando panos de mil cores, é também fluida: e os penteados enfeitados de flores, e os mil adereços de ouro, prata ou vidro que escorregam pelos braços, oscilam nas orelhas, deslizam pelo pescoço ou pela testa, palpitam com aquelas vidas frágeis a que pertencem, estão sempre como em despedida, estão sempre dizendo adeus.

Em Roma, o povo é sólido, maciço, de uma beleza de estatuária. Nas ruas, seus movimentos são bruscos, decididos, enérgicos. As próprias fazendas das suas roupas são encorpadas, sem as incertezas e as fugas das musselinas.

Na Índia, a fome se resolvia com arroz, especiarias, frutas, grãos, chá, refresco...

Em Roma, até a comida é escultórica: são todas essas massas que têm alguma coisa a ver com a cerâmica – a de uma delas até me explicam ter sido originariamente modelada sobre o umbigo de Vênus! E são essas inesquecíveis alcachofras, e são esses roxos vinhos que por toda parte circulam, como seiva de uma árvore robusta.

De modo que, vista daqui, a Índia é como um pássaro: como um pássaro muito musical e muito fugitivo, sempre mais longe da terra; enquanto Roma é uma grandiosa, poderosa, soberba coluna de mármore que pode subir, como a de Trajano, em prolongada espiral, mas firmemente presa ao chão, e levando nos seus relevos histórias da terra, gente da terra, batalhas da terra. (Como estão longe as torres cheias de deuses e figuras mitológicas, brilhando em prata e azul nas tardes cristalinas de Madrasta!)

Esta gente positiva e ruidosa gesticula com os amigos, protesta contra alguma imprudência do trânsito, e, quando se põe amorosa, tem a mesma expressão pagã das estátuas dos museus. É um medo de ser franco, bravo, direto – às vezes, muito entusiasmado.

Na Índia, as mulheres estavam todas envoltas em seus finos véus, de onde surgiam rostos como flores, e mãos tão delicadas, que não se compreendia como podiam carregar jarros d'água, crianças – às vezes até pedras de estrada em construção. O corpo desaparecia sob esses planejamentos.

Mas, aqui, as belas moças que passam pelas ruas mostram pernas fortes e ágeis, colo exuberante, e mãos que – sem deixarem de ser belas – poderiam levantar sem esforço estes mármores caídos, nas ruínas do foro...

Contemplando estes turistas estendidos ao Sol pelas escadas de Trinità dei Monte, penso outra vez nas distâncias que vão do Ocidente ao Oriente. Não a de terras e mares; mas as de espírito. Máquinas fotográficas; bolsas repletas de mil lembranças: o gosto esportivo de estar deitado ao Sol num país estranho, carregado de tradições ilustres... O prazer de bem comer, de bem viver, de bem comprar – esta vida momentânea eternizada em minutos passageiros –, tudo isso está aqui, entre risos festivos... Tudo isso que, lá na Índia, é o efêmero, com que transige uma vez ou outra, com a consciência da eternidade, que é o nosso território profundo, do princípio ao fim...

Para entender o Oriente, é preciso vê-lo, conhecê-lo neste instante dramático de ressurreição, compreender a atitude de povos milenares que se reorganizam, e, tendo tamanha vitalidade que, através de tantas desgraças, permaneceram intactos, experimentam agora, nesta idade de silêncio, o valor da sua sabedoria.

Sobre esses pensamentos, passam os ruídos insuportáveis das motocicletas. Motocicletas por esta lírica Piazza di

Spagna; motocicletas ao longo das velhas ruínas; motocicletas disparadas por toda parte, incontidas e alucinantes...
   Mas as motocicletas passam. E fica em nossos ouvidos o rumor vivo das fontes – destas fontes romanas que jamais serão bastante celebradas –, destas águas incansáveis cuja voz que corresponde à das estátuas, e relembra e narra e canta... (Uma outra cidade aparece a quem se deixa ficar, humildemente, a ouvir estas fontes.)

# TICO-TICO EM AMSTERDÃ

*E*u estava aqui a escrever para os amigos, mas sentia lá fora a breve tarde cair. Entre névoa e chuva, o ar fazia-se denso e fosco, assim como um aquário revolvido, quando água e areia se misturam e equivocam.
É a hora deliciosa de Amsterdã. As ruas enchem-se de nuvens de bicicletas. Estudantes, operários, professores, empregados, todos têm bicicletas. Todos voltam para casa a pedalar suavemente, carregados de livros, pacotes, embrulhos... Se o sinal de trânsito muda, aquela nuvem interrompe a sua marcha: ficam todos os ciclistas como insetos parados, e os desenhos das rodas, e o brilho dos metais das bicicletas sugerem profundidade, voo, fuga, como em certos quadros abstracionistas.
Eu estava aqui a escrever, quando, atravessando esse ar denso e fosco de aquário revolvido, o fino timbre dos sinos veio dançar na minha solidão. Detive-me a reunir seus ritmos, que algum vento desmanchava pelo caminho. E os sinos festivos cantavam: *"La petite diligence..."* – e era, na verdade, como se uma pequena carruagem corresse pelos ares, fosse, de janela em janela, entregar mensagens musicais, e logo partisse, trepidante de adeuses.

Que sinos seriam aqueles? Debrucei-me à janela... mas, ai de mim! a tarde estava toda submersa em névoa e chuva, como em dilúvio de água e areia, misturada e equivocada.

Tomei outro postal e comecei a datar: "Amsterdã..."

Comecei e parei. O "Tico-tico no fubá" não estava mais no fubá, não estava mais no Brasil, estava na névoa, estava nos sinos, estava naquela cidade encantada, que com seus braços d'água envolve o passado, o presente, o futuro, casas de testa pontiaguda, igrejas cor de tijolos, altas árvores sussurrantes, sacadas e torres cheias de lembranças.

O tico-tico brasileiro pousava aqui e ali nos braços líquidos daquela cidade, nas suas pulseiras de flores descomunais, que o outono pinta de cores crepusculares – ruivas, cinzentas, alaranjadas, cor de barro, de areia, de salmão...

O tico-tico sacudia das asas o orvalho daquela tarde de névoa e chuva, o tico-tico era um pequeno raio de Sol observando a sombra, e formando potes de arco-íris entre os canais, as ruas, as sacadas, as bicicletas.

Assim brincaram os sinos de Amsterdã, na Torre da Moeda, enquanto o tico-tico quis saltar e espanejar-se na tarde fria. Os sinos calaram-se. O tico-tico tinha voltado para casa, lá longe, muito no Sul, já noutro hemisfério.

Continuei a escrever o postal. Mas não era a mesma. Qualquer coisa nos modifica.

# AINDA NÁPOLES

Ao longo da bela terra napolitana, entre o golfo e o Vesúvio, ninguém pensa em desgraças, tanta é a alegria das cores do céu e das árvores, de Pórtici a Resina. Entretanto, aqui foi Herculano, Herculano que agora não veremos, também soterrada, como Pompeia. (O próprio guia que vai descrevendo a paisagem tem uma voz feliz, e devemos louvar-lhe a paciência, indo e vindo todos os dias com o seu ônibus cheio de turistas fanhosos que lhe perguntam as coisas mais extravagantes.)

Logo ali adiante, Torre del Greco, com todos os seus corais e camafeus: compraremos tudo, para todos os parentes e conhecidos – camafeus claros e escuros, com dançarinas de véus ao vento, perfis de deuses, amores alados... Iremos vender camafeus e corais pelo mundo afora? Disputamos o mostruário todo, nunca vimos prodígio igual, abotoaremos todos os nossos vestidos com estes broches, sairemos daqui ilustrados, de alto a baixo, de figuras e cenas da Mitologia! Felizmente, o ônibus tem de partir, e todos nos atropelamos com embrulhos, troco, e a eterna melancolia turística: há sempre uma coisa mais bonita, que não tivemos tempo de comprar!

E estamos de novo sob a luz de ouro do caminho, a luz que faz cintilar os verdes da paisagem com reflexos metálicos, a luz que encontraremos em Pompeia, a passear pelos espaços livres, a sentar-se nos pedestais partidos, a correr como um claro animal pelos jardins em restauro, a contemplar aquelas solidões de estranha vida.

A grande aflição é pensar-se que, naquele dia de agosto do ano de 79 a.C. quando o Vesúvio começou a atirar, por entre os seus vinhedos e florestas, a chuva de cinza e pedra que afogou esta cidade e a vizinhança, os habitantes destas ruas, os frequentadores deste Fórum, deste Anfiteatro, destes templos, os proprietários que tinham mandado pintar as suas casas, os artistas que só se ocupavam de seus ofícios, os tintureiros que estavam entretidos com as cores dos panos, as moças que cuidavam de seus amores, e os velhos que tinham alguma esperança de fazer um bom negócio, de curar qualquer doença, de ver cumprido algum voto, ou de obter alguma vitória política – todas essas criaturas, sem falar nas crianças que pulavam nestes jardins, nos animais que puxavam seus veículos, nos cães que guardavam o tesouro de seus amos ("*Cave canem!*"), foram envolvidas por aquela chuva, sem tempo para perguntas nem despedidas, com a boca tapada pelos vapores sulfurosos, e uns ficaram para ali de bruços, outros de costas, uns com a sua cestinha de figos, outros com as suas chaves, com as suas joias. E devia ser um grande dia de Sol, deste Sol que nos envolve, e tudo devia brilhar festivamente como agora, na paisagem verde e azul.

Agora, estão as colunas sem estátuas, os edifícios sem teto, os templos sem deuses, os teatros sem público nem gladiadores, as lojas sem donos nem fregueses, as casas sem habitantes, e pelas ruas passamos nós, com muita ignorância e alguma curiosidade, enquanto o guia gasta os seus pulmões e os seus músculos repetindo as mesmas histórias, diante de uma porta, de um átrio, de uma êxedra.

E assim ficamos sabendo que a Casa do Poeta Trágico, com um nome tão sugestivo, não era, propriamente, de um poeta assim, mas tomou esse nome do belo mosaico que decorava o *tablinum*; e que La Fullonica era uma tinturaria com bacias de bronze onde se pisavam as roupas, e prensas para as alisarem; e que na Casa do Cirurgião foram encontrados muitos instrumentos do seu ofício.

Há grandes casas, como a do Fauno e a di Pansa, mas, em geral, as outras parecem pequenas, e, embora de dimensões muito agradáveis, seus aposentos são de tamanho reduzido. O que vale são as pinturas, as decorações, a graça da distribuição das peças. Pompeia deveria ser uma cidade encantadora, dessas que se tem vontade de carregar ao colo. Nem sempre se pode ter ideia muito segura de um conjunto, porque inúmeras decorações murais, bem como bronzes, ornamentos, estatuetas foram levados para o Museu de Nápoles. Só mais tarde se resolveu deixar no seu lugar o que se fosse encontrando. Por isso, poderemos admirar algumas salas, tal como foram, e alguns jardins que vão sendo reconstituídos. A Casa dei Vettii é toda um prodígio de arquitetura e pintura, com pilastras, frisas, quadros mitológicos, estátuas. Uma deliciosa luz passa pelas cores das paredes: vermelhos e amarelos dourados tornam-se familiares aos nossos olhos. Onde foi que vimos esses tons? Em antigos tapetes do Oriente? Em velhas pinturas de museus? Nas cavernas de Ajantá? Em vestidos solenes, que vimos algures, na infância? E os pequenos "amores" correm pelas paredes, como crianças vivas, em graciosas atitudes, imitando cenas da vida diária.

Ao mesmo tempo que são íntimas e velhas conhecidas nossas, estas casas de Pompeia, com o pátio interno que o Oriente nos legou, e esse gosto do peristilo e dos espelhos d'água, ficam de repente artificiais, como se não fossem construídas, mas só desenhadas, e não devessem abrigar ninguém, e não passassem de cenografia! Aparecem máscaras pintadas ou modeladas, e é como se estivéssemos diante de pequenos teatros minuciosos, e a vida fosse – ai de nós! – apenas uma fugaz representação.

Aqui morou um banqueiro, ali habitaram os gladiadores e, mais além, Marco Lucrezio, que foi sacerdote de Marte e decurião da cidade. Gente que imediatamente reconhecemos e incorporamos ao nosso grupo, juntamente com o padeiro dono da mó, do forno e da tenda que o guia nos vai apontando.

Há lugares mal-afamados, que não se mostram a todos os visitantes. Há desenhos, esculturas e inscrições pelas paredes e pelos vestíbulos que ficam também por mostrar. É a intimidade mais grosseira das cidades e dos homens – esse lado obscuro dos viventes, que torna a acordar toda a sua amarga sinceridade, depois de quase dois mil anos de sepultamento.

As ruas são estreitas empedradas de blocos irregulares. Passam calçadas altas, ao longo das casas. Para se ir de uma calçada a outra, três pedras maiores fazem uma espécie de ponte. Os nomes de algumas casas parecem títulos de poemas: "Casa da parede negra"; "Casa do citaredo"; e uma tem mesmo o nome de um poeta grego, "Casa de Menandro", por ter sido encontrado aí o seu retrato pintado.

O teatro e a pintura parecem ter sido duas paixões de Pompeia. Por toda parte, mosaicos, alegorias pintadas, estilizações de flores e animais, cenas da Mitologia. Tudo isso sobreviveu: e Helena e Andrômeda continuam a sorrir, e Hércules e Príamo continuam a lutar, malgrado seus donos estarem perdidos no pó, e seus pintores, e os que um dia pararam diante destes quadros recentes, para fruírem a sua beleza.

Depois, há a Strada dei Sepolcri, com seus túmulos muito antigos, de um lado e de outro, e muito mais longe, lá para o Noroeste, a Villa dei Misteri, que data de dois séculos antes de Cristo, com pinturas alusivas à iniciação dionisíaca.

Pompeia não é triste, mas o seu velho esplendor, subitamente apagado, convida à reflexão. O morto encolhido em suas cinzas, com os dentes à mostra, o cãozinho torcido no seu estertor ficam ali, negros e eternos, enquanto o Sol doura as colunas, os jardins, as estátuas e os arbustos. Ficam ali, ou vêm conosco para sempre, ligados à nossa ternura, à solidariedade do que não pudemos evitar nem socorrer.

Mas é como se todos estivessem para sempre vivos, e as águas cantassem, e os banhistas fossem para as termas e as famílias se preparassem para algum espetáculo, hoje à noite, e os políticos estivessem ativamente preocupados com suas eleições, e os meninos desenhassem e escrevessem pelos muros suas torpezas, e as flores desabrochassem nos jardins e os homens bebessem pelas tavernas. Tudo está presente, não apenas os mortos que foram moldados na sua cinza. Tudo está vivo e feliz, redimido pela rude morte. Tudo está leve como os pequenos "amores" e "hermes", que, alados, pairam pelas paredes, ao longo das frisas, ou pelos jardins ou pelos átrios, refletidos no espelho d'água.

# CIDADE LÍQUIDA

Às nove horas, estávamos ainda em Florença, e eis que nos aproximamos de Veneza, onde almoçaremos. Muito pensamento e muito amor se vai deixando por toda parte. Igrejas, palácios, praças, estátuas, pinturas, ruas, pessoas (o pintor que, na ponta de escada muito alta, brincava com a morte, como um acrobata; o copeiro que me explicava as delícias do *pollo alla diavolo*; o rapaz dos livros antigos, numa esquina próxima ao Batistério – "*mio bel San Giovanni...*"; a velhinha que me queria vender uma blusa...). Cada viajante encontra motivos especiais de enternecimento. Cada viajante é uma criatura diversa.

Ficou para trás Fiésole, com seus ciprestes, onde se sente melhor o silêncio, e a alma se reconcilia com o mundo, e chega-se a admitir que não é sempre uma indignidade viver.

Ficou também Pistoia. A insistência daquela placa pelas esquinas: "Cemitério Militar Brasileiro"... Um cemitério tão claro, tão sereno, protegido, ao longe, pela moldura suave das montanhas. Um cemitério de jovens – sem tristeza. A tristeza é ver como ficam os capacetes dos soldados, depois de uma rajada de metralhadora. E recordar que, dentro daquele capacete esteve uma cabeça querida. Ou mesmo uma cabeça qualquer. Mas os fazedores de guerra são lá criaturas humanas!

E foram ficando lugares, lugares com árvores que começavam a sentir a primavera. Campos de um verde discreto, como o das tapeçarias antigas. Cidades, de repente encontradas, e logo distantes. Pessoas entretidas em seus ofícios. E a riqueza histórica de cada sítio, que acorda no simples nome indicado no mapa...

Em Veneza, a água começa logo que se deixa o trem. O gondoleiro solícito equilibra montes de malas na sua gôndola, com assombrosa segurança. As gôndolas parecem cisnes pretos. Parecem instrumentos de música, com aquela ferragem que têm, na ponta, como cravelha. O gondoleiro com o seu remo para cá e para lá é como um rabequista com seu arco. Vamos assim musicalmente pelo Grande Canal, e antes de chegar a cada esquina d'água o gondoleiro clama: "Ou! Ou!"... – o que é incomparavelmente mais belo que a buzina de um automóvel.

Do outro lado não respondem? Podemos seguir.

O dia é cinzento, as ondas são turvas. Pelas ruas d'água, boiam cascas de frutas, pedaços de papel, coisas velhas. Mas as fachadas dos palácios perpendiculares à água têm uma imponência melancólica e inatual, em suas linhas góticas, bizantinas e do Renascimento. Num dia de Sol, tudo isso brilhará: torres, agulhas, cúpulas, arcos, varandas – e a travessia do Canal será um passeio fantástico, ao balanço das negras gôndolas oscilantes. Mas assim com o céu nublado e um leve chuvisco, parece que se está dormindo e sonhando um sonho milenar.

O gondoleiro anuncia a ponte do Rialto, aponta palácios: o Ca d'Oro, de arquitetura gótico-veneziana, de varandas rendadas à oriental, e terminando, no alto, como um jardim de lanças. E, de um lado e outro, palácios, nomes, séculos, estilos. E a ponte da Academia, e mais palácios, e mais séculos e mais nomes...

E a gôndola atraca. Mastros pintados de vermelho e branco, à beira d'água. Palácios que são hotéis. Hotéis que estão cheios de flores. A janela sobre as águas. Os canais que se fundem uns nos outros e mudam de nome... Gôndolas e *vaporetti* que partem para o Lido cosmopolita, para Murano, paraíso do vidro...

Ao lado, a Piazzeta, com o Palácio dos Doges, soleníssimo – a Biblioteca e a Casa da Moeda, que imortalizam Sansovino. As colunas com o leão e São Teodoro. E logo a praça, onde a Basílica de São Marcos fulgura, com seus zimbórios, como um prato de ouro com opulentos frutos exóticos.

Apesar da chuva, os famosos pombos fazem descer e subir pela grande praça a rumorosa cortina de penas do seu voo. Compraremos cartuchos de milho para essas adoráveis criaturas roxas, bronzeadas, alvas, cinzentas, negras, que pousam nos nossos ombros, nas nossas mãos, fazendo girar os olhinhos redondos como sementes brilhantes. Ficamos todos estampados de patas de pombo: do sapato ao chapéu. Mas eles levantam voo, acima das colunas da praça, das cornijas que a circundam... Para onde vão? Lá para o Campanile? Para o grande sino em que os dois mouros há mais de quatro séculos estão batendo as horas?

Quanto a nós, iremos também para muitos lados: entraremos na resplandecente igreja que é como o limiar de outro mundo, pisando o velho pavimento precioso, onde as cores cintilam como rubis e crisólitos. Contemplaremos as figuras bizantinas que, em seus reinos de ouro, vivem acontecimentos eternos. Passaremos sob o batismo de luz que cai das abóbadas, que vem pelas paredes, de santo em santo, até o chão. Descansaremos a alma em relíquias, alabastros, objetos encantados, de ouro e milagre. Pensaremos, entre as colunas do pórtico deslumbrante: "Os céus se abriram e o Espírito desceu como uma pomba".

Iremos por essas ruas, quase constantemente d'água, passaremos uma pequena ponte, chegaremos a uma casa antiga, com tetos de traves, grandes arcos ogivais, um odor e um silêncio de tempo imóvel: e assistiremos ao nascimento das rendas.

As rendas, em Veneza, têm uma história de amor e mar. Foi um marinheiro que trouxe de presente para a noiva uma planta marinha, a *Halymedia opuntia*, que os homens do mar conheciam como "renda das sereias". Quando o noivo partiu, a moça, para se entreter, começou a imitar com linhas a planta que ganhara. E assim nasceram rendas de bilro, de agulha, com volutas, rosinhas, relevos, e mil outras invenções que provam como é grande a imaginação de quem espera.

Olharemos para essas belas coisas com certa melancolia, pensando naquele verso da Rilke que fala nos olhos das rendeiras deixados sobre as rendas. O que há, nestes desenhos, além dos fios! O que não se vê, sendo tão presente! Falas, cenas, todo o teatro da vida, entre estas leves flores e estes delicados arabescos. Quanto pagaremos por enxovais assim? Que levamos conosco, na ponta de um pequeno lenço? Quantas vidas humanas levam as noivas presas aos suntuosos véus? As rendeiras continuam com suas invisíveis agulhas, com seus fios invisíveis, tecendo com coisas invisíveis as imensas rendas que admiramos. E uma pálida moça, de ar monacal, fala-me de Cencia Scarpariola, uma velhinha que conservou os segredos técnicos das rendas, e graças a quem foi possível o seu renascimento.

Iremos ao Palácio dos Doges – e enquanto a chuva cair em torrentes sobre a cidade, habitaremos com Minerva e Netuno, refletiremos diante da velha imagem da Justiça, participaremos de grandes guerras pintandas, assistiremos a deslumbradoras Ressurreições e Ascensões, veremos doges, deuses, santos, erraremos entre panóplias, armaduras, elmos como focinhos de macabros peixes de aço. E o vento estremecerá nas vidraças, e a chuva caminhará com passos fantásticos pelas varandas, pelas escadas, andará conosco até as antigas prisões e, mesmo sem a ouvirmos, sentiremos a sua friagem nessas cavidades de sombra e pedra.

E com a chuva andaremos pelas pontes, subindo e descendo entre canais, como num carrossel d'água. E d'água parecerão os vidros de Murano, com suas flores, seus pássaros, seus animais marinhos – naturezas mortas e transparentes, orvalhadas de ouro, que parecem mesmo nascidas do mar e do Sol.

Do alto do Campanile, veremos a cidade líquida – Veneza reclinada em almofadas d'água, com os cabelos d'água descendo até os pés, e as rendeiras a tecerem vestidos d'água, e os vidros soprados d'água como bolhas de cristal, búzios, sereias...

Se por um momento a chuva parar, se uma rosa azul se abre no céu, mocinhas venezianas me oferecerão, na sua barraca, bichinhos de vidro, colares, canivetes em formas de gôndola, binóculos de um centímetro, por onde se avista Veneza pequenina, com a radiosa fachada de São Marcos...

Mas logo a chuva tornará a cair, e entraremos numa destas casas de chá de onde se pode ver, mais do que o chá, a dança dos pombos que hesitam entre o milho e a chuva. E descobriremos, pelas paredes, o Carnaval de Veneza, e sentiremos saudades de um tempo de movimentos suaves, com o pequeno mistério da meia-máscara e longos vestidos encrespados na cauda, em giro de valsa. Uma saudade de coisas que pudessem ser, ao mesmo tempo, boas e belas.

E com chuva iremos por estas ruas interiores, onde há vitrinas repletas de objetos encantadores; e continuaremos a andar, como quem se quer sentir perdido, para saber-se depois recuperado, até as igrejas afastadas, até as ruas vazias, nesta cidade em que as ruas se chamam *calle* e *rughe* e onde um pintor que não encontro me prometeu mostrar as semelhanças entre o falar veneziano e o português.

E assim a andar de ponte em ponte, e a querer sempre voltar a São Marcos, para sucessivos batismos de luz, chegaremos à casa de algum amigo que nos receberá como um fidalgo em seu palácio. E tudo quanto amamos estará presente: a arte em redor, a cultura, essas boas maneiras que são simplicidade e cortesia, esse bem-estar que não é feito de luxo nem de coisas inúteis, mas só do essencial, e quase mesmo só do espírito. Uma tranquila grandeza, em que todos se acomodam felizes. E, no meio da mesa, um doce fabuloso. Circundado de uma coroa de calda batida, que se transforma em fios de cristal. Um doce que merecia ser cantado em verso. Um doce de rendas de vidro, de chuva tecida, uma invenção de diamantes que deslumbraria o próprio Marco Polo.

Entraremos em museus, veremos exposições, recordaremos a glória de Leonardo, sentiremos a felicidade de poder admirar tanta gente que fez de Veneza esta maravilha pousada n'água, como Vênus na concha. Escultores, pintores, arquitetos que amaram o seu ofício e, porque o amaram, construíram coisas eternas.

Esperaremos em vão por um Sol que não vem. Os relógios gritarão que temos de partir, e veremos com tristeza que a gôndola que se aproxima é a que nos vai levar. Como um cisne. Como um instrumento de música, uma *vina* indiana, misto de pássaro e barco. Longa, simples, com a cauda de metal reluzente: cravelha para música da viagem pelo Canal.

É muito cedo, faz muito frio, a chuva imperceptível torna tudo cinzento: apaga o Palácio dos Doges, com suas flechas, suas varandas, suas colunas, suas imagens... Apaga todos os palácios, bizantinos, góticos, renascentistas... E as pontes… E as águas… E o ar… Veneza transforma-se em recordação, em saudade. Numa realidade viva, sem aparência nenhuma.

# PEQUENAS NOTAS

Quanto mais viajo, mais me torno antiturística. Como pode a bela Itália ter sossego com estas ondas e ondas de forasteiros que a atravessam de ponta a ponta, como formigueiros em mudança? É verdade que, indústria tão bem organizada, em país de tanta abundância artística e tanta variedade de paisagens e costumes, só pode dar este resultado que vemos. E fico triste ao pensar que turistas são como essas pessoas que querem visitar à força uma celebridade qualquer e, quando o conseguem, não adianta nada – não a entendem suficientemente para justificar a perda de tempo que lhe causaram, ou a pequena perturbação do ritmo de sua vida.

Mas os turistas aumentam todos os dias. E a primavera já vem, cheia de jacintos e violetas. (Há qualquer coisa errada, neste mundo...)

• • •

Tenho a alma cheia de campo, depois de atravessar estas distâncias que levam ao Agro Romano. Os camponeses tomam um punhado de terra, desmancham-na entre os dedos, tomam-lhe o cheiro, sorriem... Nós só vemos aquele pequeno torrão escuro, que se desagrega; eles, não: eles estão vendo semeaduras, colheitas, o vento folgazão, a chuva maternal, o Sol poderoso, mulheres, crianças, a casa levantada, a mesa posta... Os olhos dos camponeses são feitos de paisagens prósperas. Estas são criaturas que não podem ser separadas da terra. A terra é o seu corpo, é sua alma. Ramos, raízes, flores, tudo isso está em seus braços, em seus cabelos, em seu rosto. A menina que arregaça para o Sol a boca vermelha é irmã das papoulas e anêmonas; e parece que a apanhará, agora mesmo, entre as ervas e as pedras, e a leva para enfeitar a casa, como em dia de festa.

•••

O gentil amigo que tão bem discorria sobre vinhos italianos, e fazia uma espécie de narrativa histórica dos diferentes pratos regionais, também nos apontou, quando passávamos por Marinella, a residência da famosa estrela de cinema. Houve um silêncio. (Oh! que péssimos turistas somos! Pois não conviria parar, e tentar obter um retrato e um autógrafo?!) Depois, falou-se de Civita Vecchia, de coisas de guerra, de reconstruções, e até o fim não houve mais silêncio algum. (É que, diante daquela forte realidade da terra, do mar, de céu, o cinema era uma coisa artificial, pálida e sem sentido...)

•••

Não podemos escapar a Metastasio! O século XVIII, na nossa Literatura, tem sermpre uma recordação de suas cantigas. Cláudio, Gonzaga, outros mais, responderam aos mil suspiros e sussurros dos seus melodramas. Mas também Raimundo Correia, tão longe, no tempo, não parece ter guardado nos ouvidos estas palavras?

> *Se a ciascun l'interno affanno*
> *Si leggesse in frente scritto,*
> *Quanti mai che invidia fanno,*
> *Ci garobbero pietá!*
> *Si vedria che i lor nomici*
> *Hanno in sens; e si ridnos*
> *Nell parere a noi felici*
> *Ogni ler felicitá.*

Como quem voltasse de uma ópera assoviando uma ária, e depois escrevesse:

> *Se...*
> *Tudo o que punge, tudo o que devora*
> *O coração, no rosto se estampasse;*
> *............*
> *Quanta gente, talvez, que inveja agora*
> *Nos causa, então piedade nos causasse!*
>
> *Quanta gente que ri, talvez, consigo*
> *Guarda um atroz recôndito inimigo...*
> *Quanta gente que ri, talvez, existe,*
> *Cuja ventura única consiste*
> *Em parecer aos outros venturosa!*

Os versos de Metastasio são da *azione sacra* escrita em Viena, denominada "Giuseppe riconoscito" por ordem do imperador Carlos VI, e representada com música de Persile na Semana Santa de 1733.

● ● ●

Em qualquer lugar do mundo, uma coleteira é uma senhora que faz coletes. Mas aqui em Roma existe uma que é um espírito da escultora trabalhando com cetins, elásticos, barbatanas e colchetes. Ela não pergunta às freguesas: "Qual é o seu número?" e tira secamente da prateleira o artigo que lhe pedem. Não, esta não é como as outras. Esta contempla a freguesa de perto, de longe, de frente, de lado, abre os braços, fala de museus, desenha no ar perfis de sílfides, e sua linguagem é tão aérea, transparente, lunar, que antes de comprar o espartilho a candidata já se sente reduzida às dimensões a que se destinam aqueles aparelhos. Quando, porém, tal redução é visivelmente impossível – coisa fácil de acontecer não só a quem mora na Itália, mas até a quem por lá passa, dada a generosidade das massas e dos vinhos –, então é que a escultora se revela insigne psicóloga. Discorre sobre a solidez da beleza clássica, planta-se na sua loja como um mármore num robusto pedestal, declama com inspiração clássica o elogio dos deuses triunfais e convence a interlocutora, um pouco humilhada com seu peso, de que a beleza feminina é essencialmente exuberante. (A julgar pela intensidade da sua representação, quase se poderia dizer – essencialmente calipígia.)

Tudo isso, porém, deusa, náiade ou sílfide, naqueles invólucros de sera rósea, com todos aqueles ganchinhos, e fitas e rodelinhas de borracha e rendinhas franzidas de que ela é autora, e que apresenta com a mesma dignidade com que um poeta firma um poema.

Mas, na verdade, as freguesas é que firmam seu livro de impressões e de encomendas, encantadas com o resultado dos seus coletes, cintas e objetos afins. E, se nós valemos pela quantidade de sonho, ilusão, felicidade que distribuímos pelos nossos semelhantes, esta senhora não pode ser esquecida na sua obra, muito mais de filantropia que de comércio. Tem-se até vontade de engordar, para emagrecer pelo seu processo, que não reside tanto, talvez, no enfeite de suas barbatanas, como na sua eloquência, no seu entusiasmo, na sua sugestão.

• • •

    Ora, há um poeta italiano que todas as antologias registram, seja qual for a sua tendência. Um poeta nascido em 1887, e que publica desde 1916. Chama-se Vicenzo Cardarelli, e seu poema "Adolescente", que é dessa época, vem sempre, nelas transcrito, sozinho, ou seguido de outros, mais recentes. Alegra-me, quando abro uma antologia, encontrar esse nome e reler o seu poema. A beleza, afinal, é uma coisa indiscutível. O poema descreve uma adolescente clara e límpida, inocente ainda – mas já diante dos problemas, mais ou menos tristes e turvos, do mundo que a aguarda. (Como uma estátua branca sob um arco sombrio.) E o que eu mais amo são estas duas linhas finais;

    *...o il sasggio non è che un fanciullo
che si duele di essero cresciuto.*

    Volto sempre a ler todo o poema, relativamente longo, só para ter o prazer de saborear essas duas linhas. (Atitude também infantil, que confirma a saudade expressa nos versos. A saudade de não ser para sempre criança.)

• • •

    Jantamos num restaurante que tem como gênio familiar a suave sombra de Rafael. O privilégio da beleza é esse: pregam-se cartazes, acorrem turistas, faz-se muito barulho, reina uma certa vulgaridade no ambiente. Mas, quando tudo isso para, é Rafael que sobrevive. Então, por amor a Rafael, escolhe-se um cantinho discreto, onde se possa não apenas comer, mas, sobretudo, pensar no artista, na sua eternamente jovem sombra.
    Pois nesse momento vem outra jovem sombra, tão jovem que nem a sua voz está completamente formada, e

canta canções napolitanas para os brasileiros presentes. Entre uma canção e outra, há um pequeno sonho de amar. É que essa jovem sombra romana encontrou-se um dia com uma jovem sombra do Brasil, pouco mais ou menos como Dante e Beatriz na ponte de Florença. (*Mutatis mutandis...* Muito *mutatis mutandis...*) E, por esse motivo, o canto põe uma acentuação de saudade invencível, nas suas palavras, e quando murmura: "...*anima e cuore...*", estende o olhar para muito longe, até as praias do Brasil, que decerto jamais avistará...

Todo este carinho por nós é a serviço de uma sombra. Nós, que viemos pela de Rafael, viramos sombra de sombra, para o jovem cantor. E que mais somos, na verdade, senão sombras de sombras? Não era Alain que dizia isso?

# ROMA, TURISTAS E VIAJANTES

Grande é a diferença entre o turista e o viajante. O primeiro é uma criatura feliz, que parte por este mundo com a sua máquina fotográfica a tiracolo, o guia no bolso, um sucinto vocabulário entre os dentes: seu destino é caminhar pela superfície das coisas, como do mundo, com a curiosidade suficiente para passar de um ponto a outro, olhando o que lhe apontam, comprando o que lhe agrada, expedindo muitos postais, tudo com uma agradável fluidez, sem apego nem compromisso, uma vez que já sabe, por experiência, que há sempre uma paisagem por detrás da outra, e o dia seguinte lhe dará tantas surpresas quanto a véspera.

O viajante é criatura menos feliz, de movimentos mais vagarosos, todo enredado em afetos, querendo morar em cada coisa, descer à origem de tudo, amar loucamente cada aspecto do caminho, desde as pedras mais toscas às mais sublimadas do passado, do presente e até do futuro – um futuro que ele nem conhecerá.

O turista murmura como pode o idioma do lugar que atravessa, e considera-se inteligente e venturoso se consegue ser entendido numa loja, numa rua, num hotel.

O viajante dá para descobrir semelhanças e diferenças de linguagem, perfura dicionários, procura raízes, descobre um mundo histórico, filosófico, religioso e poético em palavras aparentemente banais; entra em livrarias, em bibliotecas, compra alfarrábios, deslumbra-se a mirar aqueles foscos papéis e leva, para tomar um apontamento, mais tempo que o turista em percorrer uma cidade inteira.

Quando lhe dizem que há Sol, que o dia é belo, que é preciso sair do hotel, caminha como empurrado, cheio de saudade daqueles alfabetos, daqueles misteriosos jogos de consoantes, daquelas fantasmagorias das declinações. Posta-se diante de um monumento, e começa outra vez a descobrir coisas: é um pedaço de coluna, é uma porta que esteve noutro lugar, é uma estátua cuja família anda dispersa pelo mundo, é o desenho de uma janela, é a cabeça de um anjo que lhe conta sua existência, são as figuras que saem dos quadros e vêm conversar sobre as relações entre a vida e a pintura, é uma pedra que o arrebata para o seu abismo interior e o cativa entre suas coloridas paredes transparentes.

O turista já andou léguas, já gastou as solas dos sapatos e todos os rolos da máquina – e o viajante continua ali, aprisionado, inerme, sem máquina, sem prospectos, sem lápis, só com os seus olhos, a sua memória, o seu amor.

Na maior cidade do mundo, o turista sabe logo num dia onde se vendem todas as coisas pelo preço mais baixo possível: o tempo que o viajante leva para conhecer uma rua, contemplar um rio, subir a colina.

Os olhos do turista são a sua máquina. Como se não soubesse ver as coisas diretamente, e sim através da sua reprodução. Se o viajante lhe pergunta: "Já viu o Pantheon? Já viu Caracalla?", o turista responde, radioso: "Claro! Tirei muitas fotografias!" E o viajante sente uma vaga humilhação, por não poder ver assim facilmente nada, por serem seus olhos tão lentos em deslizar pelas cores, pelas sombras, pela qualidade das pedras, pelos seus relevos, pelas suas proporções, pela intenção que ali as colocou, pelo vulto dos artesãos que ali estiveram, e as dispuseram, e discutiram sobre a obra, e a contemplaram, e seguiram, cada um para seu lado, anônimos, e desapareceram. Mas o turista já comprou mapas, bilhetes de excursão, broches, gravatas – já viu tudo, já vai partir para outras cidades, de onde voltará, naturalmente: sempre se volta a Roma, quando se tem o cuidado de atirar para trás uma moeda de despedida na Fontana de Trevi.

Para o viajante, a Fontana de Trevi é uma aparição mitológica – aparição que ele não se cansa de verificar. Vai a passos cautelosos pelas pequenas ruas modestas – pode acontecer até passar pela Via Dell'Umiltá – e de repente está fora do mundo: a praça é como uma concha que o recebe e transporta. A fonte é um festival de deuses, entre águas sussurrantes que surgem por todos os lados, prateadas, verdes, espumantes, encaracoladas, sob o olhar de Netuno circundado de tritões e de cavalos que ainda estão saindo do mármore... E a luz entra pela água transparente, verde e azul e branca, cheia de bolhas, de ondulações, de rendados desenhos – e o viajante ouve o fino clarim no alto do monumento, sente as figuras saírem de seus nichos, os cavalos sacudirem as crinas orvalhadas, e Netuno declamar suas invenções marítimas. Porque a Fontana de Trevi é um teatro de água e mármore diante do qual o viajante deslumbrado pensa no papa que a mandou construir, nos artistas que a criaram, nessa água que Agripa mandou canalizar de longe, para os seus banhos, e nos namorados que agora a bebem, com a esperança de fazerem durar o seu amor...

O turista fotografa as belas fontes de Roma e sente-se feliz, porque as leva consigo, no papel. (Às vezes, a algum ocorre comprar alguma, ou arrancá-la do lugar, para enfeitar o seu jardim, noutros países: mas em geral aparece uma autoridade que se opõe a essa curiosa ideia.) O viajante, em Roma, também gostaria de mudar certas coisas – mas para restituí-las aos seus antigos sítios: portas, colunas, estátuas que perderam seus edifícios, seus palácios, seus templos, seus pedestais, seus nichos, nessa grandiosa superposição de Roma, em que os séculos todos se abraçam e confundem.

O viajante, em Roma, sente-se perdido, cercado por essas sobrevivências que o solicitam, que se impõem ao seu pensamento, que exigem a sua atenção para velhíssimos pormenores de sua história. Que poderão elas dizer ao turista apressado, ao venturoso turista que passa por elas como as salamandras pelo fogo, sem se impressionar?

O viajante olha para as ruínas da Roma antiga, e já não pode dar um passo: elas o convidam a ficar, a escutá-las, a entendê-las. Dirige-se a um museu, a um palácio, a um jardim e tudo está repleto de ecos, que os guardas – às vezes um pouco violentos – não têm, decerto, paciência ou gosto de ouvir.

No alto das colunas, das fachadas, dos pórticos, das igrejas, deuses, reis, imperadores, santos, anjos lhe acenam, quando, por acaso, não estão entretidos uns com os outros, em fábulas, evangelhos, poesia, hinos celestiais.

Não tem sossego, de modo algum, o viajante: fora desse mundo imortal, outras mil coisas o comovem, humanas e ainda recentes: ali esteve Mozart, ali Wagner, ali Keats... No cemitério, Shelley... (E pensa em Goethe, em *Sir* Walter Scott, em Stendhal...)

Pensa nos poetas romanos, quando passa ali pelas ruínas; e, se chega às Catacumbas, crê que nunca mais poderá voltar à luz do dia, que irá entrando pela terra adentro até os abismos da morte, a decifrar pelas paredes, à luz mortiça do archote, os ingênuos recados cristãos, em seus comovedores símbolos.

O turista já deu a volta ao mundo, e ele, o pobre viajante, ainda está ali, enamorado, tímido, compenetrado da sua ignorância, a contemplar os jacintos róseos, azulados, amarelos que enchem de perfume os jardins do Pincio. Ele ainda está ali, a pensar na Via Appia, no vento que revolve aquele chão de poeiras ilustres; a seguir com a imaginação a água ruiva do Tibre; a recordar o celeiro da casa de Santa Cecília (cheio de grãos de sombra quase prateada); a ver as deusas envolverem-se nos seus mantos de pedra, porque faz frio, e as árvores desfolhadas estremecem ao longo dos muros...

O turista feliz já está em sua casa, com fotografias por todos os lados, listas de preços, pechinchas dos quatro cantos da Terra. E o viajante apenas inclina a cabeça nas mãos, na sua janela, para entender dentro de si o que é o sonho e o que é verdade. E todos os dias são dias novos e antigos, e todas as ruas são de hoje e da eternidade: e o viajante imóvel é uma pessoa sem data e sem nome, na qual repercutem todos os nomes e datas que clamam por amor, compreensão, ressurreição.

## ANO MUITO BOM

Certa noite de 31 de dezembro, éramos um grupo de pessoas mais ou menos estranhas umas às outras, que voávamos juntas para a Índia. Nossas relações de conhecimento, muito vagas, datavam apenas de horas. Nossa história comum limitava-se à contemplação de algumas imagens inesquecíveis: o Mediterrâneo, as Pirâmides, imensos desertos pálidos, golfos que o Sol coloria com tintas orientais e, finalmente, o céu que se ia tornando noturno, o céu que fora tão grande e parecia pouco a pouco reduzir-se em sombra, e ficar do nosso tamanho, do tamanho das nossas pequenas vidas ali suspensas, com seus mistérios, esperanças e medos.

Éramos pessoas de variados lugares, viajando por variados motivos. Algumas, imersas em leituras edificantes, outras, distraídas com livros fúteis. Umas que dormitavam cansadas, outras que se aferravam ao noticiário de seus jornais, embora esses jornais e essas notícias fossem ficando a cada instante muito mais longe e como sem efeito para os viajantes do céu. E algumas que se entregavam sossegadas ao seu destino, mascando esses grãos e sementes, tão apreciados na Índia, ácidos, adocicados, perfumosos, com que os dentes vão entretendo, resignados, a passagem do tempo.

Éramos também pessoas de sonhos aparentemente diversos: bons indianos que regressavam a seus lares; europeus preocupados com pesquisas de arte e ciência; gente que ruminava negócios muito complexos; gente que refletia sobre a maneira de tornar o Oriente e o Ocidente reciprocamente inteligíveis. Havia de tudo: como convém a uma viagem mais ou menos mitológica. A minha rósea vizinha americana, de sandálias douradas, quando alguém lhe perguntou o que ia fazer por aqueles lados, respondeu com naturalidade que ia passar a noite dançando em Bombaim. E a aeromoça, com seus trajes de anjo, passava por entre esses sonhos tão desencontrados distribuindo equitativamente sementes e balas, enquanto a rósea americana começava a perfumar-se toda, porque Bombaim era uma realidade cada vez mais próxima.

O ano, porém, chegava ainda mais depressa que Bombaim. E em dado momento soubemos todos que, malgrado as extravagâncias dos relógios, era meia-noite, entre as estrelas e o mar.

Para os que tinham deixado sua casa no Ocidente, essa meia-noite se enchia de repente de recordações e saudades. Estrondos de bombas, cascatas cintilantes de fogos de artifício, ondas de música, repiques de sinos, rostos amados, cartões de boas-festas, e, em redor das ceias tradicionais, vozes antigas, vozes recentes, vozes graves, vozes humildes, dizendo frases de amizade que na terra, de tão repetidas, parecem banais, mas, naquela altura, inesperadamente se tornavam miraculosas, com toda a sua potência de felicidade.

Com pequenas alterações, todos levávamos no coração essa velha herança romana de doces ofertas de tâmaras, figos, mel, a antigos deuses que desejaríamos eternamente propícios. Com o mesmo gesto das mãos contemporâneas, entrevíamos em sonho mãos antiquíssimas trocando presentes amistosos. E, sobre as festividades pagãs, o Menino Jesus, num outro plano, recebia a Circuncisão. Tudo isso levávamos conosco: início da vida, início das eras: uma união total, uma infinita alegria.

E a aeromoça, de belíssimos olhos, abria e fechava as asas do seu sári azul servindo-nos suas pequeninas oferendas. E o comandante vinha participar da festa, que era ao mesmo tempo de começo e de fim.

E de repente vimos que estávamos todos de mãos dadas, e todos formulávamos nossos votos mútuos, cada um na sua língua, todos num idioma comum de esperança e ternura.

Foi assim que, entre um ano e outro, uma noite, entre o céu e a terra, o Oriente e o Ocidente estiveram unidos simbolicamente, num fervoroso abraço.

O dia seguinte foi belo, colorido, bizarro, como são todos os dias da Índia. Mas lá o ano não começa em janeiro em todos os calendários. O primeiro dia do ano lunar, o *Gudi Parwa*, é na primavera. Há grandes festas, e quem mastigar folhas de *nim*, nesse dia, terá saúde o ano inteiro. Mas a coisa mais bela é que nesse dia ninguém pode falar com violência e são proibidas todas as manifestações de cólera. Ano bom, verdadeiramente! Quem o pudesse conservar assim, recomeçando-o do mesmo modo todos os dias!

# CRÔNICAS DE EDUCAÇÃO

# MEDIDA DE VALORES

Uma das principais qualidades do educador – e que determina todas as outras – é a sua capacidade de medir, com justeza, os valores que se lhe apresentam.

Uma das principais porque, em suma, a função do educador repousa na apreciação dos valores de vária espécie – morais, intelectuais, técnicos etc. – que se nos oferecem na vida, para efetuar a sua adequada aplicação ao problema educacional.

Sem nos perdermos em considerações que se elevem a aparências muito transcendentes, tomemos de perto um exemplo, que sirva de ponto de apoio à nossa afirmativa inicial.

Têm existido até, pela força de várias circunstâncias, professores – não educadores – capazes de aceitar as orientações emanadas dos chamados "superiores", respeitando-as simplesmente pela fonte da sua procedência.

Por mais que se queira ver em tais pessoas ótimos auxiliares, funcionários digníssimos, em razão, justamente, de sua obediência, nunca os poderemos aceitar como educadores. Educador é aquele que está constantemente evoluindo, experimentando em si e em torno de si, todas as modificações que possam constituir um progresso, e que o faz, principalmente, com o fim de medir o valor de cada problema da humanidade, e conhecer o ambiente e o significado da sua tarefa pedagógica.

Sua visão do mundo, pois, não deve ser alterada por nenhuma refração devida a interesses de natureza estranha ao sentido essencial da educação.

É bom respeitar os superiores que nos são realmente superiores – pela quantidade e qualidade das suas experiências e das suas obras: não apenas pela sua situação hierárquica.

A medida do valor daqueles que formam o seu meio ambiente impõe-se ao educador como necessidade indispensável à sua própria função.

Por essa avaliação é que ele determinará as suas resoluções; por ela é que reconhecerá o que deve receber e o que deve rejeitar dos fenômenos que o afetam.

Do ponto de vista educacional, medem-se os indivíduos e os fatos conforme a sua projeção na humanidade.

Cálculo difícil, mas indispensável. Muitas aparências valiosas se revelam negativas à luz dessa medida. Muitas outras, à primeira vista, secundárias ou inoportunas, apresentam-se com imprevista grandeza quando apreciadas desse modo.

O educador não é o burocrata que vai à escola como a uma repartição, limita a sua atividade de funcionário a meia dúzia de horas diárias, e respeita o prestígio das autoridades: é a criatura construtora de liberdade e progresso harmoniosos, que, vivendo no presente, está sempre investigando o futuro, porque é nesse futuro, povoado de promessas de vida melhor, que o destino de seus discípulos se deverá realizar com toda a plenitude.

## COMO SE DISTINGUE O EDUCADOR

Não há nada como um obstáculo na vida para revelar a têmpera das criaturas.

Quando a vida nos vai correndo normalmente, como um rio que resvala pelas pedras, e as nossas ambições e os nossos desejos podem ir para a frente, ao sabor da correnteza, somos, em geral, otimistas, generosos, bons e corteses.

Nem tudo, na vida, porém, é facilidade. Em todos os destinos há, lá um dia, uma rocha, que é preciso galgar.

Nesse momento se revelam as criaturas tal qual são. Com seus sentimentos de coragem, de heroísmo, de sacrifício, de resignação, de vaidade, de ódio...

Vem-nos à tona toda essa complexidade que somos, essa mescla de séculos, de raças, de tendências que se debate no fundo da nossa subsconsciência.

E instantaneamente a criatura grava na sensibilidade dos que a observam, com traços perduráveis e nítidos, a fisionomia interior que possuía, sem que talvez ela mesma ainda a tivesse percebido...

Nisso se distingue o homem, perfeitamente educado, do que não o é.

O primeiro, diante de cada vicissitude, procura absorvê-la, compreendê-la, aceitá-la com a mesma simpatia com que acolheria uma oferta agradável. Pesquisa-lhe o gosto de amargura e com serenidade o mantém nos lábios, até que eles se divinizem bastante para lhe suportarem o travo, sem crispação.

O outro... ah! dispensai-me de fazer o retrato do homem que ainda não é bastante forte, bastante grande, bastante digno da sua condição de homem para poder receber nobremente um sofrimento – esse tributo da nossa própria evolução!

Ora, se há oportunidade para se conhecer com interesse a alma humana, é quando se procura estudar as qualidades do educador.

A que tipo, dos dois indicados, deve pertencer aquele que se destina a orientar discípulos?

A resposta vem por si.

Porque todos têm de reconhecer que, se há uma coisa necessária a quem vai educar, essa é, sem dúvida, ser educado, primeiro...

# AS QUALIDADES DO EDUCADOR

A alma dos homens tem, frequentemente, uma data diversa da do século.

Se contemplarmos com atenção as criaturas, na sua atividade normal, desde logo nos encontramos com inúmeros representantes de um imóvel passado, herdeiros de todos os preconceitos de uma determinada época, empenhados em transmiti-los intactos às gerações seguintes, sem pensarem, jamais, na conveniência ou inconveniência de semelhante herança.

Por outro lado, existem, também, os detentores de uma inquietude nova, inadaptáveis ao meio e ao tempo em que atuam, semeadores arrojados de um futuro que eles mesmos raramente chegam a conhecer, precursores de épocas sentidas e vividas apenas pela antecipação do sonho, e através de todos os sofrimentos decorrentes de uma tal condição.

A qual, desses dois grupos em que se divide o mundo, deve pertencer o educador?

Sua função determina que seja ao segundo.

Pois não é ele o orientador de criaturas que vão chegar à plenitude, e realizar sua vida num tempo que não é mais o atual?

Não as está ele preparando para um ambiente distante, que não sabe ainda qual seja – dentro dos seus princípios de total isenção – mas que, forçosamente, terá de ser diverso do presente, como este o é de outros que já desapareceram?

Um atraso na cultura, um esquecimento de observação, um descuido na avaliação das coisas conduzem o educador a erros incorrigíveis, que inutilizam a sua possibilidade de influir favoravelmente na formação de seus discípulos, e, portanto, destroem o próprio sentido da sua obra.

Todos sabem que é difícil esse contínuo buscar, esse constante aprender. Mas ninguém afirmou nunca ser fácil a função de mestre, e é de desejar também que ninguém a tenha escolhido por uma aspiração de entorpecimento espiritual.

Se a vida é uma renovação de todos os dias, é natural seja uma evolução ininterrupta a existência daqueles que justamente a vão dirigir.

E não só nessa transformação intelectual de cultura reside a obrigação de atualidade do educador. Há que atender à ética do tempo, e à fisionomia dos fenômenos sociais.

No espírito do educador, tudo deve estar previsto: ele deve participar do amanhã de seus discípulos, mediante a sua boa vontade e a sua orientação.

Nada lhe deve ser estranho, de quanto, por acaso, pareça bom ou não, útil ou inútil aos outros observadores. Deve estar preparado de tal modo que saiba sair do seu ambiente e dos seus interesses, situando-se como responsável do futuro que alimenta.

Pode, nessas condições, ser o educador um homem enraizado aos conceitos de tempos extintos? Pode ser um embalsamador de ideais inadequados, um perturbador de aspirações falidas? Ou deve ser um homem liberto dos preconceitos e atitudes, decorrentes de interesses que não prevalecem e finalidades que não subsistem?

Em qualquer outra criatura, um ponto de vista anacrônico representa sempre um perigo para a prática de qualquer ato. Porque do golpe de vista depende sempre o êxito de qualquer aventura.

Mas, quando se trata do educador, o caso se torna infinitamente mais grave, porque a sua aventura é formar indivíduos. E um erro, numa formação dessas, tem consequências na humanidade inteira, e repercussão pelo tempo sem fim.

# A ESPERANÇA
# DOS EDUCADORES

Os educadores são donos de uma infinita esperança.
As bruscas realidades que imprimiram à sua função um ritmo novo não foram forças superficiais, cujos efeitos se limitassem a uma substituição de aparências. Não. O que se transformou, nos educadores, foi a sua natureza profunda. Por muito tempo, houve em cada professor um burocrata acurvado a um programa, sugestionando-se, diariamente, com o conceito de um cargo a desempenhar – não por se sentir impregnado de aspirações e impelido para uma finalidade, mas porque se fazia mister cumprir, metodicamente, as exigências de uma profissão.

O educador de agora sentiu acordar em si e acordada manteve a sua qualidade humana. Essa é a grande diferença.

Qualquer que seja a atuação que exerçamos no mundo, estamos destinados a nos converter em autômatos, se todos os dias não fecundarmos o nosso trabalho com a lembrança de que, antes de tudo, somos criaturas humanas. O mais é secundário. Vem como consequência da nossa ubiquação no mundo. O que não podemos perder de vista sem graves inconvenientes é a sensação de que somos, de que estamos vivendo: e, o que é mais, de que conosco há todos os outros, que igualmente vivem, que igualmente são.

Houve quem nunca perdesse isso de sentido. Quem sempre estivesse em si e em outrem com uma consciência permanentemente clara da continuidade e da gravidade da vida. Foram as mães. Através de todos os transtornos, sob todas as desgraças e trabalhos sua vigilância não se alterou. Porque elas sentiam com a clarividência da carne que se fez carne, e do espírito que sobre a sua criação atentamente se projetou.

Os educadores de hoje compreenderam que a sua função tinha de ser, antes de tudo, altamente maternal.

Sentiram que a humanidade que se debate entre tantos e tão desesperadores problemas sofria, na sua plenitude, os males do passado em que tinham sido nutridas as suas raízes.

E eles estavam nesse passado. De algum modo tinham acentuado, com a sua influência, as formas inquietas da infância que em suas mãos palpitara.

Os educadores seguiram com os olhos essa infância.

Seguiram-na, e sentiram o que as mães sentem olhando para seus filhos.

Desde então, em todos esses que, pela qualidade da sua formação interior, foi possível haver a emoção de infinito e de sagrado própria a todas as mães, começou a existir um educador diferente. Uma criatura que, acima da sua condição de dirigente de uma classe, põe a de criadora de inúmeras vidas, com essa pureza de intenções que proíbe dizer: Vai por este caminho! – tanto sabe que entre os que vêm e os que se vão, pela Terra, há sempre abismos tão grandes que todo o nosso amor não teria poder para os encher ou fechar.

Os educadores quiseram ficar sendo, apenas, donos de uma infinita esperança.

A esperança de que a infância, nutrida unicamente de ideais desinteressados, sem receber o veneno de nenhum egoísmo, o vício de nenhum preconceito, o mal de nenhum sistema, chegue à sua floração isenta de quaisquer algemas, para se realizar de acordo com aquele destino que os cativeiros não prejudicaram.

# A ATUAÇÃO DO PROFESSOR MODERNO

Já vai longe o tempo – felizmente para a humanidade – em que o professor, e especialmente o professor primário, se deixava reduzir a uma simples expressão automática de livro oral, repetindo monotonamente conceitos e informações muitas vezes de veracidade duvidosa, para que os alunos passivamente os acumulassem no cérebro, num esforço de memória que lhes anulava as faculdades propriamente criadoras.

A evolução da vida, a intromissão do pensamento vigilante dos filósofos, dos psicólogos, dos sábios e dos artistas, no ritmo das atividades humanas operou essa transformação que hoje se verifica nos mais diversos pontos da Terra – em todos os pontos onde acordou o respeito pela humanidade e o desejo de a servir com interesse superior.

Há, no entanto, quem pense, ainda, que, modificados os rumos pedagógicos, substituídos uns processos por outros, mudados os nomes às coisas, dispostos os professores de outra maneira, dentro do ambiente escolar, a obra educacional esteja posta em execução.

Puro engano.

A função do professor deixou de ser apenas dentro do ambiente da escola. Exteriorizou-se e amplificou-se. Invadiu todos os recantos em que se desenvolve a vida, porque está conscientemente, integralmente participando dela: não é mais uma função à parte, como nos velhos tempos em que a rotina, desinteressada pelas suas consequências, campeava solta, comprometendo o futuro do mundo, sem o freio da responsabilidade.

O professor tem de estar em toda a parte, surpreendendo o giro das intenções e o movimento do espírito da época.

Ao mesmo tempo, sua atuação deve alcançar os mais variados pontos, servindo-se, para isso, dos mais vários caminhos.

Não se trata de uma estratégia, como há outras, de sutileza interesseira, visando conquistas egoísticas.

Essa multiplicidade de rumos, essa multiplicidade de meios deve estar sempre orientada pelo sentimento e pela compreensão dos direitos humanos à liberdade, e pelo gosto do sacrifício, até, das ideias próprias, quando o seu termo de ação esteja atingido pela inexorabilidade evolutiva da vida, e se chegue ao ponto de transição em que o professor tem de ser orientado pelo próprio aluno que orientou.

Porque existe também esse resquício de egoísmo, dos que não querem morrer no tempo devido. Há o tipo de professor que se apega à ilusão de que aquele que foi, um dia, seu aluno, pela existência toda o continua a ser. É o adulto que não quer reconhecer a superioridade dos dons criadores da infância; é a velhice que não se quer submeter ao critério da mocidade, julgando-o fútil e sem fundamento.

No entanto, é disso que precisamos, principalmente do professor que saiba ser aluno do seu aluno. Da criatura humana que se saiba adaptar à ordem silenciosa da vida em marcha. Do que não queira ser professor para mandar, mas para servir, do que não queira deixar sobre a terra edificada a sua opressão, mas, pelo contrário, veja com alegria desaparecer o vestígio da sua submissão no futuro que se construiu com alguma coisa do seu contente esforço.

# MANIFESTO DA NOVA EDUCAÇÃO

O Manifesto da Nova Educação foi lançado numa época de manifestos – o que equivale a dizer numa época de grandes inquietudes.

Na incerta oscilação do meio, hesitante em se definir pelos inúmeros caminhos que costumam surgir diante das solicitações de um ideal que acorda, o manifesto trazia consigo esta qualidade especial de propor uma solução para o estado de coisas reinante – e uma solução de origens profundas, que não removia as dificuldades superficialmente, mas descia às suas raízes, e procurava prevê-las, por antecipação, dando aos homens uma esperança mais sólida que a oriunda de aproveitamentos momentâneos ou de reformas puramente exteriores e, por isso, condenadas à próxima ruína.

O Manifesto da Nova Educação fez voltar as vistas dos que o leram para a nossa realidade humana e brasileira. A realidade da nossa inteligência desamparada, do nosso esforço malconduzido, de todo o nosso futuro comprometido numa aventura social que parece mítica, tanto andamos transviados e ignorantes, em cada um dos nossos elementos.

A Revolução foi, na verdade, um tremendo balanço das nossas possibilidades. À conclusão tragicamente aparecida impunha-se um plano de ação definitiva. Qual, senão o de educação, poderia, na verdade, trazer uma luz compreensiva para os múltiplos desacertos da conduta contemporânea em relação àquilo que se entende por uma tentativa de formação nacional?

O manifesto foi o acordo dos que têm trabalhado nestes últimos tempos, com unidade de intenções, nesse campo muito desconhecido ainda, e muito caluniado, de onde, não obstante, haverá de surgir uma verdade tranquilizadora.

Ele coordenou ideias, disposições e propósitos; foi um espontâneo compromisso de cooperação. E, como os que o assinaram não o fizeram por esnobismo, mas tendo já provas de serviço verificável, o manifesto não foi uma tirada de retórica futilmente lançada aos ares – mas o anúncio, ao governo, de um programa de trabalho, e uma promessa ao povo de o cumprir.

Numa terra em que as promessas são sempre recebidas com ceticismo, esta trouxe a vantagem, precisamente, de já estar em andamento, quando apareceu redigida.

Basta lançar os olhos em redor: os nomes mais proeminentes, na presente ação educacional, são nomes pertencentes ao grupo do manifesto. O trabalho copioso que se está realizando, por exemplo, sobre o assunto, no Distrito Federal, não sendo, propriamente, uma decorrência do manifesto, é, no entanto, a verdadeira contribuição prática de alguns dos seus signatários. São fatos, portanto, que se estão produzindo: não meras conjeturas, como gostariam, talvez, que fossem os que, com o seu pequenino veneno de injúria e de calúnia, apenas conseguem evidenciar melhor a nobreza desse trabalho, e aumentar, nos que a ele se dedicam, a certeza do seu poder e a alegria do seu fervor.

O Manifesto da Nova Educação vai aparecer, dentro de breves dias, numa edição limitada, que o deverá fixar melhor na atenção dos que na verdade se preocupam com a situação do Brasil. Para essa edição, Fernando de Azevedo escreveu um prólogo que é uma nova luz, mais forte e clara, sobre a questão. Resta que os educadores se animem a uma atitude decidida, num convívio eficiente, e que as energias sinceras convirjam para esse campo de atividade proveitosa que é o campo da educação.

# ESCOLA VELHA
# E ESCOLA NOVA

Eu acho sempre muita graça nas pessoas que fazem certas críticas à Escola Nova, absolutamente como se a conhecessem, e com uma ingênua esperança de a poderem evitar.

Não a podem evitar, não porque ela se queira impor, dogmaticamente, mas porque, pelo fato de corresponder à verdadeira necessidade da fase atual da vida, por não desejar mais nada que estar a serviço da própria vida, por se resumir em dar às criaturas aquilo de que possam carecer para a elementar função de existir, a Escola Nova é uma coisa invencível. É um acontecimento humano. É a escola resultante do tempo, ligada ao tempo: indestrutível, por variar com ele, e ir sendo sempre o que ele determinar que seja, ao contrário da escola velha, paralisada e inútil no ambiente móvel e inexorável da vida.

Por aí se percebe que falar mal da Escola Nova é declarar sumariamente uma ignorância total do assunto.

O equívoco, porém, se torna muito interessante quando as pessoas apontam fatos, condenando, por eles, a velha novidade que ainda não entenderam.

Porque a verdade é esta: nós temos, oficialmente, aqui no Distrito Federal, uma adiantadíssima visão do problema educacional, e todos os recursos de conhecimento necessários para o resolver.

É preciso, no entanto, considerar que as escolas aqui existentes não estão ainda impregnadas igualmente desse espírito de renovação, e do poder suficiente de agir de acordo com ele, por motivos, naturalmente, que não dependem do gosto de cada um.

A rapidez com que as novas ideias educacionais se vêm fixando nos países que pensam em civilização, o avanço que ganharam mesmo aqui, desde a Reforma Fernando de Azevedo, a expressão prática adquirida especialmente na atual administração, tudo isso tem uma velocidade a que ainda não se puderam ajustar todos os fatores de cujo esforço harmonioso resultará uma boa marcha do trabalho iniciado.

Pode-se dizer, talvez, que ainda estamos, de um modo geral, no período de apresentação de ideias e de justificação de atitudes.

Como todos os outros o faziam anteriormente, os pais brasileiros mandavam, até agora, os meninos para a escola, principalmente, como na crítica de Hervé Lauwick, "para não bulirem com o gato, não estragarem a vitrola, não atrapalharem o serviço da empregada e não entornarem o leite, representando o Mississipi". É natural que – e dadas as condições características do nosso povo – estas ideias novas, que requerem um esforço e compreensão verdadeira, exijam tempo, antes de serem bem recebidas.

Quanto ao professorado, tantos anos desiludido, rebaixado a uma simples função burocrática, transformado num aparelho mais ou menos transmissor de rotina – é claro que não por sua culpa, uma vez que não era autônomo – e numa situação financeira capaz de desanimar qualquer inquietude melhor, esse teria de sofrer, naturalmente, para se adaptar a uma ordem de coisas que, essencialmente dinâmicas, solicitam, cada dia, uma atividade maior, uma disposição de simpatia e de solidariedade para com o mundo e os seus habitantes, e uma vigilante contemplação de todas as circunstâncias, de modo a ser prevista a mais útil iniciativa, no mais justo momento.

Se ainda existem professores céticos, será por desconhecimento ou conhecimento errôneo – o que dá no mesmo – do que a Escola Nova significa e aspira. É, por exemplo, com um profundo interesse e visível contentamento que as mais distintas diretoras de escola acompanham os cursos de filosofia, psicologia, sociologia, história da educação, administração escolar, educação comparada, testes etc., que, organizados pela Diretoria de Instrução, se vêm realizando no Instituto de Educação.

Chegaremos à generalização da Escola Nova. Que os críticos sem assunto esperem que ela dê os seus resultados verdadeiros para então se manifestarem. Antes disso, é má-fé e ignorância. Depois, vamos a ver o que será.

# ESCOLA NOVA

A Escola Nova tem sido injuriada o mais largamente possível. Não há pessoa que, posta em contato subitamente com qualquer assunto educacional, se iniba de falar, respeitando uma coisa que não conhece. E não o fazem por mal, e sim porque se estabeleceu que isso é coisa de que todos *entendem*. A verdade não é essa: é que todos *deviam entender*.

Tudo quanto aparecer de mau, de incompreensível, de contrariante, de inesperado, em matéria de ensino, ah! já se sabe: é a Escola Nova...

Ora, há males que vêm para bem. Porque, de tanto quererem encontrar defeitos na Escola Nova, as pessoas que se dedicam a esse esporte estão é travando conhecimento com a velha, e apontando-lhe os defeitos com uma sinceridade que só vem confirmar as vantagens daquilo que combatem.

A cada instante surge uma observação interessantíssima, rotulada como novidade pedagógica.

Aliás, isso de pedagogia é outro assunto curioso. Quer dizer, o que se entende por pedagogia...

Como de vez em quando me contem uma coisa feia a respeito da Escola Nova, hoje vou transmitir uma delas ao leitor complacente, que a poderá juntar à coleção que por acaso tenha, ou venha a ter.

Dizem que certa menina passou os dois ou três primeiros meses do corrente ano letivo enchendo alguns cadernos só de números pares e ímpares. Começaram a reparar nisso, em casa. Um dia, a menina trazia folhas e folhas de uma série: 1-3-5-7-9... No dia seguinte, vinha a outra: 2-4-6... E assim alternadamente.

Com receio de perturbar o trabalho da criança, quem olhava o caderno sorria e calava, esperando chegar a uma conclusão.

Dizem que na semana passada, à mesa do jantar, as crianças da casa, conversando sobre coisas de escola, puseram-se a dizer: "A minha professora ensina isto"; "A minha, aquilo..." E a menina do caderno célebre, depois de um rápido balanço, declarou: "A minha ensina números pares e ímpares..."

Então, como viesse a propósito, um adulto qualquer perguntou-lhe:

– E você sabe o que é um número par?

– Sei – respondeu a pequena. – É aquele que a gente faz pulando o outro...

– Ah! e ímpar?

– Ímpar...

Aí a menina pensou um pouco e definiu:

– ...é esse outro...

Os partidários da palmatória, da tabuada e de outras veneráveis relíquias do passado certamente vão dizer que isso é Escola Nova... São capazes...

# UMA ESCOLINHA

Acabei por encontrar nestes matos uma escolinha. Em redor, estendia-se a inútil vastidão maravilhosa da terra, subia para o céu, pelas encostas floridas – corria para longe, acompanhando o transparente andar das águas. A escolinha, ali parada, como uma menina perdida no campo. Chalé cor-de-rosa, com janelas verdes, de vidros rachados. O mastro verde mui dignamente inclinado entre as janelas fechadas. Grande ausência, em redor. E muito capim.

O homem disse-me que a escola era paga. Que as crianças passavam ali o ano inteiro quebrando a cabeça, mas não aprendiam nada. E que ele mesmo, que era um ignorante, tinha ensinado, uma vez, uma conta a uma professora. As coisas que se dizem!

A estrada seguia deliciosamente, contornando morros, e, do outro lado, avistava-se uma grande construção. Mais adiante, havia terras cultivadas – milho, tomate, batata. E, com aquele céu, aqueles barrancos e aquela plantação, o dia era um imenso esmalte vermelho, verde e azul.

Fiquei pensando na escolinha pelo lado de dentro. Um quadro-negro, mais ou menos cinzento. Uma cadeira inconfortável, uma pobre mesa, e alguns bancos, velhos e maltratados. Haveria pedaços de giz esquecidos. Esse cheiro peculiar às coisas escolares, tocadas por muitas mãos, e guardadas em algum recanto úmido e escuro.

Imaginei a escola funcionando. Os cabloclinhos desconfiados, esses cabloclinhos que, quando se lhes acena de passagem um adeus de simpatia, logo se escondem atrás das árvores, como animais esquivos.

Imaginei, pois, os cabloclinhos de tabuada na mão, tendo de cantar: uma vez um, uma vez dois... e a carta do abc já sem capa e de beiras sujas, onde vão aprendendo as formas e combinações das letras, como num caleidoscópio em preto e branco.

Ouvi a régua da professora batendo na mesa: pá, pá, pá... Que barulhão, na salinha acanhada, com uma caiação esfolada aqui e ali, o lugar da goteira, num canto, e um raio de Sol fazendo brilhar a tinta encarnada. A terrível tinta.

E os cabloclinhos mal penteados, com o narizinho escorrendo, frieiras nos pés, dente furado, lenço no queixo, perebas nos joelhos, um tamanquinho caído embaixo da carteira, esforçando-se por desenhar num farrapinho de papel letras maiúsculas e minúsculas, com o lápis agarrado nas unhas pretas. Tudo de barriguinha vazia. Porque fica vazia a barriga de uma criança com uma canequinha de café matinal e um pão mirrado, seco e insípido.

Fiz então uma sobreposição de imagens. Apareceu a professora limpa, simples, compreensiva, e abriu aquelas portas e janelas, por onde o Sol todo se precipitou. E com o Sol chegaram os cabloclinhos sorrindo, com o cabelo aparado, e a carinha gorda e bem lavada. E ela examinava-os um por um: cabeça, olhos, nariz, dentes, pescoço, unhas, roupa. E ia lavar as mãozinhas do Aristóteles, que tinha brincado com barro, no caminho. Cortava um pedaço da unha de Eurípides, e amarrava melhor a fita da trança de Semíramis.

E agora iam todos para a horta, ver o tamanho da rama das cenouras, a altura dos pés de couve, o brilho das berinjelas, a frescura das alfaces cheias de orvalho.

Depois, seguiam para o lado do galinheiro, onde os pintinhos se distraíam com as areias do chão, descobriam coisas que só eles veem, ou disputavam um lugar na corcunda fofa da galinha gorda, paciente e feliz.

Em seguida, inclinavam a cabeça para as flores: miravam a seda fina das papoulas, viam desenrolar-se o botão de rosa, brincavam com as sempre-vivas rumorosas e as surpreendentes cravinas, vestidas de chita-crespa. Sorriam para as cores e para os perfumes, encantados com o jardim que crescera pelo trabalho de suas pequenas mãos.

Depois, iam visitar as abelhas, que tinham visto ocupadas entre as flores. Aristóteles tinha o cestinho para recolher os ovos; Semíramis trazia o regador, ativa e contente.

Newton, Alcibíades, José de Arimateia estavam amarrando um tutor numa planta. Cleópatra e Homero consertavam a trepadeira que o vento da noite tinha desprendido.

E a professora andava por ali, prestimosa e sorridente, ensinando às crianças o manejo dos instrumentos agrícolas, contando histórias de hortaliças e frutas, falando da chuva e do bom tempo, das abelhas, das lagartas, dos sapos e das minhocas.

Depois, vi toda a escola ocupada em lavar alfaces e limpar cenouras, em acender o fogo e cortar tomates para o almoço.

Como era branca a toalha da mesa! Como reluziam os pratos e os talheres!

E a professora ali estava, falando de comida e saúde, explicando o fogo e a água, a pressão, o movimento dos navios e dos trens.

Semíramis botara a mesa, e Cibele, agora, cortava o pão. A professora dizia para Aristóteles: "V. devia chamar-se João; o Eurípides devia chamar-se Manuel; a Antígona devia chamar-se Maria... Todos devíamos ser mais simples..."

E a carta do abc vinha depois, para ensinar a pôr no papel os nomes das coisas queridas: a água, o Sol, a terra, o pão, a fruta, a flor...

Deixei todas essas imagens como um voto sobre a escolinha cor-de-rosa, triste, vazia, nua, que na verdade apenas encontrei porque uma tabuleta no caminho avisava os motoristas: "Devagar, escola!"

# FESTAS ESCOLARES

As festas escolares compreendidas no bom sentido, no sentido da moderna pedagogia, que põe toda a sua preocupação em favorecer a formação da criança dentro de um critério humano, biológico, de evolução harmoniosa de todas as suas faculdades, é um dos motivos mais interessantes com que pode contar o professor para incentivar a atividade de seus alunos.

Partindo do princípio de que uma festa escolar deve pretender ser uma causa de alegria para as crianças, já ficam excluídos dos programas todos esses números cuja justificação se encontra, apenas, no agrado que despertam nos professores e nos pais. Tudo o que constrange, que cansa, que entedia – apesar de uma falsa aparência de interesse, superficialmente despertado pela novidade – deve ser posto à margem, quando se deseja realizar, realmente, uma festa para a infância.

Considerando, também, que a alegria é um dos mais poderosos fatores para facilitar o aprendizado, o professor hábil em preparar oportunidades úteis à classe não perderá de vista as festas escolares, tão fecundas em possibilidades desse gênero.

Vejamos agora as diversas maneiras de aplicar a atividade da criança nesses preparativos.

O vestiário poderá ser confeccionado, em pano ou em papel-crepom, pelas meninas, e os meninos podem adorná--lo pintando-o com essas deliciosas tintas de cola, que tão belo efeito produzem, e tão fáceis são de aplicar e secar.

Os ornatos, máscaras, peças decorativas serão executados com grande alegria por meninos e meninas, conjuntamente. E também nos cenários o seu concurso será precioso.

Se acrescentarmos que pequenas peças de mobiliário podem ser feitas por eles, e depois aproveitadas para utilização na classe, se pensarmos que a própria arrumação do ambiente escolar, nesses dias de festa, pode ser confiada às crianças – na parte de ornamentação, de arranjo doméstico – e que, se houver um pequeno serviço de chá ou merenda, podem eles facilmente, também, ser preparados pelas crianças, teremos, num golpe de vista, percebido toda a riqueza de ensinamentos que se podem extrair de uma festa escolar.

E tudo isso com simplicidade. Sem grandes gastos. Considerando que uma festa não deve nunca originar contrariedades nem da parte dos pais nem dos alunos menos favorecidos, que, pela sua própria situação na vida, deixam de participar, muitas vezes, dessas inesquecíveis alegrias escolares, sendo, sem dúvida nenhuma, os que a ela mais direito têm.

# OS POETAS E A INFÂNCIA

Há algum tempo, o escritor Pierre Benoit começava uma conferência sobre *Ce que j'ai vu au Pacifique* com as seguintes palavras:

> *Reprenant une phrase du philosophe François Revaisson, Maurice Barrés souhaite, dans un de ces livres, que les enfants soient élevés in* hymnis et conticis. *Parmi les symnes et les cantiques qui ont présidé á mon enfance, á mol, il me souvient d'une strophe apprise vers la douzième année, et qui me jeta sur-le-champ dans une étrange exaltation. Vous connaissez certainement ces vers merveilleux. Ils sont parmi les plus beaux qu'ait écrits le chantre* d'Eloa et de Moise:
>
> > *Un jour, tout était calme, et la mer*
> > *Pacifique, Par sos vagues d'azur,*
> > *d'or et de diamant*
> > *Renvoyait ses splendeurs*
> > *au soleil du Tropique.*
> > *Un navire y passait majestueusement.*
>
> *Etre, un jour, le passager d'un navire semblable, sur ce même ócean, voilá um désir qui, des*

*lors, ne me quitta plus guére. Les rapports des grands voyageurs, les livres des grands écrivains qui ont célébré le Pacifique, un Pierre Loti, un Stevenson, augmentérent par la suite ce désir en le raisonnant. Il ne m'en a pas moins fallu attendre une trentaine d'années avant de pouvoir obeir á ce qui était devenu em moi un veritable imperatif catégorique.*

Aí temos uma confissão interessante, que nos pode orientar quanto à influência das leituras sobre a alma infantil.

É bem verdade que nós somos ainda uns grandes ignorantes diante desse mistério maravilhoso que é a vida humana, principalmente quando se trata da vida da criança. Nosso esforço para compreendê-la, para adivinhá-la, a fim de melhor a podermos servir, tem um heroísmo que é a característica da idade moderna, tão repleta de intenções favoráveis à solidariedade, ao geral bem-querer. E é um abalo para a sensibilidade dos que realmente se interessam pela infância pensar nas sugestões que se podem encerrar num livro que vai parar nas mãos da criança, e que os seus olhos avidamente se põem a percorrer.

Quantos "imperativos categóricos" acordaram, assim, na página que uma criança veio a ler, por acaso ou fatalidade?

Pierre Benoit desde os doze anos se pôs a sonhar com o Pacífico. Com que outros mares muito mais terríveis, muito mais profundos terão ficado sonhando outras crianças? E assim como o escritor francês se sentiu arrastado invencivelmente para os horizontes que mais tarde possuiu dentro das suas pupilas, para onde estarão sendo arrastadas todas as crianças do mundo, quando se debruçam para as suas primeiras leituras?

E que podemos nós fazer por elas? Para que as suas aventuras sejam as mais belas, as mais propícias, as mais deslumbradoras?

— *Soit dit en passant* — acrescenta mais longe Pierre Benoit — *ne perdons pas cette occasion d'admirer la singulière puissance des poétes. Il suffit á l'un d'entre ceux qui, en l'espece est un de ceux qui ont le moins voyagé – de procéder á un prestigieux assemblage de mots pour qu'un siècle aprés le charme dure encore, et pour que se charme suffise á lancer d'innocentes victimes dans les aventures les plus lontaines, les plus inattendues.*

Acentuemos aqui não ser apenas a aventura por paragens exóticas o que sugerem os poetas, mas toda a imensa aventura que cada um vive em sua vida, e que é sempre uma viagem por uma paisagem possível ou impossível, com amigos e inimigos marcando os dias de passagem, e um sonho qualquer animando a bússola, embora jamais se possa garantir a direção, chegar ao fim e saber por que se andou viajando...

*Les poètes sont tous les mêmes. Ils nous invitent magnifiquement au voyage, mais ils restent d'ordinaire sur le quai. En agitant leur mouchoir. Malgré cette prudence et cette réserve, ils n'en demeurent pas moins les plus précis.*

Por isso, eu sempre tive uma confiança total nos livros que os poetas escrevem para a infância. Creio mesmo que só eles são capazes de os escrever bem. Porque até quando lhes falta a beleza que pregam, quando ficam no cais, mostrando, apenas, o rumo que outros podem seguir, ainda assim estão sendo os melhores guias. Revelam a beleza que talvez não conseguiram realizar em si, neste mundo de dias e criaturas ainda hostis. Beleza que, não obstante, foi sua, esteve em seu coração como as inquietudes que não florescem e os pensamentos que não chegam a ter forma. Podem até deixar de ser os guias mais precisos. Na imprecisão de um poeta há mais energia sugestiva que em todas as realidades dos homens vulgares. Eles são ainda as criaturas mais agradáveis e preciosas da vida, embora andem assim meio expulsos dela, e nem ao menos coroados de flores, como queria Platão...

# JORNALISMO E EDUCAÇÃO

A atuação da imprensa na formação do povo é problema desde muito tempo incluído nas cogitações de todos os que se interessam pelo aperfeiçoamento da vida.

Não é preciso ser-se pedagogo para se compreender a perniciosa influência proveniente da provocação do interesse público pelos fatos cuja importância reside na própria extensão da sua gravidade e inconveniência.

Tudo quanto abala os nervos, tudo quanto revolta os sentimentos – tragédias, roubos sensacionais, vícios, escândalos, calamidades privadas ou públicas – merece, em geral, lugar de destaque, tipo de destaque, e copiosa elucidação fotográfica, nos jornais.

Há leitores aficionados desse noticiário rubro-negro. Há, mesmo, colecionadores dessas páginas violentas, que as releem como romances, e certamente com mais volúpia, sabendo-as vividas na realidade.

Por mais que isso lisonjeie os talentos literários dos autores dessas colunas, conviria refletissem eles mesmos sobre as sugestões que delas se desprendem, sobre os reflexos que reproduzem, nessa macabra repetição de crimes, idênticos uns aos outros, que se verifica constantemente, quando um primeiro, bastante comentado e desenvolvido, se impõe como origem para toda a série.

É só observar um pouco, para se verificar que há "épocas" para certos fatos policiais: semana dos enforcamentos, dos suicídios com querosene, com tóxicos etc. Época dos infanticídios. Época das cenas de ciúme, com o quinto ato à porta do cinema ou do escritório. Temporada dos roubos com máscara e narcótico, dos raptos misteriosos, dos incêndios etc.

O jornalista que, sentado à mesa de trabalho, vai fazendo ressurgir no papel todo o drama ocorrido não pensa, fazendo-o, que aqueles que o vão ler são criaturas das mais diversas tendências, nas mais diversas situações morais, nas mais imprevistas situações físicas.

Os habitantes das grandes cidades, principalmente, são frequentemente vítimas do meio, e, como tal, contínuos exacerbados, sofrendo todas as consequências que o meio compacto determina, sem falar nos graves problemas íntimos que cada um carrega como pode em qualquer parte do mundo, mas que, aí, em razão de todas as outras preocupações, tem uma palpitação diferente.

A solução que o sr. A e a sra. B encontraram, para os seus respectivos casos, traz, muitas vezes, uma sugestão que, considerada com a rapidez insensata com que se leem as folhas, nos bondes, nos trens, nas barcas, pode ser traduzida, quase num movimento reflexo, por uma repercussão do mesmo gênero.

O jornalista não terá concorrido com uma intenção criminosa. Mas, quando alguém participa tão diretamente de uma culpa dessas, a própria irreflexão é cumplicidade.

Não são, porém, só os adultos que leem os jornais. São também as crianças. E muitas, por saberem ler melhor que as outras pessoas da família, servem de leitoras dessas monstruosidades que tanto interessam os adultos. Assim desperta a curiosidade de meninos e meninas, muitas vezes em transições de idade, em estado de crise emotiva, portanto, para os piores aspectos sociais, para esses que dão à vida uma fisionomia de amargura e desgraça capaz de produzir gerações inteiras de céticos, instáveis, neurastênicos.

As crianças das escolas conhecem com todas as particularidades os crimes que ocorrem cada dia: nome dos personagens, local do fato, antecedentes, armas – e acrescentam a tudo isso a opinião de cada vizinho do bairro. Algumas vezes, também a sua. Conversam sobre isso umas com as outras. Tentam até reproduzir com os gestos a descrição que leram. Se acham [...], distribuem pelos colegas as alcunhas dos personagens mais façanhudos.

De onde se originaram tão graves coisas? Do jornal.

O jornal deve registrar o que se passa. Mas sucintamente. Como informação. A fantasia humana tende a ocupar sempre maior espaço, como os corpos gasosos. Também tem a sua utilidade. Mas, inegavelmente, tem os seus perigos. E ainda quando não se trate de desenvolvimento imaginário, é tão evidente o perigo do próprio realismo jornalístico que, por um dever de humanidade e educação, seria conveniente controlá-lo.

Pessoas da mais baixa esfera evitam dizer certas coisas diante dos filhos. É um instinto de pudor. Todos nós, que estamos atuando na vida, temos obrigação de considerar as crianças e os adolescentes que nos leem como nossos filhos. E na verdade o são, como o somos de todos que nos dão forma à personalidade, com alimento espiritual.

# CENSURA E EDUCAÇÃO

A notícia de que de hoje em diante fica oficializada a censura prévia à imprensa é um motivo de graves apreensões para todos os que trabalham pelo êxito da Revolução de Outubro, e que multiplicaram o seu entusiasmo justamente quando, nos últimos dias do governo, uma censura idêntica a esta vinha mutilar dentro das redações o pensamento daquela porção de inteligência brasileira que traçou seu campo de ação dentro das fronteiras do jornalismo.

Ainda me lembro do delicioso censor daquele tempo, que não deixou sair, certa vez, nesta página, uma fotografia de policiais espanhóis, erguendo nos braços crianças que lhes agradeciam os serviços prestados na fiscalização do serviço de veículos, à porta das escolas. O censor achava que, naquele tempo de sobressaltos, uma fotografia assim iria sugerir aos leitores a ideia de "soldados raptando crianças...". E o clichê não pôde sair... De outra vez, o clichê se referia a um monumento de arte oferecido pelo Brasil à Argentina, em que duas figuras se aproximavam num gesto de fraternidade. O censor achou que essa história de Brasil e Argentina podia ser alguma sugestão para futuros conflitos internacionais... E o clichê também só pôde sair depois de caída a Velha República...

Por aí os senhores estão vendo como era a mentalidade dos censores, antigamente. Agora, com certeza, eles serão muito diversos... Tempos novos... Gente nova... Coisas novíssimas... Todo este ambiente que estamos vendo. Neste ambiente, só a censura, realmente, é velha. Só ela parece uma sobra do regime combatido. Mas, desta vez, como se destina, segundo informa o chefe de polícia, "só aos boatos e nunca à crítica dos atos governamentais...", pode ser que dê excelentes resultados.

O boato, na verdade, é uma coisa antieducacional. Ele cria um ambiente de alarme, um estado nervoso favorável a todos os terrorismos, enfim, uma série de desgraças que só os tempos de governo calmo e consciente podem, eficientemente, impedir.

Mas a crítica aos atos do governo, pelo contrário, é tudo quanto existe de mais educacional. Tão educacional que até faz parte do programa das legiões, com as quais, justamente, o sr. Getúlio Vargas disse que ia governar.

Os jornais que analisam criteriosamente os atos do governo estão, ao mesmo tempo, cooperando na obra governamental e educando o povo para nela cooperar também; é muito justa, pois, a ressalva que a polícia faz, discriminando as atribuições dos censores.

Mas – e perdoe-me aquele que vai ler estas linhas – pode dar-se o caso de aparecer algum que não dê conta de estar perturbando esse movimento educacional, como o colega já citado, dos tempos da outra República...

O público logo perceberá tudo, de certo, pela alteração que sofrerem as palavras dos jornalistas... Mas, os jornalistas como é que se hão de livrar das violências de tais censores? Que organismo vai ser criado, para censurar os censores, como esse de que tanto se fala, e que está faltando, o "Bureau Controlador dos Interventores"?

Não se pode prejudicar a obra da educação...

# EDUCAÇÃO MORAL
# E CÍVICA

*E*stas considerações provêm da leitura de um livrinho destinado às crianças. De um livrinho que se propõe orientá-las justamente em assuntos de moral e de civismo, desejando, assim, influir na parte mais delicada da formação de uma personalidade: a sua parte espiritual.

Mais uma vez sentimos necessidade de repetir aqui o que já temos dito e repetido sobre a literatura infantil. Porque é preciso que fique, afinal, na convicção de todos a compreensão da responsabilidade de escrever para a infância, e em todos se estabeleça esta verdade mundial de que não há coisa mais difícil, mais delicada, mais grave, mais sutil.

Um pouco de psicologia ajudará a esclarecer a razão dessa dificuldade. Sem chegarmos ao ceticismo de Rousseau, nas páginas que, no *Emilio*, consagra ao assunto, teremos de perguntar, antes de mais nada, que coisas vamos dizer, num livro, que convenham, realmente, aos leitores pequeninos. A criança gosta somente daquilo que satisfaz um interesse da sua vida. Aprendamos, pois, a conhecer esses interesses. Não nos estejamos iludindo, desenvolvendo interesses *nossos*, e pensando que estamos servindo à infância. Ora, como a psicologia ainda não é estudada como devia ser, acontece, frequentemente, aparecerem autores desejosos de oferecer suas produções literárias às crianças, sem, no entanto, abdicarem das suas convicções, dos seus conceitos e preconceitos, e do seu estilo literário, para se porem em comunicação com essas maravilhosas criaturas que nada têm a ver com seu gosto de adultos... Daí nasce a abundante literatura inútil e prejudicial que, com o rótulo de "infantil", se ostenta pelas livrarias. Ninguém é obrigado a escrever para a infância. Pode escrever com mais facilidade e menos responsabilidade para aqueles que já têm a liberdade de escolher suas leituras. Bem sabemos que a criança se defende heroicamente, pondo à margem os livros que não lhe agradam. Mas a criança é curiosa. Antes de os pôr à margem, folheia-os. Quando, coitada, não tem de o ler em classe todos os dias um bocadinho, daqui até ali, numa leitura mecanicamente dosada...

Reflitamos agora: os assuntos de moral e civismo serão, realmente, para a criança livre de influências deformadoras, a criança que aparece à tona da vida perfeitamente isenta de atuações propositais, tema de interesse, de satisfação, de beleza?

Incrustou-se na alma dos professores – talvez através da retórica, que quanto mais patriótica se chama, na verdade, menos o é – que as coisas mais importantes para uma criatura são: "amar a pátria", "respeitar o seu sacrossanto pavilhão", "cultuar os heróis que morreram lutando, ou que mataram muitos inimigos", e "inflamar o fervor dos homens de amanhã para serem dignos servidores da pátria, nas fileiras militares...".

Tudo isso é da velha pedagogia. Da pedagogia que não conhecia a criança. Que se exercia como uma prepotência a mais, neste mundo fecundo em prepotências.

Hoje, felizmente, sabe-se que a infância é a mais respeitável das fases da vida – e também se sabe que o amor à pátria, para ser nobre, deve alargar-se em boa vontade pelo mundo todo: que respeitar a bandeira é respeitar em primeiro lugar a própria coletividade que essa bandeira representa;

que os heróis que se cultuam não são mais os que tombaram nas guerras, ou delas arrancaram valiosos troféus; mas os que construíram alguma coisa, com as suas mãos ou com o seu espírito, e os homens que melhor servem à pátria são os que a servem trabalhando, ainda que calados e obscuros, e com a sua obra para sempre desconhecida.

Eu mesma já tenho lido observações como estas em prefácios e algumas vezes as tenho ouvido em discursos. Quer dizer que já constituem um lugar-comum. E o lugar--comum costuma ser um índice da opinião geral. Por que, então, no momento de agir, escrevendo um livro para crianças, ou dando uma aula, não se hão de pôr as coisas nos seus devidos lugares? Falta de hábito? Mas há uma reforma pedagógica, no Distrito Federal, que impõe aos que a servem um terrível dilema: ou transformarem os seus hábitos, de acordo com ela, ou desistirem de ser educadores. A transformação é facílima, porque de todos os lados nos vêm exemplos e sugestões: da Suíça, da Bélgica, da Alemanha, da Áustria, da Itália, do Japão, da Índia...

Não temos de fazer, é certo, o que nenhum desses países fez. Mas temos obrigação de conhecer que problemas originaram as suas soluções pedagógicas, e procurar a solução do nosso, que não é demasiado difícil.

Só então aparecerão livros para a *infância* dignos, na verdade, desse título. Não serão mais escritos pelo bom desejo, apenas, de terem leitores pequenos. Um bom desejo mal orientado ou esclarecido não está muito longe de ser um erro e um prejuízo.

E em assuntos de educação, principalmente, é preciso ter a atenção sempre voltada para o mal que se pode causar, sem querer – e o que é mais doloroso –, pensando fazer bem às crianças.

Que dizer, agora, dos temas de moral acondicionados em livros segundo o critério sectarista dos autores? Servirão, talvez, para escolas também sectaristas, isto é, aquelas que, escapando a todos os conhecimentos modernos da pedagogia e da psicologia, ainda estão torturando a alma indefesa das crianças – e, às vezes, também o corpo – dentro de princípios ainda quase medievais...

Para as escolas, porém, que os governos dignos de governar oferecem ao povo para lhe educar os filhos, sem lhes torcer a personalidade às ordens de qualquer despotismo, as lições de moral devem vir da conduta diária dos alunos, dos professores, dos administradores, de todo o conjunto social, que passa a ser mostrado às crianças, como futuro ambiente em que terá de agir.

São lições de moral "ao vivo". Com as suas consequências funestas ou gloriosas, como estejam dispostos a torná-las aqueles que são os próprios exemplos...

Na Nova Educação é assim. Resta aceitá-lo ou não. O programa do Distrito Federal é esse. Porque, se existe uma reforma, é para ser cumprida. É a conclusão mais inteligente...

E como há uma reforma, tudo tem de estar a seu serviço. Desde os que a fizeram, até os que escrevem livros para crianças... Pobres das crianças, se não for assim...

# DESARMAMENTO...

A próxima Conferência do Desarmamento esboça-se entre tamanhos perigos, tão cheia de problemas complexos, e com tantas dificuldades de solução, antecipadamente evidentes, que se chega ao justo receio de ver neste sonho de paz um fermento de nova guerra, e, nesta oportunidade única para o acordo possível dos interesses de todos, o prólogo de uma tragédia que, à mais leve imprudência, quebrará os diques de quaisquer esperanças invadindo o mundo com todas as forças da sua violência.

Qualquer tentativa de desarmamento que não esteja fundamentada, de princípio, numa visão nova e mais compreensiva da vida, que não represente, na realidade, o pensamento pacifista e a vontade de confraternização dos países interessados, poderá ser um pretexto, quando muito, para discussões brilhantes do assunto, mas não assentará nenhuma construção firme na obra da paz mundial que o espírito moderno reclama.

Falávamos há dias na ação da escola, preparando criaturas de coração desarmado, vidas despojadas de violência e fortalecidas em poder criador, encontrando para expansão dos seus impulsos abertos todos os espaços em que as mãos são capazes de construir: as mesmas mãos que, satisfeitas, e nobremente fatigadas de tanta atividade gloriosa, possam considerar desprezível a arma que mata, sabendo o valor das armas que dão vida.

Encontramos agora num jornal americano uma bela entrevista de *miss* Mary Woolley, que tem sobre o assunto pontos de vista dignos de toda a atenção.

*Miss* Mary Woolley vai participar dos trabalhos da próxima conferência de Genebra, como delegada dos Estados Unidos. É uma senhora de quase setenta anos, que se tem dedicado a questões internacionais, e com uma larga prática dos problemas humanos, quer pelo uso da vida em geral, quer pela sua condição especial de educadora, em contato direto com almas de estudantes.

Solicitada para falar sobre suas esperanças relativamente à Conferência do Desarmamento, *miss* Mary Woolley referiu-se preliminarmente ao estado de espírito observado nas mulheres, que só em algum caso excepcional deixam de ser favoráveis à paz.

Essa observação já seria bastante para nos fazer pensar imediatamente no poder eficaz da obra educacional, sabendo-se que a educação da humanidade está, positivamente, nas mãos das mulheres de todos os países.

Mas é a própria *miss* Woolley que diz, mais adiante, como podem as mulheres intervir na obra do desarmamento e da paz mundial. Ela encontra dois campos vastíssimos de ação: a escola e o lar, onde se podem ir substituindo as ideias chauvinistas por outras, mais generosas, de cooperação internacional.

Na sua opinião, se as mulheres voltassem seu interesse para as coisas que se vão passando pelo mundo, fazendo delas o motivo das suas conversações, o progresso dos ideais de fraternidade revelaria logo os seus efeitos.

Conversando à mesa sobre esses assuntos de que depende a própria vida humana, *miss* Woolley acredita que as mulheres estariam incrementando dia a dia a obra da paz e assegurando ao mundo a felicidade do trabalho confiante e da alegria sem dúvidas e sem precauções.

A aproximação internacional, por outro lado, a ação do intercâmbio intelectual e da amizade feminina são, para essa mulher idealista, elementos capazes de uma influência poderosíssima para a aspiração a que atende a próxima Conferência de Genebra. E lembra as estudantes que, da Índia, da China, do Japão, da França, da Alemanha, têm vindo à sua escola de Mount Holyoke, como exemplo da maneira de alcançar os países mais distantes, pelo convívio e pela camaradagem do estudo.

*Miss* Mary Woolley, fazendo parte da delegação norte--americana, na Conferência do Desarmamento, vai, com as suas ideias, que são as de uma mulher de nobre pensamento defendendo a paz com a obra de educação, provar que, afinal de contas, os tempos vêm evoluindo: antigamente, segundo os jurisconsultos árabes, só havia quatro mulheres notáveis neste mundo: Khadidja, a mulher do Profeta (sobre ele a bênção de Allah!), Fátima sua filha, a Virgem Maria e a esposa do Faraó...

# A PAZ PELA EDUCAÇÃO

Para que o mundo firmasse um compromisso duradouro de paz, seria necessário, primeiro, que os homens se sentissem unidos por uma inspiração geral de amor. Para que esse amor, porém, possa, por sua vez, existir, mister se faz uma expansão de conhecimento que torne familiares todas as coisas que ainda estejam sendo obscuras ou incompreensíveis, e de cuja desconfiança e temor podem nascer esses desequilíbrios que custam o preço das guerras e marcam sombriamente a longa marcha da humanidade.

Quando Narciso morreu e as águas falaram, umas disseram: "Nós o amávamos porque víamos refletir-se em nós a sua beleza"; disseram outras: "Nós o amávamos porque, sempre que ele se debruçava sobre nós, víamos a nossa beleza refletida nos seus olhos".

E todas as águas falavam a verdade; nós só amamos bem o que se parece bem conosco; andamos sequiosos de repercussões, de respostas, de reflexos que de certo modo repitam o que somos: como se a nossa verdade dependesse de uma confirmação exterior, como se a nossa própria existência carecesse, para ter realidade, do testemunho de uma identidade verificada plenamente noutra vida.

Os espíritos universais, que sentem sua pátria no mundo todo, estão dentro dessa pequena lei. Eles subiram – por vários e diferentes caminhos – a contemplação dos espetáculos da humanidade. E, desfeitas as rápidas ilusões de perspectivas e aparências, encontraram a mesma unidade profunda orientando a inquietude de todas as vidas em todos os tempos e latitudes. Saíram transfigurados dessa contemplação. Para eles, todos os erros momentâneos de distância e de forma deixam de existir para sempre. Sabem que, por entre eles, se insinua aquela secreta afinidade que dispõe tudo quanto vive no mesmo plano fraternal.

A arte, a ciência, a filosofia, o misticismo podem conduzir a essa conquista de uma visão justa e larga, favorável à esperança de dias mais perfeitos e seguros, sustentados talvez mais pelo favor do sentimento – por uma luz forte e pura de inteligência, que tem na sua rigorosa serenidade o milagre do seu esplendor.

Mais, porém, do que tudo isso, a educação pode trabalhar por um resultado assim: porque, sem se inclinar apenas por um caminho, ela possui maior riqueza de oportunidades, e, por se dirigir simultaneamente a todos, prepara simultaneamente, por múltiplos processos, os próprios elementos de que vai ser construído o mundo que se espera, acima deste que por enquanto se vê.

Esse mundo que se espera terá de ser um produto de forças simpáticas, agindo com a necessária liberdade, mas conciliando-se nesse comum acordo que põe em cada destino o sentido da sua finalidade.

Teremos, pois, de nos conhecer para o realizarmos. É, afinal, uma coisa assim fácil. Mas que tem sido difícil. Pense-se no Oriente: quais são os espíritos ocidentais capazes de, com sinceridade e isenção, se entregar ao estudo desses povos, vítimas do preconceito de uma civilização diferente, que vaidosamente afirma de si mesma que é superior quando não diz que é única... Pense-se na má vontade quase geral que guardam as várias crenças entre si... Pense-se no duvidoso patrimônio histórico da humanidade, a que vamos dando fé segundo a versão que nos agrada mais, na volubilidade do instante...

É feito disso o nosso sofrimento. E não o poderemos abolir sem nos corrigirmos, e sem nos privarmos de transmitir para diante os erros de que andamos tão exaustos.

O respeito mútuo, um respeito sem fingimentos e sem rotinas, um respeito bem-intencionado, que todos os dias se ilumina de argumentos novos e todos os dias se sente pequeno diante da sua aspiração, poderá servir de base, dentro da obra educacional, a um movimento de resultados eficientes, no problema urgentíssimo da salvação do mundo pela garantia unânime da paz.

# IMPRENSA E EDUCAÇÃO

O homem que compra o jornal está procurando, talvez, uma casa para se mudar; ou, aflito com o custo da vida, anda à cata da tabela dos preços; talvez precise saber das lojas que vendem saldos, dos remédios que curam doenças, dos nascimentos, casamentos e mortes de cada dia. Casa, comida, roupa, saúde – e uma informação geral sobre a sociedade, eis um plano de vida modesto mas honesto. E sobretudo muito difundido.

O homem que compra o jornal pode ter, porém, outras curiosidades: quantos aviões tombaram, quantos soldados morreram, quantos fugiram; qual é o programa dos cinemas... E até se pode interessar pelos livros que aparecem, pelas exposições e concertos que se realizam. Isto já é um plano de vida mais amplo, e o jornal atende a todas essas curiosidades.

O jornal não tem culpa, se as casas anunciadas estão cheias de ratos, se as fazendas do saldo estão cheias de manchas, se o remédio não cura a tosse, e os noivos, recém-nascidos e mortos frustraram o cálculo das probabilidades... Também não é responsável pelos algarismos das agências telegráficas, pela vitória dos azuis ou dos vermelhos, pela qualidade dos filmes, dos versos, dos quadros e dos musicistas.

O homem que compra o jornal depende, porém, de todas essas informações. Sua vida completa-se com elas. O jornal substitui o pajé: sabe de tudo, diz onde estão todas as coisas, ensina os caminhos poupando tempo, indagações inúteis. E tudo isso por quanto? Divina invenção, por três tostões.

O homem que compra o jornal pode ser, porém, um cidadão mais exigente. Não se contenta com o *que* e o *quem* e o *onde* e o *quando*. Quer o *como*, o *porquê* e o *para quê*.

Há uma espécie de elo sobrenatural entre o jornal e o leitor. A simples letra de forma parece carregada de fluidos mágicos. O que está escrito – é. Seiva profética. Inscrição do festim de Baltazar.

Pois não é natural que o homem, acostumado a encontrar o que os jornais anunciam, se deixe mecanizar na leitura e, sob uma espécie de hipnotismo, vá também aceitando tudo quanto não é mais anúncio, mas como anúncio funciona, para a sua receptividade? Porque o jornal-pajé pode responder ao *como*, ao *porquê* e ao *para quê*.

O homem que compra o jornal tem um questionário imenso, dentro de si – um questionário vago, mas vivo. O mistério da leitura do jornal consiste em que as coisas escritas são respostas para coisas não perguntadas, mas existentes dentro de cada um como nebulosas interrogações. Tal qual na vida e no sonho.

O homem que compra o jornal está repleto de problemas assim: Como se educará o menino? Como a família seria feliz? Por que a inteligência do chefe nunca está de acordo com a minha? Por que os Estados Unidos fazem isto, e Portugal aquilo, e nós aquilo outro? Para que se vende, se compra, se queima? Por que dizem uns ser o campo melhor que a cidade, e, outros, a cidade melhor que o campo? Por que fulano matou? Por que sicrano morreu? Etc. etc. A cabeça do homem que compra o jornal é como a do que não compra: um abismo de nebulosas interrogações, que aumentam, diminuem, vão, vêm, parecem espumas, parecem nuvens – mas de repente tomam uma forma complicada, viram dragão, viram esfinge, arreganham a bocarra, e bradam para o infeliz: "Responde-me ou devoro-te!"

O homem que lê o jornal (não estamos tratando agora do outro) naturalmente não quer ser devorado. E lê.

Ora, é difícil responder às esfinges. Não são os anúncios e as simples notícias que lhe podem dar resposta. Essa é a razão por que um jornal não pode dispensar o jogo constante das ideias, tendo como orientação o bem comum. Compreende-se, então, como o jornal é uma força educativa extraordinária: pela amplitude da sua órbita de ação, pela facilidade de acesso a todas as classes sociais, e pela sua renovação diária, o que lhe permite acompanhar a vida em todas as suas transições.

Mas o jornal, como qualquer outra leitura, não é nada, por si mesmo. Assim como o leitor depende dele, também ele depende do leitor, para uma ação de real eficiência.

Em muitos casos, por exemplo, o jornal não pode ser senão um compêndio, uma síntese ou um índice. Mesmo a sua efemeridade lhe empresta um secreto destino de imperfeição. Esses defeitos devem ser corrigidos pelo leitor. Quase se poderia falar, muito americanamente, numa "arte de ler o jornal". O jornal encaminha para outras leituras, para outras atividades, sugere, inspira, vitaliza. Daí por diante, o homem que compra o jornal passa, de freguês, a colaborador. Reflete sobre o que leu, recorda, compara, planeja, experimenta. Quantos estudos, quantas invenções, quantas mudanças de rumo na vida individual ou coletiva têm dependido de uma linha de jornal!

(E há gente que diz ler até nas entrelinhas...)

# CINEMA E EDUCAÇÃO

O espetáculo *Fantasia*, em que Walt Disney reúne uma série de desenhos animados, inspirando-se em famosas peças de música, não corresponde, em certos pontos, ao que muitos espectadores poderiam esperar.

O erro foi propalar-se tanto que se tratava de uma espécie de interpretação mágica das músicas escolhidas. Interpretação não deixa de ser. E interpretação é coisa pessoal, que cada um realiza como pode, ou quer, com a máxima liberdade, desde que seja para seu uso exclusivo. Oferecer ao público uma interpretação que não guarde certa proximidade com o assunto interpretado é desagradável e perigoso. Desagradável, porque as pessoas irreverentes se riem do intérprete. E perigoso, porque as pessoas de boa-fé acreditam na interpretação, e adotam-na.

Ora, se é verdade que os desenhos estão, como sempre, cheios de qualidades, e muitas cenas se acham arranjadas com graça e gosto; se o estudo sobre Bach divulga a correspondência entre sons e cores, célebre desde o soneto de Rimbaud, e aqui aumentada da expressão geométrica; se *O aprendiz de mágico* tem o caráter de um bailado engenhoso, e a música de Tchaikowsky amavelmente permite aqueles vários jogos rítmicos da imaginação – que diremos da *Pastoral* de Beethoven, com mocinhas centauras que têm a seu serviço cupidos chapeleiros e escravas pedicuras com aquela figura típica das gordas criadas mulatas americanas?

Os amadores de música têm sofrido muito com o espetáculo – que é, no entanto, altamente elucidativo sobre o funcionamento da mentalidade americana, partindo de um elemento musical familiar à sensibilidade latina e, especialmente, brasileira.

Por ele se veem as diferenças entre o estilo de "sonho" de cada povo, e que ausência de profundidade trágica se revela em cada desenho, cujo espírito puramente lúcido de vez em quando tende a deformar-se em visão caricatural.

*Fantasia* seria mais interessante se outras fossem as músicas escolhidas – já que se desejavam fazer os desenhos sobre música.

Mas o espetáculo tem muitas qualidades – além dessa de permitir a análise das interpretações.

Uma dessas qualidades é, por exemplo, o estudo da peça de Bach. Conseguir prender um salão cheio diante de uma tela onde apenas aparecem e desaparecem filetes, manchas, raios, ondas, relâmpagos de cor – eis uma conquista que vem ajudar a todas as outras artes, preparando a sensibilidade do público para a fruição pura – sem contaminações descritivas nem sentimentais.

Outra é a que demonstra, mais uma vez, a largueza de possibilidades do desenho animado em cinema educativo. A técnica cinematográfica é desde muitos anos considerada auxiliar poderoso do professor, em todos os campos de ensino. Mas para que o cinema possa filmar é necessário existir o objeto filmável. Em inúmeros casos, o objeto existe por si mesmo, como nas ciências físico-naturais. Noutros, é suscetível de ser revivido, como para os casos de História. O perigo está, precisamente, na interpretação que se conseguir dar.

Mas, em certos casos, só o desenho animado está em condições de tornar visíveis e compreensíveis coisas que, apenas através dos livros, parecem difíceis ou áridas. Principalmente no tempo atual, em que as pessoas entendem com mais clareza vendo do que lendo, por influência do mesmo cinema, que, de tanto apresentar as coisas em seus menores aspectos, amortece a imaginação – é necessário aproveitar do cinema tudo quanto possa oferecer de vantajoso, para compensar os prejuízos que é capaz de causar.

Os desenhos de Walt Disney para a música de Stravinsky podem desgostar os amadores da música, pela possível diferença de interpretações. Considerando-se, porém, o desenho separadamente, não se pode deixar de apreciar toda a sugestão que nele existe, de tempos impossíveis de recapitular, em sua extensão e com os seus panoramas, sem o auxílio dessa técnica, de maravilhoso poder.

Além disso, é o cinema um grande livro que pode ser visto, ao mesmo tempo, por um grande público – e uma boa coleção de filmes científicos, fortes e vivos, como essa pré-história de Walt Disney, equivaleria a uma biblioteca de divulgação científica, uma biblioteca ambulante, indo até as populações rurais, até os iletrados, para os quais um locutor discreto, sem bizantinismos de linguagem nem de voz, serviria de explicador – ampliando a órbita de cultura das classes mais desfavorecidas.

# TEATRO E EDUCAÇÃO

*O* teatro sempre foi um índice da civilização a que serve. Da arquitetura lapidar da tragédia grega ao *nô* oriental, da farsa medieval ao teatro francês, tudo são demonstrações de uma cultura, de uma tendência geral do povo, de uma aspiração – de uma fisionomia, enfim, indisfarçável e autêntica.

Mas é o teatro que faz o povo, ou o povo que faz o teatro?

Todos sabem já como se responde a essas perguntas ambíguas sobre a origem das coisas.

Uma das tristezas, quando se fala em teatro nacional, é a de se saber que, fora do caso limitado, do caso em si mesmo, está o seu significado, que atinge extensa e profundamente a própria definição da vida brasileira.

Chega-nos agora a notícia de um Teatro Musical Brasileiro, iniciativa dos professores Pierre Michailowsky e Vera Grabinska, e de que participam personalidades como as de Lorenzo Fernandez e Francisco Braga, Villa-Lobos e J. Otaviano, com uma orquestra sinfônica de cinquenta professores, e um conjunto coreográfico de quarenta, um coro misto de quarenta vozes, cenários e figurinos de Euclides Fonseca, Gilberto Trompowsky, Osvaldo Teixeira e Vsevolod Tour.

O repertório, dividido em três partes – música sinfônica, óperas e bailados, é todo brasileiro e, além dos autores acima citados, nele figuram ainda Carlos Gomes e Leopoldo Miguez, Alberto Nepomuceno e Henrique Oswald, Delgado de Carvalho e Coelho Neto, A. Pacheco e Tapajós Gomes.

Só os bailados são um mundo de sugestões: "Invocação ao sol", "Imbapara", "Amazonas"...

Os iniciadores desta obra tentaram já um teatro para crianças que, apesar de não terem conseguido manter regularmente, ficará como uma das mais belas recordações de educação artística para a infância brasileira. Depois dele, só os Concertos para a Juventude foram alguma coisa de interessante, eficiente e admirável, nesse sentido.

Que sorte estará reservada a este Teatro Musical Brasileiro, em que se sente um formidável esforço para elevar o nível artístico do povo e, ao mesmo tempo, voltar-lhe os olhos para a arte nacional, feita e por fazer, para as suas possibilidades, para o seu conhecimento, para a sua revelação?

Teremos amanhã o primeiro espetáculo. Uma experiência de sonho. E de educação artística, também. É sempre bom fazer dessas experiências: por elas iremos aprendendo aquilo que somos, na realidade, e aquilo que desejaríamos ou que poderíamos ser.

# ESPÍRITO UNIVERSITÁRIO*

O observador otimista e inexperiente é levado a crer seja a cooperação um sentimento natural do homem. Somos tão pequenos e fracos, a existência é tão curta e precária, que a própria noção da nossa interdependência parece favorecer a inclinação do individual para o coletivo, mesmo quando o mais íntimo impulso não seja de amor, mas, simplesmente, de conveniência, de interesse, de egoísmo.

No entanto, a similitude de todos os códigos morais, de todas as doutrinas, instituições e ritos demonstra que o equilíbrio social dos homens tem sido difícil de obter e manter.

A cooperação é um sentimento que se cultiva. Talvez não precisasse ser cultivado, talvez pudesse ter a forma natural do amor. Talvez, em outras condições. Mas a vida se artificializa tanto, com as invenções dos homens, que não há remédio senão admitir também uma espécie meio artificial de amor. E a isso, mais ou menos, é que se dá o nome de cooperação.

---

\* Observe-se a visão do futuro, numa crônica de 1941: "Na organização universitária, o caráter pessoal, exclusivista, do professor proprietário de uma cátedra é substituído pelo caráter cooperativista do professor que participa com seus colegas das atividades de um departamento". A ideia, sem dúvida, vem da organização universitária nos Estados Unidos da América. (NO)

Ora, não estamos num tempo em que os produtos sintéticos até apresentam vantagem sobre os naturais? Não estamos num tempo em que o laboratório faz, desfaz e refaz a criação? Por que estranhar, então, essa virtude nova, flor selecionada da experiência humana, de propriedades possivelmente superiores para afrontar e resistir aos ambientes atuais?

Creio que o sentido de cooperação, tão desenvolvido entre os americanos, é um resultado da extensa vida universitária que se desfruta nos Estados Unidos.

A universidade estabelece compromissos entre os que em redor dela gravitam. Esses compromissos não se referem, apenas, à atividade docente de ministrar um curso, e à discente de obter um diploma. A universidade, no seu largo sentido, é um ambiente onde se recapitulam os conhecimentos do passado, para atualizá-los, transmiti-los, e conduzi-los para a frente, de modo a assegurar um constante progresso humano.

O conhecimento do passado é uma base informativa de utilidade; mas a pesquisa do futuro é uma necessidade inquietante para os que desejam entregar às gerações seguintes sua contribuição ao melhoramento da humanidade.

"A arte, longa; a vida, breve" – eu ou o senhor, sozinhos, nada podemos fazer de verdadeiramente grandioso. Mas se aquilo que o senhor sabe, e aquilo que eu possa vir a aprender, for posto em contato com o que os outros souberam, sabem e saberão, começam a produzir-se reações de um lado e de outro, e então, pode ser que, todos juntos, façamos alguma coisa de valor.

A noção universitária da extensão dos trabalhos humanos é o primeiro passo no caminho da cooperação. Se somos criaturas normais, capazes de realizar alguma coisa, como permitiremos que a nossa vida seja apenas a fruição de tão vasto e penoso trabalho das gerações que nos precederam, trabalho que não alcançou mais largo significado muitas vezes pela ausência de sentido cooperativista do ambiente contemporâneo?

Logo a universidade nos mostra que mesmo essa tentativa egoísta de fruição se torna impossível, pois cada um de nós é um ser diferente, destinado a uma experiência diversa, e temos que modificar o ensinamento do passado, adaptando-o ao nosso caso, se não quisermos viver anacronicamente...

Reconhecida, porém, a nossa experiência, como poderemos deixar de relatá-la, de comentá-la, de discuti-la, se lhe verificamos um valor de renovação sobre as experiências anteriores?

Este jogo se realiza no campo da ciência, da arte, da técnica, da moral. Jogo coletivo, movimenta todo o grupo, e seus efeitos são também de natureza coletiva.

Na organização universitária, o caráter pessoal, exclusivista, do professor proprietário de uma cátedra é substituído pelo caráter cooperativista do professor que participa com seus colegas das atividades de um departamento.

As associações médicas, os clubes esportivos, as instituições sociais de qualquer natureza são orientados com a mesma intenção de bem-estar coletivo – e os seminários de estudo permitem confronto de aquisições e planos para trabalhos em comum.

A imprensa universitária mantém em dia todas as experiências, estimula e sugere.

Cada estudante (e o professor é apenas um estudante mais avançado) tem o prazer duplo: da investigação própria e da contribuição dessa investigação na obra comum.

Com esse espírito universitário, com esse sentido de cooperação, ninguém pode imaginar o conhecimento humano como monopólio deste ou daquele; todos cultivam a sua dignidade e respeitam a alheia. No mundo há lugar para todos os homens que queiram trabalhar assim.

Construir uma universidade não é nada. O espírito universitário, esse sim, é necessário construir, porque só ele é vivo e durável. Ele poderia, mesmo, dispensar a universidade. Mas a universidade sem ele, é uma vã palavra de gente ociosa.

# INTERCÂMBIO, FOLCLORE, TURISMO ETC.

O Brasil hospeda, há pouco mais de uma semana, um ilustre casal americano: o professor Melville Herskovits e a sra. Frances Herskovits, que vêm realizar entre nós estudos afro-brasileiros.

O ilustre casal exerceu, anteriormente, as suas atividades etnológicas na Guiana Holandesa e no continente africano. Um dos seus valiosos trabalhos é o *Suriname folclore*, onde os costumes, a literatura popular e a música dos negros da Guiana Holandesa se acham inteligentemente estudados.

Percorrendo essa obra, o leitor brasileiro se sente desde logo interessado pelas inúmeras semelhanças entre o ambiente negro daquela Guiana e o do Brasil. Em seguida, a leitura dos contos e provérbios coligidos recorda provérbios e contos que nos são familiares.

Não pode haver leitura mais interessante que a da literatura popular. Num conto, numa fábula, num provérbio, às vezes numa adivinhação reside um mundo de experiência de um povo ou da humanidade.

Como deixar de sorrir, por exemplo, da noção de turismo educativo do narrador ingênuo que transmitiu ao casal Herskovits a história que se poderia chamar em português "O tolo e seus quatro companheiros"?

Era uma vez – diz a história – um rapaz muito tolo. Tão tolo que seus pais acharam melhor mandá-lo viajar, para aprender alguma coisa. E o tolo partiu. Logo adiante encontrou um homem de um pé só, que lhe disse: "eu corro mais que uma flecha". E o rapaz convidou-o para viajar na sua companhia. Continuaram a andar e encontraram outro homem com umas orelhas do tamanho de um guarda-sol. E esse homem explicou ao tolo que com aquelas orelhas podia ouvir tudo que se dizia no mundo. E o tolo convidou-o para seguirem juntos. Foram andando e encontraram mais dois tipos esquisitos. Um tinha uma boca enorme; e, o outro, umas costas imensas.

O tolo foi sempre andando, com seus quatro companheiros. E chegaram a uma terra cujo rei tinha uma filha para casar. Mas essa era uma princesa esportiva, que gostava de corridas, e só consentia em casar-se com alguém que corresse mais do que ela.

O homem de um pé só apostou a corrida, e ganhou-a. Mas a princesa não estava interessada no casamento, e preferiu fazer outro negócio: oferecer ao vencedor o dinheiro que ele quisesse, como indenização do casamento. O tolo (que era uma espécie de empresário) aceitou a proposta, com a condição de que lhe dessem tanto dinheiro quanto pudesse ser carregado pelo camarada das costas fortes. Mas que costas, tinha o nosso amigo! Por mais dinheiro que lhe pusessem em cima, continuava sempre com a mesma capacidade... E o rei perdeu tudo. Até o palácio seria carregado, se ele não pedisse o favor de o pouparem.

Lá se foi o tolo, com sua gente, e aquele carregamento...

Mas o rei, quando os viu longe, começou a achar que aquela história não estava certa... Para que, porém, havia de abrir o bico? O homem da orelha de guarda-sol logo ouviu o que ele dizia, e tratou de avisar os companheiros sobre os planos do rei arrependido.

Os planos eram os mais terríveis. Já todo o exército vinha atrás dele, pronto para a *blitzkrieg*. Mas o camarada da boca larga começou a soprar, e as árvores puseram-se a cair, e os soldados levaram um tal susto que até hoje devem estar correndo para o ponto de partida...

E o tolo, com os companheiros, chegou a sua casa, muito feliz.

A família ficou admirada, vendo-o chegar. Era uma família *sui generis*, que reconhecia ser o rapaz um tolo completo. Vendo-o, porém, regressar tão rico e poderoso, chegou a essa conclusão profundamente importante: que as viagens modificam as pessoas. Conclusão profundamente turística, embora encerrando um preceito malicioso com que os turistas se sentiriam ofendidos: "quando houver um tolo na família, é recomendável mandá-lo viajar, porque volta mudado".

Eu só não estou de acordo com a exclusividade: tolos e sábios aprendem sempre, viajando.

E se o turismo é uma viagem para se aprender, há outras viagens, silenciosas, que são por si mesmas, e pelos seus resultados, um glorioso ensinamento.

Veja-se, por exemplo, esta que realizou o casal Herskovits, e as que antes realizou, por lugares inóspitos, sem atração de cassinos nem de praias elegantes: viagem de trabalho, trabalho de investigação humana destinado a tornar possível a compreensão da vida.

O que hoje vemos da África e da Guiana, recolhido por suas mãos, havemos de ver em breve, de vários pontos do Brasil. E esse será um dos serviços mais úteis do intercâmbio americano, porque se ocupará do negro brasileiro, uma força tão comovedora na história da nossa formação.

# DA EVASÃO ESCOLAR*

As causas da evasão escolar poderiam ser, à primeira vista, atribuídas à criança – o que leva as pessoas bem-intencionadas a tentar exercer sobre ela várias influências e atrações, para que frequente as aulas. No entanto, a criança é a única irresponsável. Vejamos as razões da sua ausência.

Uma criança que falta à escola ou não pode ou não gosta de ir.

Quando uma criança "não pode" ir à escola, é sempre por motivos alheios à sua vontade. Talvez esteja doente. Talvez não disponha de roupa nem calçado para se apresentar – e algumas escolas exigem o uniforme, outras, pelo menos, um vestuário completo. Talvez esteja auxiliando os pais em tarefas caseiras ou trabalhos do campo. De qualquer maneira, são os interesses da família ou as consequências do meio e da situação econômica os responsáveis pela sua frequência.

Se uma criança "não gosta" de ir à escola, então é preciso saber as razões do seu constrangimento. Podem ser razões pessoais: pobreza, doença, atraso, inferioridade de qualquer natureza; podem decorrer da escola mesma, e dos

---

\* Deve se meditar, ainda hoje, sobre o que Cecília Meireles escreveu aqui sobre as causas da evasão escolar. (NO)

seus métodos e das suas exigências; da natureza dos estudos; da personalidade da professora, que não sabe inspirar simpatia nem interesse; do comportamento das outras crianças – desigualdades sociais, injustiças etc.

Conhecidas as causas, poderia parecer fácil o remédio. Será? Como se vai de uma hora para outra deixar em boas condições de saúde todas as crianças do Brasil? Ainda há pouco, dizia o dr. Alcides Lintz, chefe do Centro Médico Pedagógico, que o número de glóbulos vermelhos cria diferenças importantes na capacidade do estudante. Nós todos contemplávamos seus gabinetes magníficos, onde uma obra notável se está verificando, mas sabíamos que apenas uma parte das crianças do Distrito Federal pode ser, por enquanto, atendida nesse esplêndido serviço... Por outro lado, educadores dos estados ouviam falar em 500 contos para aqui e 500 contos para ali... – e pensavam nas suas verbas de educação...

Poderão ser vestidas instantaneamente todas as crianças do Brasil que não vão à escola por falta de roupa? E poderão ser bem nutridas? E poderão sair de casa sem que os pais sintam falta delas para essas mil pequenas coisas de todos os dias: dar a mamadeira ao irmãozinho, lavar a roupa miúda, fazer compras, levar a comida ao pai, apanhar lenha – e outras, que dependem de ocasiões especiais?

E poderemos, de repente, corrigir todos os erros da escola, e tornar perfeitas todas as professoras?

E como tornaremos perfeitas as professoras que ganham apenas cento e poucos mil-réis, e têm, portanto, o espírito cheio de problemas, e estão irritadas, nervosas, cansadas, indispostas, precisando também, como os seus alunos, de comida, roupa, saúde, em primeiro lugar? Depois, de vocação, sentimentos humanos profundos e sinceros, gosto pela profissão, desejo de aperfeiçoamento; em seguida, de condições para se realizarem: cursos benfeitos, possibilidades de ver e entender a vida, por meio de leituras, viagens, troca de ideias, e sentido e capacidade de cooperação?

A criança que "não pode" ir à escola me entristece, porque está lutando com fatalidades que se interpõem ao seu desejo de aprender, de melhorar.

Mas a criança que "não gosta" de ir à escola me causa uma alegria muito difícil de explicar sem mal-entendidos. Ela se defende, como o adulto que não visita as pessoas aborrecidas, que não vai tomar fresco nos jardins que têm mosquitos, que, enfim, pratica todas as prudências sugeridas pelo velho ditado: "Gato escaldado tem de água fria medo."

A criança tem o dom maravilhoso da autodefesa ainda não estragado pelas convenções sociais, por noções maliciosas ou interesseiras, tão familiares aos adultos em geral. E as suas reações costumam ser o diagnóstico preciso da crise que enfrentam.

Entre a criança que faz gazeta, porque a escola lhe parece abominável, e a que se submete a frequentá-la, passivamente, bobamente, eu prefiro a primeira. É a que revela mais sensibilidade, mais vida, mais inteligência. É a mais aproveitável. Acho que devia ganhar prêmios. Prêmios de escolas adequadas, de professores adequados. De educação adequada.

# PARA UM PLANO NACIONAL DE EDUCAÇÃO*

*E*ncerra-se hoje a Conferência Nacional de Educação. Findos os debates, sob certos pontos de vista tão interessantes, os delegados, ao arrumar as malas, podem, além das saudades que estas reuniões devem ter deixado indeléveis no seu coração, guardar duas lembranças inestimáveis de todo o trabalho realizado: uma é o parecer da comissão especial composta dos drs. Paulo Lira, Fernando de Azevedo e Coelho de Sousa, representantes, respectivamente, do D.A.S.P., de São Paulo e do Rio Grande do Sul, sobre o Plano de Educação apresentado pelo representante do Distrito Federal. Outra é o projeto de resolução apresentado pelo dr. Tude de Sousa, delegado da Paraíba, com a assinatura de dezoito delegados, relativo à convocação da Convenção Nacional de Educação.

Há uma grande concordância entre esses documentos, embora houvessem procedido de fontes diversas, e realmente destinados a diferentes fins. E essa concordância é o que os torna mais significativos, revelando, ao mesmo

---
\* Como se vê, Cecília Meireles também sabia aplaudir – com a mesma veemência com que criticava os erros – as medidas acertadas para a educação brasileira. E aqui perguntamos a razão pela qual tais medidas, decorrentes de um Plano Nacional de Educação, até hoje não foram plenamente postas em prática. (NO)

tempo, que esta Conferência teve a honra e a utilidade de os produzir.

O parecer da Comissão Especial, sobre um Plano Nacional de Educação oferecido a exame, compõe-se apenas de três itens, que representam o ponto de vista das altas autoridades que opinaram. Diz o seguinte:

> Considerando
> 1) que o estudo do plano da matéria do Plano Nacional de Educação deve ser apenas iniciado na presente Conferência; 2) que os termos da solução a ser dada à matéria devem ser propostos pelo próprio Governo Federal uma vez que a expressão: "Plano Nacional de Educação" não está ainda precisamente definida; 3) que, nestes termos, deve a Conferência limitar-se a oferecer ao Governo Federal sugestões para a elaboração de um plano nacional de educação a ser, se assim for julgado necessário, discutido na Segunda Conferência Nacional de Educação, entende a comissão, à vista das considerações feitas, que as instruções sob o título "Plano de Educação", expedidas pela Secretaria Geral de Educação e Cultura da Prefeitura do Distrito Federal, poderão ser encaminhadas, em ocasião oportuna, ao Ministério da Educação e Saúde, para consideração que merecem.

O segundo documento é o "Projeto de resolução" que, depois de largas considerações baseadas no espírito do regime, assim termina:

> Considerando, por conseguinte, que a necessidade primordial e deveras fundamental, em matéria de educação popular, no Brasil, é instituir-se, pela fórmula convencional, a única possível – e a melhor, se acaso outras fossem possíveis –, o grande sistema nacional que conjugue, organicamente, e sem atingir os princípios do regime, nem esquecer as exigências da realidade brasileira, os recursos e os esforços das

três órbitas do governo, e até mesmo da própria iniciativa privada, em prol do ensino primário, do ensino profissional e do ensino normal;
Considerando, assim, que a Primeira Conferência Nacional de Educação pode e deve sugerir ao senhor presidente da República, de cujo "poder de coordenação administrativa" (art. 73 da Constituição) depende a execução do alvitre, a conveniência de ser convocada a Convenção Nacional de Educação, a fim de que às deliberações futuras possa ser dado o sentido político e contratual, graças ao qual está habilitada a instituir e coordenar o grande sistema interadministrativo capaz de resolver os problemas cuja solução lhe foi atribuída; Resolve:

Art. 1º – É sugerida ao Governo Nacional a conveniência de ser convocada, com fundamento no art. 73 da Constituição da República, a Convenção Nacional de Educação.

Art. 2º – É declarada de indispensável necessidade a criação do Fundo Nacional de Educação, esse fundo destinado à União, mediante majoração de imposto que for julgado mais adequado, recursos nunca inferiores ao *quantum* constituído por 15% das rendas tributárias dos estados e 10% das rendas de igual categoria dos municípios.

Art. 3º – Deve desde logo ser fixado que a distribuição dos recursos se faça de acordo com o que for deliberado pela Conferência Nacional de Educação e tendo em vista, fundamentalmente, a atribuição, para cada unidade federada, de três quotas, a saber: uma em razão do *quantum* que os estados e seus municípios tiverem despendido no exercício precedente com os ramos do ensino abrangidos pela convenção, outra em razão do efetivo demográfico e a terceira em razão da extensão territorial.

Esse projeto de resolução, como ficou dito acima, recebeu dezoito assinaturas, e foi devidamente encaminhado.

Com esses dois documentos, acha-se de certo modo salva a Conferência Nacional que hoje se encerra.

Na véspera do encerramento, foi ainda solicitado pelos delegados estaduais ao sr. ministro que, por ocasião da visita que, em sua companhia, farão ao sr. presidente da República, segunda-feira próxima, sejam apresentadas num discurso, ao chefe do governo, as aspirações dos que concorreram a esta reunião, e as suas principais sugestões. O orador será o representante do Rio Grande do Sul, dr. Coelho de Sousa.

É grato, ao cronista, poder encerrar suas considerações sobre a Conferência Nacional com a notícia dessas derradeiras medidas.

# ARTE E EDUCAÇÃO

A conferência há pouco realizada pela sra. Carolina Durieux sobre a arte nos Estados Unidos fez-me lembrar as constantes exposições que tive ocasião de ver nas galerias das universidades americanas que milhares de estudantes atravessam, mesmo em períodos de férias.

Às vezes, eram caricaturas, às vezes, outras invenções artísticas; lembro-me de ter visto muitos desenhos de propaganda contra incêndios (numa cidade quase toda construída de madeira, mas com as casas equipadas com os mais confortáveis aparelhos elétricos), e muitas maravilhas de arte gráfica – exposições de páginas de obras-primas de tipografia: letras e ornatos maravilhosos, gravuras indescritíveis, papéis que sozinhos, sem mais nada, me deixavam em êxtase. (Literatices, leitor, literatices...)

Os estudantes passavam por ali conforme a sua índole; sérios, risonhos, pensativos, distraídos, carregando livros, carregando capas, não carregando nada, lambiscando sorvetes, mascando goma, absorvendo ciência, transpirando saúde (era um verão de deixar impressionados os brasileiros), e, querendo ou sem querer, seus olhos passavam pelas paredes da galeria, onde tranquilamente se deixava estar a exposição.

Ninguém era obrigado a parar, contemplar, gostar, convencer-se e ir comprar uma folha de papel e uma caixa de lápis para virar artista no dia seguinte. Não. Apenas a exposição era anunciada, como se anunciavam as conferências nos "teatros abertos": uma coisa dentro do ritmo normal. Nem me lembro se os jornais se ocupavam disso.

Quando se vê, porém, uma revista americana, uma vitrina dos Estados Unidos, o interior de uma casa remediada, compreende-se todo o efeito desse convívio constante com coisas de arte, que pouco a pouco vão impregnando um ambiente, familiarizando a criatura com uma certa fisionomia poética de tudo, até que o hábito de beleza afeiçoa o indivíduo, de modo a não lhe permitir a proximidade do que se encontre dela desprovido.

Educar é, em grande parte, acomodar as coisas superiores, despertando na criatura humana um gosto puro pelo melhor e mais perfeito, e uma inadaptação pelo que julgamos inútil ou mau.

Inúmeras vezes uma prédica resulta sem virtude, porque há, desgraçadamente, na maior parte da humanidade, uma grande desconfiança pelos conselhos. E a verdade é que, muitas vezes, os conselhos não valem grande coisa, e o que os fornece tem, acima de tudo, em vista a defesa de algum interesse próprio.

O ambiente educa em silêncio. Nem fica rouco, nem se repete, nem se cansa em vão, nem se arrelia com os desatentos. O ambiente é poderoso e insensível, como a fatalidade.

O menino está distraído brincando, levanta os olhos, vê em cima da mesa uma jarra de flores. Todas as cores entrelaçadas. Muitos desenhos calados, vivendo sua maravilha momentânea. O menino volta ao brinquedo. Torna a levantar os olhos: as flores, ali. Isto é assim por muito tempo, e na alma do menino ficam existindo as flores, com seus desenhos, suas tintas, suas expressões. Contam que

Anatole France, em pequenino, se enamorou de uma rosa pintada no papel da parede. Todas as crianças se enamoram para sempre de sua infância. E por isso tanto se diz que a educação começa no berço, embora verdadeiramente comece muito antes.

O arranjo doméstico, a harmonia da família, a paisagem cotidiana, a atmosfera da escola, tudo isso são ambientes que se vão superpondo e que nos vão nutrindo. Vemos as plantas brilharem ou murcharem conforme o sítio em que se encontram, as influências da terra, do Sol, do ar, e duvidamos que o mesmo se passe conosco, que somos muito mais sensíveis que elas!

Dizia a sra. Durieux que não se fabricam artistas, mas se pode concorrer para que muita gente compreenda e aprecie melhor as coisas de arte. São palavras sensatas. E não conheço adjetivo mais formidável do que este, no mundo de hoje. Pudéssemos nós fazer com que todos compreendessem e apreciassem melhor, não apenas a arte, mas também a vida; de que ela é apenas um aspecto – e teríamos realizado completamente a obra imensa, extenuante, infindável, da educação!

# UMA BIBLIOTECA INFANTIL

A ideia de organizar bibliotecas para crianças não se pode dizer que seja uma ideia nova. É mesmo uma coisa velha, e sem grande originalidade. Uma vez que existem livros e crianças que os leiam, as bibliotecas infantis estão naturalmente criadas.

Desde que os ensinamentos morais e intelectuais assumiram a forma escrita, começaram a existir livros destinados a crianças, embora nem sempre fossem livros propriamente infantis, pois muito se tem discutido, pelos séculos afora, se a criança é apenas um adulto em ponto pequeno ou uma coisa especial, diferente do adulto, no funcionamento.

Quando as histórias infantis foram também passando da forma oral, que melhor as caracteriza, para a forma escrita, que as salva do desaparecimento, esses livros de histórias foram aparecendo nas mãos das crianças, foram sendo guardados nos seus quartos de brincar, e, assim, separados dos livros pesados e severos dos doutores da família, foram formando a sua rodinha maravilhosa de fadas e gnomos, e constituindo despretensiosas bibliotecas infantis.

Histórias de todo o mundo foram sendo recolhidas, traduzidas, adaptadas – e as bibliotecas infantis foram aumentando, com mais fadas, mais gnomos, mais gigantes, mais anões, mais príncipes e princesas, mais bichos fantásticos, mais casamentos com festas de três dias, uma semana, um mês, um ano, a vida inteira.

Depois, os adultos começaram a fazer concorrência às histórias tradicionais, puseram-se a escrever invenções suas, quase sempre inferiores às formidáveis criações do gênio popular, e houve mais reis e rainhas, mais fadas e dragões – tudo um pouco falsificado, honra lhes seja feita, mas assim iam aumentando as coleções.

Afinal, os pedagogos disseram que a leitura tinha um grande valor na vida infantil, mostraram a utilidade dos livros, transmitindo conhecimento e despertando curiosidades e emoções, facilitando a evasão para regiões sublimes etc. – e as bibliotecas infantis foram sendo ampliadas, pelo menos entre as crianças que dispunham de mais recursos.

O sentido democrático da educação tende a levar a todas as classes sociais os benefícios que, em tempos idos, eram exclusividade de algumas. E a ideia de oferecer bibliotecas a um grande número de crianças devia ter, como consequência, a criação de salas de leituras nas escolas.

As escolas têm, no entanto, um certo programa a cumprir, o que as obriga a um determinado horário, para distribuição das várias matérias. As salas de leitura nas escolas não podem contar com a frequência espontânea das crianças, pois estas não dispõem, para isso, senão de um ou outro intervalo, entre as lições. E um verdadeiro amante da leitura não vai agora ler, das duas e quinze às duas e meia, um certo livro, apressadamente. A leitura em grupos, metódica e pontual, parece-me um artifício não aconselhável, a não ser para tornar o livro fastidioso, e fazer a criança perder o interesse por ele.

Como os pedagogos prezam mais as virtudes que os castigos, lembraram-se de que as bibliotecas infantis podiam funcionar separadas da escola. Uma vez cumprida a sua tarefa diária, a criança iria procurar seus livros, como os adultos têm a liberdade de o fazer. E escolheriam livremente nas prateleiras os que lhes agradassem, e leriam até onde pudessem, e entrariam em contato com diferentes autores, e assim estariam no seu mundo das letras como os adultos no seu – com mais camaradagem, certamente, e mais sinceras admirações e mais franqueza.

As bibliotecas infantis dessa espécie foram aparecendo por toda parte onde se tem pela criança uma profunda consideração. Os Estados Unidos ampliaram a ideia, como é próprio dos americanos, e até fundaram bibliotecas infantis em países europeus. Mesmo no Brasil houve quem se interessasse pelo problema. E, embora não tendo sido a primeira a ser criada, a biblioteca infantil de São Paulo foi, sem dúvida, a que mais oportunidades felizes mereceu para se desenvolver.

Mas de todas as bibliotecas infantis que tenho visto, a que me pareceu mais encantadora foi a da cidade de Viseu, em Portugal. Pois até Viseu (que, aliás, é uma formosa cidade de turismo, com um maravilhoso museu) possui uma biblioteca infantil.

Nem de longe se pode comparar a uma biblioteca americana, certamente. Mas nenhuma biblioteca americana se lhe pode, também, comparar. É pequenina, conta com pequenos armários de alvenaria – mas está num recanto de jardim, jardim público onde se encontram, todas as tardes, as crianças, as borboletas, os pássaros e as flores. Foi criada em homenagem a um poeta, filho da região, e que preside em efígie à leitura das crianças.

Há bibliotecas infantis enormes, providas do maior conforto, maravilhosamente organizadas, servindo a um numeroso público de pequeninos.

Mas essa que eu vi, num jardim, coberta pelo céu, banhada pelo Sol, deixou-me uma impressão inesquecível. Toda a poesia do mundo se debruçava em cada linha de cada livro.

# SAMBA E EDUCAÇÃO

*E*stou vendo o leitor encrespar a testa com o título. Tenha paciência: à primeira vista, parece, talvez, estranho afirmar-se que o samba possa concorrer para a educação, a não ser em sentido oposto. Se levarmos em conta, porém, que todas as danças populares não são mais que restos bem ou malconservados de cerimônias ou festividades tradicionais que, por sua vez, representaram, para a sociedade que as originou, oportunidades e pretextos de caráter educativo, então, já podemos entrever no samba uma função que não contradiz o título.

Trata-se, afinal, de um jogo (no sentido pedagógico), com as qualidades que os jogos têm em educação: possibilidades individuais de adestramento, exercício de sentidos e faculdades, submissão à disciplina do ritmo, domínio do corpo e seus movimentos, aguçamento da sensibilidade pela obediência à coreografia. E tudo isso, fora da dança, se reflete no comportamento geral, traduzido em agilidade e capacidade de controle, úteis, sem dúvida, no domínio da vida prática.

Socialmente, o samba estabelece, como jogo de conjunto, relações de camaradagem, com os resultados que costumam valorizar os trabalhos e jogos de equipe: comunicação dos indivíduos, melhor entendimento entre si, sentimentos de crítica, de admiração, de amizade – o que também se traduz em consequências fora da roda do samba.

Se contemplarmos a vida popular, em matéria de divertimentos, só encontraremos, aqui no Rio, o samba como assunto de verdadeira importância. Algumas pessoas tomam-no por um lado excessivamente entusiástico, mas nem sempre devidamente esclarecido, e muitas outras, justamente por insuficiência de esclarecimento, condenam-no com certa desconfiança e algum rancor.

Quem se der, porém, ao trabalho de subir a um desses morros pobres onde existem escolas de samba, e levar olhos ansiosos de compreender e interpretar, verá que o samba pode não ser tão formidável como se diz às vezes, mas está cumprindo uma missão que não deixa de ser educativa, e que enternece aos que gostam da humanidade, e desejariam vê-la melhorada por meios pacíficos.

Parece que mesmo os presidentes das escolas de samba estão, sem saberem bem como nem por quê, sentindo que fazem educação, como *mr.* Jourdain fazia versos. Já ouvi um deles discursar com a maior seriedade e emoção, declarando que a função da sua escola de samba era "suavizar o trabalho dos poderes públicos, no melhoramento do povo". Mas a escola de samba não ensina a ler, nem a escrever, nem a contar – dirão os partidários de uma instrução mínima. Claro que não. Formalmente, não. Mas ler, escrever e contar não significam sempre educar. De modo que, por esse lado, está encerrada a discussão.

Resta saber, então, que faz uma escola de samba para que se lhe possa descobrir um sentido educativo.

A dança, considerada como jogo, seria suficiente para indicação de um certo aproveitamento, como dissemos acima. Acontece, porém, que a escola de samba é um centro de reunião de sócios que se vão entreter com esse jogo. Esses sócios são representados por operários, empregados domésticos etc. E já o fato de uma escola de samba ser integrada por trabalhadores inclui uma sanção relativa à casta dos malandros, tão desprestigiada nas camadas humildes... e tão prestigiada nas outras...

Essa gente que se diverte com "o brinquedo", como diz o meu encerador, encontra na escola de samba a mesma oportunidade social que às outras classes se oferece nos clubes elegantes, nas reuniões mundanas etc. Ora, não se diz que a vida social educa os bons hábitos, cultiva os sentimentos de cordialidade, de cooperação, de simpatia, mantém o equilíbrio humano, permite a troca de experiências, oferece outros pontos de vista – enfim, melhora o indivíduo intelectualmente e moralmente? Por que tudo isso há de ser negado à escola de samba?

A escola de samba é o orgulho do morro, que todo se limpa e enfeita nos dias de função. Ela exige de seus frequentadores certos cuidados de vestuário, que constituem, para a esfera de sua atuação, um melhoramento considerável, não apenas de higiene, mas também de elegância. O salão de escola da samba é um museu ilustrativo para o estudioso dos nossos costumes: vultos notáveis da história, poetas e artistas famosos ali são reverenciados em efígie, ao lado de poéticas imagens de santos católicos. A escola de samba tem sócios de todas as idades. Velhos e crianças brincam lado a lado com rapazes e gente madura. É mesmo da tradição que, antes de nascer, as criancinhas já estão aprendendo. É o que se pode chamar, sem dúvida alguma, educação pré-natal...

Na parede de uma escola de samba podem ser encontradas coisas assim: "Pede-se aos cavalheiros que tratem as damas com toda a dignidade: assinado – um colega". E isso, evidentemente, é uma demonstração de finura de maneiras, e boa orientação ética.

Por todas essas razões, o samba, a meu ver, está tendo uma influência educativa digna deste artigo, que é o mais sério possível, apesar de meio risonho.

E, sem falar já das escolas de samba – até as canções carnavalescas não estão sendo quase uma antologia cívica, e, pelo menos, sem nenhuma dúvida, uma verdadeira antologia poliglótica?

# CONVERSA À BEIRA DO RIO

O menino a quem dei o troco das pipocas atravessou a rua correndo, com o seu cestinho ao peito, e logo voltou, radioso, desembrulhando um pequenino pacote de chicles. Como, apesar de simples vendedor de pipocas, era de natureza amável, ofereceu-me da sua gulodice. E eu que, com todo o meu americanismo, não pretendo, por enquanto, gostar de chicles, pus-me a fazer-lhe o elogio das pipocas que a ele mesmo acabara de comprar.

Era de manhã, à beira do rio, e mostrei-lhe como as pipocas se pareciam com jasmins, e eram muito mais alvas, e ainda mais puras, que nem perfume desprendiam; considerei sua existência miraculosa, da terra que as criara ao fogo que as rompera. Naquela deslumbrante purificação, o único vestígio da terra, que ainda conservavam, era o toque dourado da pele que as revestira.

Então, o menino quis saber por que eu não gostava de chicles. É certo que se poderia defender essa goma recoberta de açúcar como a imagem da própria eternidade, interminável e um pouco obscura, no fundo dos tempos, que às vezes também são doces, e coloridos de branco e de cor-de-rosa, e que facilmente se dissolvem, com seu gosto inconstante de menta e rosa. A ideia de mastigar a eternidade também não me desagrada. Pois que somos nós senão ruminantes do eterno, salvo os que são apenas efêmeros ruminantes. Não foi, portanto, a imagem que me faltou, para nobilitar e poetizar os chicles. Foi a força do meu paladar, ainda não suficientemente americanizado, e que encontra nessa goma interminável a verdadeira ilustração do famoso gosto de cabo de guarda-chuva. Foram, também, certas lembranças da cidade de Cincinnati, que suponho ser um dos lugares do mundo onde mais se mascam chicles, pois as calçadas estão cheias de manchas negras a que se pegam os papéis soltos e a sola dos sapatos dos passantes. E outras, das "cafeterias" americanas, quando rapazes com cara de parentes do Boca Larga puxavam dos dentes aquele pedaço de elástico, e pregavam-no em qualquer parte – embaixo da mesa, no pé da cadeira, no salto do sapato, para poderem tomar um *ice cream*.

Limitei-me, porém, a dizer ao menino que me aborreciam os chicles porque não acabavam nunca... E depois mostrei-lhe as vantagens das pipocas, bonitas, nutritivas e tão conhecidas nossas, que as vemos surgir da terra, em qualquer campo, e as vemos bailar ao fogo, em qualquer esquina... Sem falar que essas, que ele vendia, eram feitas por seu pai e por uma freira...

Mas o menino, com um gesto imenso de tédio, espalmando a mão pelo estômago, me confessou que de pipocas estava cheio. Compreendi então que era já o prazer da variedade que o tentava. Mas não era só isso. "Os chicles são bons", disse-me ele, "porque custam muito a acabar. E enquanto se vai mastigando, não se pensam coisas ruins".

Ouvir uma criança de dez anos dizer isto, seriamente, num maravilhoso dia de Sol, à margem de um rio, foi como se alguém me viesse afogar na água, ou me obrigasse a bebê-la toda – uma surpresa monstruosa e triste.

– Que é que você tem a esquecer?

– Logo que eu fico sozinho – respondeu-me –, penso em meus dois avós que morreram. Um morreu na cama, tremendo. O outro morreu de uma queda, caçando, e o sangue foi saindo... saindo...
E os olhos da criança se enchiam de lágrimas.
– Você viu-os morrer?
– Não. Foi minha mãe que contou.
– Mas isso não acontece todos os dias... – disse-lhe eu, com esse ar de estupidez que se adquire quando se quer consolar.
– Eu sei. Mas fico tão nervoso!
E apontava-me os bracinhos e a garganta, por onde sentia correr a sua emoção.
– Há muitas coisas bonitas para pensar – continuei.
– Você já olhou bem para uma árvore? Já viu como são engraçadas! Têm tudo: flor, fruta, sombra, ninhos de passarinhos...
E ele já sorria.
– Já viu uma flor de perto, bem de perto? Tem diferentes cores, tem risquinhos, que parecem desenhados a pena. Umas são fininhas como seda. Outras parecem rijas que nem mármore. Umas são franzidas, outras são arredondadas, algumas têm pelinhos prateados. Às vezes cheiram tanto que a gente adoece de cheirá-las. Mas há cheiros tão lindos que parecem outras coisas: nuvens, imagens, casas pintadas de azul, cabrinhas bebendo orvalho... Você já reparou nisso tudo?

Então, o menino ficou de boca aberta, sorrindo, sem mascar o chicle nem nada. E sorria encantado. E os seus dois avós estavam longe, longe. E não era preciso mascar a goma para esquecê-los, na sua desventura final.

Pus-me a pensar na sensibilidade das crianças, às vezes tão mal compreendidas pelos próprios parentes. Lembrei-me da influência das conversas dos adultos na infância que anda em redor deles, aparentemente desatenta ou distraída.

Sofri de novo com o mal que a humanidade faz a si mesma, sem querer e sem saber.

Mas o menino me disse:

– Deixe ver o número do seu automóvel, para me encontrar com a senhora quando vier aqui outra vez...

Então, achei que tinha empregado bem a manhã, porque abrira na imaginação de um menino triste um caminho novo, para a beleza suave do mundo. E deixei-o sorrindo, esquecido, com o cesto de pipocas ao peito, dizendo-me adeus.

# A ARTE DE BRINCAR

*É* lamentável, mas os tempos andam tão maus que as próprias crianças já não sabem mais brincar. Em dias mais tranquilos, elas gostavam de suas cantigas de roda, tinham um largo repertório, e à tardinha e à noite brincavam pelos quintais e pelas ruas, pelos jardins e pelas praças. Tinham também jogos cantados e falados, resíduos ou esboços de teatro, e com eles se entretinham, alegremente. Os brinquedos simples, primitivos e eternos, fáceis de obter e de conservar, não faltavam nem mesmo às mais pobres; e quase se podia saber em que mês se estava pelo aparecimento dos papagaios de papel ou das bolas de gude, do pião ou do bilboquê. As bonecas ingênuas ocupavam as meninas com preparativos de enxovais de batizado e casamento, conduzindo assim as pequeninas mãos à técnica da costura e do bordado por um caminho de resultados surpreendentes, graças à sua origem terna e sentimental.

Esses jogos, quase todos de grupo, estabeleciam relações sociais de cordialidade entre as crianças. Muitas amizades nasceram de partidas de gude ou "cinco Marias", de cirandas e de fogos de artifício. E essa sociabilidade era autêntica, e de longa permanência, pois resistira às competições dos jogos, às rivalidades, aos despeitos, aprimorara o caráter nesses encontros de infância, que é quando se deve aprender a tolerância, a admiração, a justiça e outras coisas mais.

As crianças de hoje parecem-me irritadas e desnorteadas. Cerca-as uma atmosfera bravia, uma agitada atmosfera, que as deixa sem a suficiente serenidade para apreciar a beleza simples das pequenas coisas e admitir outras vidas, além da sua, neste mundo tão grande.

Os jogos de conjunto tendem a desaparecer, e são os brinquedos mecânicos que os substituem. Mas uma das coisas interessantes naqueles jogos era a sua barateza. Não há rua tão infeliz que não tenha pelo menos uma dúzia de crianças. Exceto aos pais, essas crianças não custam nada. É só reuni-las, fazê-las entoar umas tantas cantigas, e já temos uma festa, meio desafinada, meio rouca – mas há alguma festa que não seja meio rouca ou meio desafinada? Nunca vi.

Agora com as bicicletas e os patins e os automóveis destes tempos de velocidade, a história é outra. Nem todos os pais podem adquirir coisas tão caras para a sua prole. E, como os possuidores de tão custosas prendas, graças exatamente à sua qualidade de brinquedos velozes, podem estar quase ao mesmo tempo em muitas partes, resulta que uma boa porção da criançada sofre – sofre profundamente – por ver essas belas máquinas fora do alcance das suas possibilidades.

Não me quero deter na análise dos sentimentos que essa situação desperta na alma infantil. "Há muitas coisas neste mundo, Horácio", que as crianças não podem entender...

Ainda uma coisa me parece pior: que os pais também sofram com essa situação. Esse sofrimento não resolve nada. E se um sofrimento não resolve nada, é inútil e deve ser eliminado. Deve ser substituído por uma coisa que resolva. A coisa que resolve é uma compreensão diferente da vida, e uma interpretação mais pura, mais sadia, mais isenta. E eu sei que dá um certo trabalho ter-se uma tal concepção do mundo que tudo deixe em seus lugares sem perturbar a paz de espírito de cada um. Mas, enquanto não se tem essa concepção, também não se tem essa paz, e, assim, é mister começar pelo único lado que é, verdadeiramente, começo.

Se os pais se lamentarem de não dar a seus filhos todas essas máquinas atraentes, mas um pouco tediosas que se inventam para brinquedo, podem causar um grande mal às crianças, aumentando o interesse naturalmente suscitado por essas coisas. Mas se não lhes derem grande atenção, se estiverem, eles mesmos, enamorados da infância e da beleza do mundo, conseguirão inspirar em seus filhos a sedução profunda de coisas que não custam nada, ou custam muito pouco, e encerram uma poesia delicada e imortal.

Outro dia eu estava muito quieta contemplando esta cena: um pequeno almocreve da serra mirou e remirou o menino veranista que possuía uma dessas bicicletas fabulosas com que, nos circos, se fazem bailados de prata; por fim, propôs-lhe um negócio que, à sua experiência de pequeno comerciante, lhe parecia de alta vantagem: ele dava uma voltinha de bicicleta e o veranista duas voltinhas no seu cavalo...

Mas o veranista, como é da sua condição, dava uma grande importância a si mesmo e à sua propriedade. De modo que o negócio não se fez.

Está claro que a minha conclusão é desfavorável ao veranista; pois que o menino rude da montanha ache surpreendente aquela máquina cintilante e queira ver como funciona é natural; mas que o veranista, pessoa já alfabetizada, geralmente com casa própria e professor de inglês, não saiba apreciar a vantagem de uma voltinha a cavalo – cavalo, bicho que vive, relincha, sacode a crina, e pisa com um garbo de jovem de dezoito anos na Cinelândia –, ah, isso é inconcebível.

E é por isso que eu digo que a arte de brincar se vai perdendo. A máquina está gastando a infância. Qualquer dia as criaturas humanas nascerão de barbas brancas, como Lao-Tsé. Oxalá, se vierem com a sua sabedoria...

# INFÂNCIA E FOLCLORE: "ANDA À RODA, CANDIEIRO"

Creio que esta cantiga já desapareceu do folclore infantil carioca, e se é que algum dia nele existiu completa. Só me lembro de ter ouvido, mui remotamente, alguma criada entoar:

*candieiro é!*
*candieiro á!*

Carlos Góis, entre as "rimas de infância", recorda esta quadra:

*Candieiro, entrai na roda,*
*entrai na roda sem parar;*
*quem pegar o candieiro,*
*candieiro há-de ficar.*

Além dessa versão mineira, existe a de d. Alexina de Magalhães Pinto, que, infelizmente, não tenho à mão. Creio, porém, ser a mesma apresentada por Fr. Sinzig, que diz:

*Candieiro, entrai na roda,*
*entrai na roda sem parar!*

> *Quem pegar o candieiro,*
> *candieiro há de ficar!*

> *Có-co-ro-có, candieiro, sinhá,*
> *eu não sou castiçal, candieiro, sinhá!*

A nota que acompanha essa versão explica: "Brinquedo de roda muito popular." É descrito na Coleção Icks da autora mineira acima citada. Série B. Foi arranjado também por Villa-Lobos, sob o número vinte e dois do primeiro volume do "Guia Prático".

Sílvio Romero recolheu uma versão pernambucana da cantiga, que grafou como fragmento:

> *Anda à roda, candieiro,*
> *anda à roda sem parar;*
> *todo aquele que errar,*
> *candieiro há de ficar.*

> *Candieiro, ô! ....*
> *tá na mão de ioiô;*
> *candieiro, á!...*
> *tá na mão de iaiá.*
> ............................

Essa é também a versão recolhida por Pereira da Costa. Segundo esse autor, o "candieiro" seria divertimento de adultos, antes de se tornar brinquedo infantil. Assim diz ele: "Outros gêneros de danças populares, com música e letra, avultam também entre nós, tais como a 'ciranda', a 'rolinha' e as 'anquinhas', o 'carangueijo' e o 'candieiro'".

Melo Morais Filho também registra a mesma versão, incluindo-a entre as cantigas usadas "em algumas das antigas províncias do Norte, ao amanhecer da véspera de S. João". Descreve esse autor a dança diante dos oratórios, com o povo, e especialmente as crianças coroadas de flores, entoando a conhecida quadrilha:

*Capelinha de melão
é de S. João,
é de cravos, é de rosas,
é de manjericão.*

E alude em seguida ao "candieiro" sem que eu, no entanto, possa perceber, pela leitura dessa página sua, se o "candieiro" estava ou não ligado à cantiga acima, ou se tinham sequer a mesma música. O que parece fora de dúvida é que o "candieiro" se cantava na véspera de S. João.

Mas, no seu *Cancioneiro de trovas ao Brasil Central* A. Americano do Brasil descreve com os seguintes termos a dança denominada "Candeia":

"É dança obrigatória nos pousos de folia e parece ser original nos sertões goianos. Formam-se duas alas de pares em número indeterminado. No centro do plano que separa as duas alas, coloca-se um dos dançantes com uma candeia na mão e numa das extremidades posta-se o violeiro. Os passos se executam assim: o primeiro cavaleiro (sic) da ala direita sai atravessando os espaços entre os cavaleiros (sic) e as damas da ala oposta, passando depois àquela que lhe pertencia. Ao passar por sua dama, esta o acompanha no mesmo giro, e esse passo se executa até que tenham saído todos. Se algum errar o intervalo, passará a ocupar o lugar do porta-candeia. O canto é o seguinte:

*Seu Salvador,
Salvador ãá
Todo aquele que errá
na candeia há de pegá.*

*Seu Salvador
da cidade, Sinhá,
todo aquele que errá
na candeia há de "pegá".*

Trata-se, pois, do mesmo brinquedo. Talvez o primeiro verso fosse, primitivamente "São Salvador", o que, a informação de Melo Morais Filho, orientaria o estudo dessa dança em plano de folguedo religioso. E, nesse sentido, não sei que aproximações se poderiam estabelecer, caso se pudesse estabelecer alguma, entre essa dança do candieiro ou da candeia e as romarias com luzes acesas da festa da Candelária, ou de Nossa Senhora das Candeias, que no sul da Europa ainda se encontra bem conservada, e, em Portugal, anda pelo cancioneiro com versinhos como estes:

*Quando a Candeia chora,
está o inverno fora;
se a "Candeia" ri,
está o inverno por vir.*

*Da minha janela eu rezo
à Senhora das Candeias:
que me guarde o meu amor
que anda por terras alheias.*

A interpretação da primeira dessas quadras vem a ser a previsão do tempo, pela chuva ou Sol do dia da Candelária, a dois de fevereiro.

# INFÂNCIA E FOLCLORE: "UM, DOIS, TRÊS" E "TRÊS VEZES SETE"

*E*stas duas cantigas sempre foram muita generalizadas entre as crianças cariocas; e, embora tendo músicas próprias, os versos de ambas entraram para o repertório infantil, e eram usados, sem música, pelas crianças escolhidas para o meio da roda.

A primeira cantiga era assim:

*Um, dois, três,*
*quatro, cinco, seis,*
*sete, oito, nove,*
*para doze faltam três.*

*Por isso, dona Fulana,*
*entre dentro desta roda,*
*diga um verso bem bonito,*
*diga adeus e vá-se embora.*

Fr. Sinzig cita a mesma letra registrada por d. Alexina de Magalhães Pinto, e que difere da versão carioca por acompanhar a primeira quadra da seguinte:

> *Casa de caboré,*
> *forrada de cambará*
> *uré, uré, urí, uré*
> *urí, uré, urá.*

Ambos anotaram a música.

A segunda cantiga, cuja música não encontro anotada, dizia:

> *Sete e sete são catorze,*
> *três vezes sete, vinte e um;*
> *tenho sete namorados,*
> *só faço caso de um.*
>
> *Ai, eu entrei na dança,*
> *eu entrei na contradança,*
> *eu não sei como se dança*
> *eu não sei dançar.*

A primeira quadra parece divulgada no cancioneiro geral. Leonardo Motta encontrou-a com uma pequena alteração:

> *Sete e sete são catorze,*
> *três vezes sete, vinte e um;*
> *tenho sete namorados,*
> *não quero bem a nenhum.*

A segunda quadra parece trair a filiação francesa de *Nous n'irons plus au bois* e *L'autre jour plantant d'l'oseille:*

> *Entrez dans la danse*
> *voyez comme on danse*
> *sautez, dansez,*
> *embrassez cell' que vous aimez.*

*Madame, entrez dans la danse,
regardez-en la cadence,
et puis vous embrasserez
celui que vous aimerez.*

Cantigas incluindo números são comuns à literatura infantil de todos os povos. Uma das mais conhecidas é a da *Boneca*, cantiga espanhola divulgada em toda a América do Sul, e conservada até hoje na sua forma primitiva. A segunda parte dessa cantiga diz:

*"Dos y dos son cuatro
cuatro y dos son seis,
seis y dos son ocho
y ocho diez y seis,
y ocho veinte y cuatro,
y ocho treinta y dos.
A' nima bendita
me arrodillo yo".*

J. A. Carrizo, que apresenta esse fragmento unido a outra cantiga além da conhecida *Tinha uma boneca*, explica: "La numeración de dos en dos y que resulta consonantada, se usa para otros muchos cantares; es como una continuación en las rimas infantiles".

# ROTEIRO BIOGRÁFICO E BIBLIOGRÁFICO DE CECÍLIA MEIRELES

1901 – Nasceu na cidade do Rio de Janeiro, a 7 de novembro, filha de Carlos Alberto Meireles, funcionário do Banco do Brasil, falecido aos 26 anos, três meses antes do nascimento de Cecília Meireles, e de d. Matilde Benevides, professora municipal, falecida quando a filha tinha três anos. Foi, portanto, criada por d. Jacinta Garcia Benevides, sua avó materna, de origem açoriana (São Miguel), que muito influenciou a sua formação e por quem tinha muita estima.

1910 – Terminou o curso primário na Escola Estácio de Sá. Recebeu de Olavo Bilac, então Inspetor Escolar do Distrito, uma medalha de ouro com seu nome gravado, por ter obtido "distinção e louvor" em seus estudos.

1917 – Diplomou-se pela Escola Normal do Instituto de Educação do Rio de Janeiro. Paralelamente estudava línguas e ingressava no Conservatório de Música, porque um dos seus sonhos era compor uma ópera sobre São Paulo, o Apóstolo. Outros interesses artísticos: canto, violino e literatura. Desde a adolescência, havia despertado nela particular interesse pela cultura do Oriente, interesse que manteve ao longo da vida. Depois de formada, além do magistério, exercido com amor, passou a escrever nos jornais mais importantes da imprensa carioca, naquela época.

1919 – Publicou *Espectros*, seu primeiro livro de poesia, com nítida influência simbolista. Recebeu o elogio de João Ribeiro, conceituado filólogo e crítico literário.

1922 – Casou-se com o artista plástico português Fernando Correia Dias, da união nascendo Maria Elvira, Maria Matilde e Maria Fernanda.

1923 – Publicou *Nunca mais...* e *Poema dos poemas*, ainda com forte herança simbolista.

1925 – *Baladas para el-rei* e *Criança, meu amor*, livro de literatura infantil, muitas vezes adotado como obra didática. Integrou o grupo de escritores espiritualistas em torno da revista *Festa*, no Rio de Janeiro, ao lado de Andrade de Muricy, Tasso da Silveira, Murillo Araújo, Francisco Karam, Henrique Abílio e outros.

1929 – Candidatou-se à cátedra de Literatura da Escola Normal, com a tese *O espírito vitorioso*, obtendo o segundo lugar. O primeiro lugar coube ao eminente filólogo Clóvis Monteiro.

1930 – Empenhou-se no movimento de renovação educacional do Brasil, dirigindo, no *Diário de Notícias*, até 1934, uma importante página diária dedicada a assuntos de ensino, com entrevistas e com uma coluna intitulada "Comentário", em que expunha ideias renovadoras no campo da pedagogia e publicava crônicas sobre acontecimentos diários. Publicou *Saudação à menina de Portugal*.

1934 – Criou uma Biblioteca Infantil especializada, no Pavilhão Mourisco, em Botafogo, que durou quatro anos e que serviu de modelo a outras bibliotecas no gênero, espalhadas pelo Rio de Janeiro e pelo Brasil afora. Ainda em 1934, pela primeira vez, visitou Portugal, a convite do Secretariado de Propaganda, realizando conferências sobre folclore (*Batuque, samba e macumba*) e literatura brasileira nas Universidades de Lisboa e Coimbra: *Notícia da poesia brasileira*. Encerrou sua colaboração no *Diário de Notícias*, do Rio de Janeiro. Publicou *Leituras infantis*. Obra em prosa.

1935 – Ficou viúva. Foi nomeada Professora de Literatura Brasileira e de Técnica e Crítica Literárias da então recém-criada Universidade do Distrito Federal, no Rio de Janeiro, onde exerceu a função de 1936 a 1938. Publicou, pela Imprensa da Universidade de Coimbra, a conferência intitulada *Notícia da poesia brasileira*, proferida em Lisboa e Coimbra, em 1934. Ministrou vários cursos livres de Literatura Comparada e Literatura Oriental.

1936 – Passou a colaborar em vários periódicos, entre os quais *A Manhã* e *A Nação*, no Rio de Janeiro; e *Correio Paulistano*, em São Paulo. Trabalhou no Departamento de Imprensa e Propaganda, ficando a seu cargo a direção da revista *Travel in Brazil*.

1938 – Conquistou o Prêmio de Poesia da Academia Brasileira de Letras, com o livro *Viagem*, obra que dá início à sua plena maturidade poética, bem defendida por Cassiano Ricardo.

1939 – Publicou *Morena, pena de amor*; e o livro *Viagem*, em Lisboa. Começou, na revista *Ocidente*, de Lisboa, a publicar, em capítulos, o livro *Olhinhos de gato*, memórias da infância.

1940 – Terminou, na revista *Ocidente*, de Lisboa, a publicação de *Olhinhos de gato*. Casou-se com o professor Heitor Grillo, após realizar uma entrevista para o *Observador Econômico e Financeiro*. Viajou aos Estados Unidos da América, em companhia de seu marido, para ministrar aulas de Cultura e Literatura Brasileiras na Universidade do Texas. Depois, viajou pelo México, sempre em missão cultural, realizando conferências sobre literatura, folclore e educação.

1942 – Publicou *Vaga música*, conjunto de poemas neossimbolistas, e isso desde o título. No jornal *A Manhã*, do Rio de Janeiro, de 41 a 43, publicou vários estudos sobre folclore infantil e educação, na sua coluna "Professores e Estudantes".

1944 – Visitou o Uruguai e a Argentina. Publicou *Poetas novos de Portugal* (seleção e prefácio), no Rio de Janeiro. Colaborou nos jornais *A Nação* (Rio de Janeiro); *O Estado de S. Paulo*, *Folha de S. Paulo* e *Correio Paulistano* (São Paulo); e *Diário do Povo* (Rio Grande do Sul).

1945 – Publicou *Mar absoluto e outros poemas* em Porto Alegre, um conjunto de novos poemas, onde demonstra total domínio da palavra poética. E *Rute e Alberto resolveram ser turistas*, em Boston, D.C, Heath, obra em prosa, pela primeira vez publicada em 1939, em Porto Alegre, pela Globo.

1948 – Publicou *Rui – pequena história de uma grande vida*, no Rio de Janeiro. E *Evocação lírica de Lisboa*, separata da revista *Atlântico*, nº 6.

1949 – Publicou *Retrato natural* no Rio de Janeiro.

1950 – Publicou *Problemas de literatura infantil*, em Belo Horizonte. Reunião de três conferências aí realizadas.

1951 – Secretariou o *I Congresso Nacional do Folclore*, no Rio Grande do Sul, como membro da Comissão Nacional do Folclore. Publicou *Amor em Leonoreta*, pela Hipocampo. Nova viagem à Europa.

1952 – Publicou *Doze noturnos da Holanda* e *O Aeronauta*. Ainda em 1952, publicou "Artes Populares", no volume intitulado *As artes plásticas no Brasil*.

1953 – Publicou *Poemas escritos na Índia*; e o *Romanceiro da Inconfidência*. E recebeu o título de Doutor *Honoris Causa* da Universidade de Delhi, na Índia. Viajou por Goa e pela Europa.

1954 – Viajou pela Europa e Açores.

1955 – Publicou *Pequeno oratório de Santa Clara e Pistoia*, *Cemitério militar brasileiro*.

1956 – Publicou *Canções* e *Giroflê, Giroflá*.

1957 – Viajou por Porto Rico; Publicou: *Oratório de Santa Maria Egipcíaca*, *Romance de Santa Cecília* e *A Bíblia na poesia brasileira*, o último uma conferência.

1958 – A Aguilar publicou a sua *Obra poética*, sob os olhos da Autora. Viajou por Israel, Grécia e Itália.

1959 – *Panorama folclórico dos Açores*, especialmente sobre a Ilha de São Miguel. Publicou ainda *Eternidade de Israel*.

1960 – Publicou *Metal Rosicler*.

1961 – *Rabindranath Tagore and the East-West Unity: Brazilian National Commission for Unesco. Tagore and Brazil*. New Delhi.

1962 – Publicou *Quadrante I*, com outros autores. E *Poemas escritos na Índia*.

1963 – Publicou *Solombra*; *Quadrante II*, com outros autores; e *Antologia poética*. O livro *Quatro vozes*, publicado pela Record, não tem data, o mesmo ocorrendo com *Vozes da cidade*. Ainda em 1963, chega às livrarias: *Sonhos* (1950-1963). A sua *Antologia poética* foi lançada, em 3ª edição, pela Nova Fronteira, em 2001.

1964 – Foram publicados os livros *Poemas de viagens* (1940-1964); *Ou isto ou aquilo*; *Escolha o seu sonho*; e *O estudante empírico* (1959-1964). Faleceu no Rio de Janeiro, a 9 de novembro.

Observação: Além do citado volume de *Obra poética* (1958) da Aguilar e do volume de *Poesia completa* (1994), da Nova Aguilar e de *Poesias completas* (1973/1974), em 9 volumes, da Civilização Brasileira, a Nova Fronteira lançou a edição do centenário de *Poesia completa*, em dois volumes, em 2001.

1965 – *Post mortem*, a Academia Brasileira de Letras conferiu à escritora o Prêmio Machado de Assis, pelo conjunto de obras. A Editora Record, do Rio de Janeiro, lançou *Vozes da cidade*.

1966 – Foi publicado *O menino atrasado*, auto de Natal. *Crônica trovada da cidade de São Sebastião do Rio de Janeiro* e *Cantata da mui leal cidade de S. Sebastião do Rio de Janeiro*.

1968 – A empresa Bloch Editores publicou *Inéditos*, crônicas, depois incluídas em *Ilusões do mundo*. E, em São Paulo, apareceu a edição bilíngue de *Poemas italianos*.

1969 – *Poemas inéditos*, pela Melhoramentos de São Paulo.

1972 – A editora Aguilar publicou *Flor de poemas*, com estudo crítico de Darcy Damasceno, seleção e nota editorial de Paulo Mendes Campos.

1973 – Com seleção, notas e apresentação de Darcy Damasceno, a José Olympio publicou *Seleta em prosa e verso*. No mesmo ano, pela Vozes, de Petrópolis, Eliane Zagury, na "Coleção Poetas do Brasil", publicou Cecília Meireles, com notícia biográfica e estudo crítico.

1974 – As Edições Melhoramentos (Rio de Janeiro) publicaram *Elegias*.

1976 – A Nova Aguilar publicou *Ilusões do mundo* (crônicas), com nota editorial e introdução de Darcy Damasceno.

1980 – A Nova Fronteira publicou a segunda edição de *O que se diz e o que se entende* (crônicas).

1981 – Sai a *Janela mágica*, livro de crônicas, pela Editora Moderna de São Paulo e também *Cânticos*, pela mesma Editora.

1982 – A Abril Educação publicou, na coleção popular "Literatura comentada", o volume *Cecília Meireles*, com seleção, notas, estudo biográfico, histórico e crítico por Norma Seltzer Goldstein e Rita de Cássia Barbosa.

1983 – Foi publicado *Batuque, samba e macumba*, com o patrocínio da Funarte.

1994 – Sai nova edição da *Obra completa*, pela Aguilar.

1998 – Tem início a publicação de toda a obra em prosa, édita e inédita, pela Nova Fronteira, com planejamento editorial de Leodegário A. de Azevedo Filho. Sai o primeiro volume de *Crônicas em geral*, esperando-se ainda a publicação, com textos já entregues à editora, do segundo e do terceiro volumes. Ainda em 1998, publica-se o primeiro volume das *Crônicas de viagem*.

1999 – Publicam-se o segundo e o terceiro volumes de *Crônicas de viagem*, pela Nova Fronteira.

2001 – Publicam-se os cinco volumes de *Crônicas de Educação*, pela Nova Fronteira.

***Leodegário A. de Azevedo Filho*** é professor emérito da UERJ, titular da UFRJ e atual presidente da Academia Brasileira de Filologia. Por três vezes foi premiado pela Academia Brasileira de Letras: Prêmio Sílvio Romero, de crítica literária; Prêmio José Veríssimo, de ensaio e erudição; e Prêmio Machado de Assis pelo conjunto de obras. É membro da Academia Internacional da Cultura Portuguesa, com sede em Lisboa. Exerceu a posição de professor-visitante em várias universidades europeias: Alemanha, França, Portugal, Itália e Espanha. Na gestão do ministro Eduardo Portella, além de coordenador do Prodelivro, foi nomeado vice-presidente do Instituto Brasileiro de Educação, Ciência e Cultura (IBECC); no governo Chagas Freitas, exerceu as funções de diretor do Instituto Estadual do Livro; e de membro do Conselho Estadual de Cultura, no governo seguinte. Entre as inúmeras condecorações recebidas, além da Medalha Anchieta, do Governo do Estado do Rio de Janeiro, e da Medalha Oskar Nobiling, da Sociedade Brasileira de Língua e Literatura, mencionam-se aqui a Comenda da Ordem do Infante D. Henrique e a Comenda da Ordem do Mérito Nacional, ambas conferidas pelo Governo de Portugal. É autor de mais de sessenta obras na sua área de especialização, entre as quais citam-se aqui alguns dos livros premiados, como *As cantigas de Pero Meogo*; *Anchieta, a Idade Média e o Barroco*; *Língua e estilo de Cecília Meireles*; e *Lírica de Camões*, edição crítica em doze tomos, que vem sendo editada pela Imprensa Nacional-Casa da Moeda, de Lisboa. No momento, prepara, para a Editora Nova Fronteira, a edição da *Obra em Prosa de Cecília Meireles*, prevista para 22 volumes, dos quais nove já foram impressos.

# ÍNDICE

Prefácio .................................... 7
Imagem .................................... 17
Conversa talvez fiada ....................... 23
Uns óculos ................................. 30
História de uma letra ...................... 36
Imagens do Natal melancólico ................ 42
Pelo telefone .............................. 47
Dia a dia .................................. 50
Uma história às avessas .................... 54
Se fosse possível .......................... 59
Página da infância ......................... 62
Evasão ..................................... 67
Oh! A bomba ................................ 73
[Ainda sobre a bomba atômica] .............. 76
Conversa com as crianças mortas ............ 79
Mesa do passado ............................ 83
Sancho amigo ............................... 88
Pequeno bailado de amor .................... 93
Confidência ................................ 98
Fugindo ao Carnaval ........................ 103
Conversa com as águas ...................... 110
Desordem do mundo .......................... 114
O livro da solidão ......................... 117
Mal das letras ............................. 120
Imagens da infância ........................ 123

| | |
|---|---|
| Agonias do cronista | 126 |
| Ainda há Natal | 129 |
| Indecisa solidão | 132 |
| Chuva | 135 |
| Uma casa morre | 138 |
| Exercício de redação | 141 |
| Da saudade | 144 |
| Primavera | 145 |
| Recordação | 149 |
| Felicidade | 155 |
| Hotel de verão | 160 |
| O Bariloche | 167 |
| Rumo: Sul | 173 |
| Instantâneo de Montevidéu | 177 |
| Recordação de um dia de primavera | 182 |
| A longa viagem de volta | 188 |
| Precursoras brasileiras | 194 |
| Evocação lírica de Lisboa | 197 |
| Paris-Rio | 206 |
| Dacar | 209 |
| Ainda os museus | 212 |
| "Castilla, la bien nombrada..." | 215 |
| Quando o viajante se transforma em turista | 221 |
| Holanda em flor | 226 |
| Oriente-Ocidente | 231 |
| Tico-tico em Amsterdã | 236 |
| Ainda Nápoles | 238 |
| Cidade líquida | 243 |
| Pequenas notas | 250 |
| Roma, turistas e viajantes | 256 |
| Ano muito bom | 261 |
| Medida de valores | 267 |
| Como se distingue o educador | 269 |
| As qualidades do educador | 271 |
| A esperança dos educadores | 274 |
| A atuação do professor moderno | 277 |

Manifesto da Nova Educação ................. 280
Escola velha e Escola Nova. .................. 283
Escola Nova. .............................. 286
Uma escolinha ............................ 288
Festas escolares ........................... 292
Os poetas e a infância ..................... 294
Jornalismo e educação ..................... 298
Censura e educação ....................... 301
Educação Moral e Cívica. ................... 303
Desarmamento.... ......................... 307
A paz pela educação ....................... 310
Imprensa e educação ...................... 313
Cinema e educação ........................ 316
Teatro e educação ......................... 319
Espírito universitário. ...................... 321
Intercâmbio, folclore, turismo etc. ............ 325
Da evasão escolar. ......................... 328
Para um Plano Nacional de Educação ........... 331
Arte e educação ........................... 335
Uma biblioteca infantil ..................... 338
Samba e educação ......................... 341
Conversa à beira do rio .................... 345
A arte de brincar .......................... 349
Infância e folclore: "Anda à roda, candieiro" ....... 353
Infância e folclore: "Um, dois, três"
e "Três vezes sete" ......................... 357
Roteiro biográfico e bibliográfico
de Cecília Meireles ......................... 361

# COLEÇÃO MELHORES CONTOS

### ANÍBAL MACHADO
Seleção e prefácio de Antonio Dimas

### LYGIA FAGUNDES TELLES
Seleção e prefácio de Eduardo Portella

### BRENO ACCIOLY
Seleção e prefácio de Ricardo Ramos

### MARQUES REBELO
Seleção e prefácio de Ary Quintella

### MOACYR SCLIAR
Seleção e prefácio de Regina Zilbermann

### MACHADO DE ASSIS
Seleção e prefácio de Domício Proença Filho

### HERBERTO SALES
Seleção e prefácio de Judith Grossmann

### RUBEM BRAGA
Seleção e prefácio de Davi Arrigucci Jr.

### LIMA BARRETO
Seleção e prefácio de Francisco de Assis Barbosa

### JOÃO ANTÔNIO
Seleção e prefácio de Antônio Hohlfeldt

### EÇA DE QUEIRÓS
Seleção e prefácio de Herberto Sales

### MÁRIO DE ANDRADE
Seleção e prefácio de Telê Ancona Lopez

### LUIZ VILELA
Seleção e prefácio de Wilson Martins

### J. J. VEIGA
Seleção e prefácio de J. Aderaldo Castello

### JOÃO DO RIO
Seleção e prefácio de Helena Parente Cunha

### IGNÁCIO DE LOYOLA BRANDÃO
Seleção e prefácio de Deonísio da Silva

**LÊDO IVO**
Seleção e prefácio de Afrânio Coutinho

**RICARDO RAMOS**
Seleção e prefácio de Bella Jozef

**MARCOS REY**
Seleção e prefácio de Fábio Lucas

**SIMÕES LOPES NETO**
Seleção e prefácio de Dionísio Toledo

**HERMILO BORBA FILHO**
Seleção e prefácio de Silvio Roberto de Oliveira

**BERNARDO ÉLIS**
Seleção e prefácio de Gilberto Mendonça Teles

**AUTRAN DOURADO**
Seleção e prefácio de João Luiz Lafetá

**JOEL SILVEIRA**
Seleção e prefácio de Lêdo Ivo

**JOÃO ALPHONSUS**
Seleção e prefácio de Afonso Henriques Neto

**ARTUR AZEVEDO**
Seleção e prefácio de Antonio Martins de Araujo

**RIBEIRO COUTO**
Seleção e prefácio de Alberto Venancio Filho

**OSMAN LINS**
Seleção e prefácio de Sandra Nitrini

**ORÍGENES LESSA**
Seleção e prefácio de Glória Pondé

**DOMINGOS PELLEGRINI**
Seleção e prefácio de Miguel Sanches Neto

**CAIO FERNANDO ABREU**
Seleção e prefácio de Marcelo Secron Bessa

**EDLA VAN STEEN**
Seleção e prefácio de Antonio Carlos Secchin

**FAUSTO WOLFF**
Seleção e prefácio de André Seffrin

**AURÉLIO BUARQUE DE HOLANDA**
Seleção e prefácio de Luciano Rosa

*ALUÍSIO AZEVEDO*
Seleção e prefácio de Ubiratan Machado

*SALIM MIGUEL*
Seleção e prefácio de Regina Dalcastagnè

*ARY QUINTELLA*
Seleção e prefácio de Monica Rector

*HÉLIO PÓLVORA*
Seleção e prefácio de André Seffrin

*WALMIR AYALA*
Seleção e prefácio de Maria da Glória Bordini

*HUMBERTO DE CAMPOS**
Seleção e prefácio de Evanildo Bechara

*PRELO

# COLEÇÃO MELHORES POEMAS

### CASTRO ALVES
Seleção e prefácio de Lêdo Ivo

### LÊDO IVO
Seleção e prefácio de Sergio Alves Peixoto

### FERREIRA GULLAR
Seleção e prefácio de Alfredo Bosi

### MARIO QUINTANA
Seleção e prefácio de Fausto Cunha

### CARLOS PENA FILHO
Seleção e prefácio de Edilberto Coutinho

### TOMÁS ANTÔNIO GONZAGA
Seleção e prefácio de Alexandre Eulalio

### MANUEL BANDEIRA
Seleção e prefácio de Francisco de Assis Barbosa

### CECÍLIA MEIRELES
Seleção e prefácio de Maria Fernanda

### CARLOS NEJAR
Seleção e prefácio de Léo Gilson Ribeiro

### LUÍS DE CAMÕES
Seleção e prefácio de Leodegário A. de Azevedo Filho

### GREGÓRIO DE MATOS
Seleção e prefácio de Darcy Damasceno

### ÁLVARES DE AZEVEDO
Seleção e prefácio de Antonio Candido

### MÁRIO FAUSTINO
Seleção e prefácio de Benedito Nunes

### ALPHONSUS DE GUIMARAENS
Seleção e prefácio de Alphonsus de Guimaraens Filho

### OLAVO BILAC
Seleção e prefácio de Marisa Lajolo

### JOÃO CABRAL DE MELO NETO
Seleção e prefácio de Antonio Carlos Secchin

*Fernando Pessoa*
Seleção e prefácio de Teresa Rita Lopes

*Augusto dos Anjos*
Seleção e prefácio de José Paulo Paes

*Bocage*
Seleção e prefácio de Cleonice Berardinelli

*Mário de Andrade*
Seleção e prefácio de Gilda de Mello e Souza

*Paulo Mendes Campos*
Seleção e prefácio de Guilhermino Cesar

*Luís Delfino*
Seleção e prefácio de Lauro Junkes

*Gonçalves Dias*
Seleção e prefácio de José Carlos Garbuglio

*Haroldo de Campos*
Seleção e prefácio de Inês Oseki-Dépré

*Gilberto Mendonça Teles*
Seleção e prefácio de Luiz Busatto

*Guilherme de Almeida*
Seleção e prefácio de Carlos Vogt

*Jorge de Lima*
Seleção e prefácio de Gilberto Mendonça Teles

*Casimiro de Abreu*
Seleção e prefácio de Rubem Braga

*Murilo Mendes*
Seleção e prefácio de Luciana Stegagno Picchio

*Paulo Leminski*
Seleção e prefácio de Fred Góes e Álvaro Marins

*Raimundo Correia*
Seleção e prefácio de Telenia Hill

*Cruz e Sousa*
Seleção e prefácio de Flávio Aguiar

*Dante Milano*
Seleção e prefácio de Ivan Junqueira

*José Paulo Paes*
Seleção e prefácio de Davi Arrigucci Jr.

**CLÁUDIO MANUEL DA COSTA**
Seleção e prefácio de Francisco Iglésias

**MACHADO DE ASSIS**
Seleção e prefácio de Alexei Bueno

**HENRIQUETA LISBOA**
Seleção e prefácio de Fábio Lucas

**AUGUSTO MEYER**
Seleção e prefácio de Tania Franco Carvalhal

**RIBEIRO COUTO**
Seleção e prefácio de José Almino

**RAUL DE LEONI**
Seleção e prefácio de Pedro Lyra

**ALVARENGA PEIXOTO**
Seleção e prefácio de Antonio Arnoni Prado

**CASSIANO RICARDO**
Seleção e prefácio de Luiza Franco Moreira

**BUENO DE RIVERA**
Seleção e prefácio de Affonso Romano de Sant'Anna

**IVAN JUNQUEIRA**
Seleção e prefácio de Ricardo Thomé

**CORA CORALINA**
Seleção e prefácio de Darcy França Denófrio

**ANTERO DE QUENTAL**
Seleção e prefácio de Benjamin Abdalla Junior

**NAURO MACHADO**
Seleção e prefácio de Hildeberto Barbosa Filho

**FAGUNDES VARELA**
Seleção e prefácio de Antonio Carlos Secchin

**CESÁRIO VERDE**
Seleção e prefácio de Leyla Perrone-Moisés

**FLORBELA ESPANCA**
Seleção e prefácio de Zina Bellodi

**VICENTE DE CARVALHO**
Seleção e prefácio de Cláudio Murilo Leal

**PATATIVA DO ASSARÉ**
Seleção e prefácio de Cláudio Portella

**ALBERTO DA COSTA E SILVA**
Seleção e prefácio de André Seffrin

**ALBERTO DE OLIVEIRA**
Seleção e prefácio de Sânzio de Azevedo

**WALMIR AYALA**
Seleção e prefácio de Marco Lucchesi

**ALPHONSUS DE GUIMARAENS FILHO**
Seleção e prefácio de Afonso Henriques Neto

**MENOTTI DEL PICCHIA**
Seleção e prefácio de Rubens Eduardo Ferreira Frias

**ÁLVARO ALVES DE FARIA**
Seleção e prefácio de Carlos Felipe Moisés

**SOUSÂNDRADE**
Seleção e prefácio de Adriano Espínola

**LINDOLF BELL**
Seleção e prefácio de Péricles Prade

**THIAGO DE MELLO**
Seleção e prefácio de Marcos Frederico Krüger

**ARNALDO ANTUNES**
Seleção e prefácio de Noemi Jaffe

**ARMANDO FREITAS FILHO**
Seleção e prefácio de Heloisa Buarque de Hollanda

**LUIZ DE MIRANDA**
Seleção e prefácio de Regina Zilbermann

**AFFONSO ROMANO DE SANT'ANNA**
Seleção e prefácio de Miguel Sanches Neto

**MÁRIO DE SÁ-CARNEIRO**
Seleção e prefácio de Lucila Nogueira

**AUGUSTO FREDERICO SCHMIDT**
Seleção e prefácio de Ivan Marques

**ALMEIDA GARRET**
Seleção e prefácio de Izabel Leal

**RUY ESPINHEIRA FILHO**
Seleção e prefácio de Sérgio Martagão

**SOSÍGENES COSTA***
Seleção e prefácio de Aleilton Fonseca

*PRELO

# COLEÇÃO ROTEIRO DA POESIA BRASILEIRA

*Raízes*
Seleção e prefácio de Ivan Teixeira

*Arcadismo*
Seleção e prefácio de Domício Proença Filho

*Romantismo*
Seleção e prefácio de Antonio Carlos Secchin

*Parnasianismo*
Seleção e prefácio de Sânzio de Azevedo

*Simbolismo*
Seleção e prefácio de Lauro Junkes

*Pré-Modernismo*
Seleção e prefácio de Alexei Bueno

*Modernismo*
Seleção e prefácio de Walnice Nogueira Galvão

*Anos* 30
Seleção e prefácio de Ivan Junqueira

*Anos* 40
Seleção e prefácio de Luciano Rosa

*Anos* 50
Seleção e prefácio de André Seffrin

*Anos* 60
Seleção e prefácio de Pedro Lyra

*Anos* 70
Seleção e prefácio de Afonso Henriques Neto

*Anos* 80
Seleção e prefácio de Ricardo Vieira Lima

*Anos* 90
Seleção e prefácio de Paulo Ferraz

*Anos* 2000
Seleção e prefácio de Marco Lucchesi

Impressão e acabamento
Editora Parma LTDA
Tel.:(011) 2462-4000
Av.Antonio Bardella, nº310,Guarulhos,São Paulo-Brasil